KB262522

앤

* 이 도서의 국립중앙도서관 출판시도서목록(CIP)은 e-CIP홈페이지(http://www.nl.go.kr/ecip)와
국가자료공동목록시스템(http://www.nl.go.kr/kolisnet)에서 이용하실 수 있습니다.
(CIP제어번호: CIP2012000499)

앤

전아리 장편소설

은행나무

차례

전화벨이 울린 건 새벽 두 시경이었다.

"기완이에게서 연락이 왔어."

수화기 너머로 주홍의 떨리는 목소리가 들려왔다. 나는 음향을 낮춘 텔레비전 화면을 응시했다. 나흘 전에 방송되었던 송년 특집 시상식 프로그램이 진행 중이었다. 텔레비전 속 주홍은 상아색 계열의 한복을 차려입었다. 높이 틀어 올린 머리칼 아래로 희고 단아한 목선이 드러났다.

"벌써 그렇게 됐나."

나는 혼잣말처럼 중얼거렸다.

시상식 사회를 맡은 남자 아나운서가 제야의 종소리를 기다리며 시간을 카운트하기 시작했다. 이윽고 화면은 시상식장에서 왁자지껄한 보신각으로 바뀌었다. 개량한복에 목도리를 두른 정치인과 시민이 타종을 준비하고 있었다.

"다들 모여야겠어."

"꼭 만나야 할까?"

주홍이 불안한 목소리로 물었다.

종소리는 환한 자정의 하늘 위로 울려 퍼졌다. 요란한 폭죽들이 잇달아 터졌다.

"기완이는 둘이 보자고 하던데."

"그럴 순 없어. 한 명도 빠짐없이 모두 다 모여야 해."

다시 시상식장으로 돌아온 화면 속에서 아나운서는 한껏 들떠 있었다. 그는 가까이 앉은 연기자들에게 새해 소망을 물었다. 덜떨어진 캐릭터의 개그맨이 지난해 개업한 프랜차이즈 호프집의 장사를 위해 술을 권하는 사회가 되었으면 좋겠다고 말해서 웃음을 불러일으켰다. 아나운서는 그의 옆에 앉은 주홍에게도 같은 질문을 건넸다. 그녀는 발그레한 얼굴로 입을 열었다. 대답은 듣지 않아도 알 수 있다. 이미 수차례도 더 재생시켰던 프로그램이다. 소중한 사람들이 모두 행복했으면 좋겠어요. 아프지 않고요. 신주홍 씨 이번에 나온 영화도 잘 되었으면 좋겠고, 그렇죠? 아나운서가 장난치듯 한마디 거들자 주홍은 고개를 약간 숙이며 손등으로 입을 가리고 웃는다. 네. 열심히 찍었으니까 많은 분이 사랑해주시면 좋겠어요.

"어떻게들 지내고 있을까? 마지막으로 만난 게 벌써……."

주홍은 말끝을 흐렸다.

"내가 연락을 돌릴게."

"어디서 만날 거야?"

"걱정 마. 눈에 띄지 않는 장소로 정해둘 테니까. 그나저나 이번 영화

꽤 잘되는 거 같더라."

작년 연말에 맞춰 개봉한 영화는 간판을 올리기 무섭게 관객을 끌어모아 흥행 최고 기록을 넘보고 있다는 기사까지 나오고 있었다. 무인도에 갇힌 네 남녀의 이야기를 다룬 스릴러물이었다.

전화를 끊고 얼마 있지 않아 프로그램이 끝났다. 텔레비전을 끄자 실내는 한밤중의 어둠과 정적에 잠겼다. 훤히 트인 베란다의 창문 너머로 고가도로와 시가지의 건물들이 내려다보였다. 도로를 달리는 차들의 불빛이 다른 세상으로 날아가는 벌레 떼처럼 멀어졌다. 나는 영양제를 몇 알 삼키고 잠자리에 들었다.

금요일 새벽부터 내리기 시작한 눈은 함박눈이었다가 진눈깨비가 되기를 반복하며 줄기차게 쏟아졌다. 도시 곳곳에 폭설주의보가 내려졌다. 토요일 오후, 눈이 잠시 그친 틈을 타 집을 나섰다. 약속시각까지는 한참 남았지만 차가 도로를 설설 길 것을 생각하면 그리 여유로운 편도 아니었다. 서울을 빠져나갈 무렵 진철이에게서 좀 늦겠다는 전화가 왔다.

"진짜 신주홍이 나오는 거야? 이야, 걔 요즘 잘 나가던데. 몇 번 전화했는데 통화도 안 되더라."

진철이 입맛을 다시며 말했다.

"너무 늦지나 마."

"잘 나가는 연예인 만나러 가는데 샤워는 하고 가야지 않겠냐. 벌써 이틀째 집에 못 들어가서 쉰내가 풀풀 난다."

"언제쯤 올 수 있어?"

"글쎄, 지금 용산이니까 두 시간쯤 늦겠네. 먼저들 한잔하고 있어. 참,
오늘은 신주홍이 쏘는 거냐? 기왕이면 비싼 데로 가지."

누군가 진철에게 말을 거는 소리가 들렸다. 그는 옆 사람에게 잠시 언
성을 높이다가 저녁때 보자며 전화를 끊었다. 어느 틈엔가 가느다란 눈발
이 흩날리고 있었다. 라디오의 기상캐스터는 강원도 적설량이 벌써 칠십
센티를 넘어섰다고 알렸다.

이런 날씨라면 그곳에도 눈이 내릴까. 한겨울에도 좀처럼 눈이 내리지
않는 바닷가 마을. 다른 지방의 바다가 얼었다는 뉴스가 전해질 때도 그
곳의 하늘은 먹구름 한 장 없이 화창했다. 때때로 바다는 침울한 장례식
장에서 해사하게 웃고 있는 실성한 여인처럼 저 혼자 계절을 잊고 봄 냄
새를 뿜어내기도 했다. 그 시절 우리 사이에 떠돌던 숱한 소문과 비밀스
러운 사건은 어쩌면 전부 그 바다가 부추긴 일인지도 모르겠다.

"눈길 조심하세요."

톨게이트의 여자가 거스름돈을 내밀며 인사했다. 대답 대신 차창을 올
렸다. 약속 장소에 가까워질수록 눈발이 점점 굵어졌다. 고속도로를 벗어
나 외진 갓길로 들어섰을 때는 벌써 사방이 한밤중처럼 어두워져 있었다.
무언가 차바퀴 밑에 우지끈 밟히는 소리가 들렸다. 비탈진 길 저 위쪽에
불빛을 밝힌 닭백숙 전문점이 보였다. 고풍스러운 대문 주위로 높은 담벼
락이 둘러진 식당은 사진에서 본 그대로였다. 오래된 건물은 고급스러운
편이지만 장식 없는 담벼락에서 풍겨 나오는 서늘한 기운이 주변의 외진
분위기와 묘하게 잘 어우러졌다.

주차장에는 흰색 크라이슬러가 서 있었다. 차를 세우고 내리자, 크라이슬러의 차창이 미끄러지듯 내려갔다. 운전석에서 페이즐리 무늬 목도리를 두른 주홍의 모습이 나타났다.

"아직 아무도 안 온 것 같아."

주홍의 입술 사이로 흰 입김이 뿜어져 나왔다. 히터를 켜면 피부가 건조해진다는 이유로 그녀는 차 안에서도 난방을 켜지 않았다. 화장기가 거의 없는 흰 뺨이 더욱 창백해 보였다.

"뭐해, 들어가자."

나는 코트 주머니에 손을 꽂은 채 말했다. 차창 안으로 날아든 눈송이가 주홍의 검은색 코트 깃에 묻었다. 주홍이 차 문을 열었다. 쌓인 눈 위로 발을 내딛자 뽀드득 눈 밟히는 소리가 났다. 주홍과 나는 눈 위에 선명하게 찍히는 발자국을 뒤로한 채 식당 안으로 향했다.

비밀의
화원

우리는 그 애를 이름 대신 '앤'이라고 불렀다. 우리 다섯 명 사이에서만 통하는 암호 같은 별명이었다. 언젠가 진철이 고물상에 들어온 에로비디오를 가지고 왔는데 거기 등장한 남미계 여배우가 그 애와 비슷했다. 주인공의 극 중 이름이 앤이었기에 그 후로 우린 자연스럽게 그 애를 앤이라고 불렀다. 사실 불렀다고 하기에는 조금 어폐가 있다. 앤이 어울리는 무리는 우리가 쉽게 다가갈 수 있는 그룹이 아니어서 별명은커녕 이름을 부를 기회도 거의 없었다. 바닷가 동네는 물론 근처 다른 동네의 남학생들 사이에서도 앤은 선망의 대상이었다. 고등학교를 졸업하고 서울로 떠난 선배 중 몇은 일부러 그녀를 만나러 고향에 내려오곤 했다. 들려오는 말에 의하면 그들은 값비싼 액세서리나 가방을 선물로 사 들고 온다고 했다. 그들 중에는 일찌감치 학교를 중퇴하고 서울로 올라가 유흥주점에서 웨이터 일을 해 돈을 벌거나, 대학교에 다니며 수험 과외를 몇 개씩이나 뛴다는 선배도 있었다. 그에 비하면 우리는 우르르 몰려다니

며 진철이네 고물상에 새로 들어온 비디오가 없나 기웃거리는 한낱 똥파
리 같은 열여덟 살이었다.

그날도 수업을 마치자마자 고물상에 모여 앉았다. 진철이네 아버지가
새 고물을 받으러 돌아다니는 동안은 진철이가 가게를 봐야 했다. 진철은
목장갑을 끼고 고물들을 재료별로 뜯어 분류했다. 멀쩡한 선풍기나 전구
가 나간 스탠드처럼 쓸 만한 물건은 따로 골라 두고 쓸모없는 플라스틱
쪼가리나 비닐은 마당의 드럼통에 넣고 태웠다.

우리는 쥐포를 구워 먹으며 전날의 야구 중계에 대해 떠들어 대고 있
었다. 매번 그랬듯 중계를 챙겨보지 못한 기완에게 생생한 재연까지 해
보이며 상황을 설명해주었다. 기완의 집은 동네에서 가장 식구 수가 많았
다. 그는 다섯 형제 중의 둘째였다. 기완이네 아이들은 모두 아버지를 닮
아 덩치가 커서 가뜩이나 좁은 집이 더욱 북적거렸다. 골리앗처럼 기골이
장대한 기완은 눈을 부릅뜨고 텔레비전 앞을 지키고 앉았다가도 동생들
이 몰려와 등에 올라타며 징징거리면 여지없이 뒷목을 문지르며 리모컨
을 넘겨주곤 했다.

평소 같았으면 중계 이야기에 열을 올리며 경청했을 기완이 그날 따라
어쩐지 시큰둥해 보였다. 그는 딱딱하게 식은 쥐포의 가장자리 탄 부분을
손으로 떼어냈다.

"너 어디 아프냐?"

사과 상자 위로 슬라이딩을 재연하던 재문이 교복 바지를 털며 물었다.

"그러게. 아까 수업시간에 졸지도 않고. 딴 사람이 와서 앉아 있는 줄
알았잖아."

"수학이 수업하다가 뒷자리만 보면 움찔하던 게 이 새끼 때문이었구만."

우리는 신이 나서 한마디씩 했다.

"맨날 엎드려 있던 놈이 잡아먹을 듯이 노려보고 있으니까, 이게 뭔 일인가 싶었겠지. 쫄아서 문제 답도 틀리더만."

기완이 위협하듯 옆에 쌓여 있는 고철을 내리쳤지만 아무도 놀라지 않았다. 녀석은 각진 턱을 긁적이며 슬며시 웃다가 다시 우울한 표정으로 돌아갔다. 그는 재문에게 쥐포를 내밀었다.

"먹을래?"

"안 먹어, 인마. 하도 주물러서 고린내 나겠다."

재문이 낄낄거렸다.

"너 요즘도 앤이랑 가끔 보냐?"

기완이 슬그머니 재문에게 물었다.

"나야 볼 일이 있나. 우리 누나랑은 만나는 것 같더라."

스무 살인 재문의 누나는 통통한 체구에 썩 예쁜 외모는 아니었지만, 옷맵시가 좋고 치장하는 걸 좋아해서 세련된 편이었다. 재문의 아버지는 할아버지의 건물을 몇 채 물려받은 데다 은행 지점장으로 재직 중이어서 집안 사정이 꽤 여유로웠다. 그는 늘그막에 얻은 두 자식에게 껌뻑 죽어, 아낌없이 돈을 쏟아 부었다. 앤의 부모가 하는 정육점은 재문이네 건물 중 한 채에 세 들고 있었다.

"근데 앤은 왜?"

"며칠 전에 개랑 얘기를 좀 했거든."

"진짜야?"

“응. 버스에 같이 탔는데 걔가 먼저 아는 척을 했어.”

기완이 쑥스러운 듯 말했다. 우리는 환호와 야유를 내지르며 순식간에 고물상 안을 아수라장으로 만들었다.

“뭐래디?”

나는 기완을 재촉했다.

“그냥. 날씨가 덥다고도 하고. 교복이 뜯어져서 수선받아 오는 길이라던데. 왜 뜯어졌는지 얘기해줬어.”

교복이 뜯어졌다는 말에 우리는 다시 열광했다. 어디가 어떻게 얼마나 뜯어졌는지 좀 더 자세히 묘사해달라고 했지만, 기완은 싱긋 웃을 뿐이었다.

“너 설마 걔한테 반했냐?”

재문이 기완의 어깨를 툭 쳤다. 다른 때 같았으면 재문에게 헤드락을 걸었을 기완이 어색한 표정으로 쥐포를 뜯어 먹었다.

“이 새끼, 진짠가 봐!”

“야, 고백해봐.”

장난처럼 한 말이었는데 기완은 심각한 얼굴로 중얼거렸다.

“근데 걔 남자친구 있지 않냐.”

일 년 내내 목이 늘어난 추리닝 차림에 두꺼운 손톱 밑엔 늘 때가 껴 있는 기완과 걸음을 뗄 때마다 꽃향기를 풍기는 앤의 조합이라니. 마음껏 비웃고 난 우리는 차츰 기완의 진지함에 흥미를 붙이기 시작했다.

“걔 얼마 전에 헤어졌어. 오재호, 그 자식이 질이 안 좋잖아. 작년에 자퇴한 누나랑 바람났다던데. 왜, 머리에 뽕 넣고 다니는 누나 있잖아.”

재문의 말에 기완의 안색이 대번에 환해졌다.

"한번 찔러 라도 봐. 되면 장땡이고 안 돼도 본전 아니냐."

맞는 말이었다.

"함부로 덤비지 말고, 제대로 계획을 세워서 접근해보자. 좀 예쁘긴 해도 뭐 제까짓 게 별거야?"

언제나처럼 계획이라는 단어를 내뱉은 건 재문이었다. 자율학습을 빼먹고 당구장에 가거나 임시 부임한 여자 교생의 연락처를 알아내는 등의 자잘한 일에도 그는 계획을 세우기를 좋아했다. 재문이 계획의 큰 틀을 짜면 세부적인 역할을 분담하고 해야 할 행동을 설정하는 건 나의 몫이었다.

"계획은 우리한테 맡기고 기완이 넌 실컷 사랑에 취해 있어라."

재문이 내 어깨에 팔을 두르며 말했다. 나는 가볍게 몸서리를 치며 물었다.

"아오, 무려 사랑이냐?"

"그럼. 사랑이지."

재문이 대답했다.

고물상에서 나와 사거리까지 유성과 함께 걸었다. 말수가 적은 녀석은 둘이 걷는 내내 내 이야기에 고개를 끄덕이기만 했다. 여럿이 어울릴 땐 모르다가도 둘이 있게 되면 어색한 침묵이 맴돌아서 괜히 나 혼자 실없이 떠들어대게 되곤 했다. 우리는 건널목 앞에서 멈추어 섰다. 신호등 너머로 밀려든 석양빛이 이마 위로 드리워지자 유성의 흰 얼굴이 불그레하게

물들었다. 기름한 눈과 곧은 콧대, 곱상함을 넘어서 같은 남자가 볼 때에
도 아름답다고 느껴지는 얼굴이었다. 유성이라면 앤에게도 부족할 데 없
이 어울릴 터였지만 정작 녀석은 앤에게 전혀 흥미가 없어 보였다. 우리
가 다른 여자들에 대해 떠들어댈 때도 유성은 그저 장단만 맞추는 정도지
적극적으로 관심을 보인 적은 없었다. 그럴 때마다 혹시 남자를 좋아하는
거 아니냐며 놀려댔지만, 녀석은 가타부타 말없이 웃기만 할 뿐이었다.

"갈게."

유성이 큰길 골목으로 들어갔다. 나는 인사 대신 녀석의 등을 후려치고
골목 안쪽의 빛바랜 여관 간판을 바라보았다. 유성은 가방을 한쪽 어깨에
짊어진 채 '한수장'의 문을 열고 들어갔다.

책상 앞에 앉아 서랍을 열었다. 역시나. 손댄 흔적이 남지 않도록 노트
를 가지런히 정리해놓은 티가 나긴 했으나 내 눈은 속일 수 없다. 일부러
노트의 가장자리 무늬에 맞춰 꽂아둔 펜이 거꾸로 놓여져 있었다.

"또 학원에서 전화가 왔더라."

조심스럽게 방문을 열고 들어온 어머니가 말했다.

"일주일에 이틀만 나오면 장학금도 줄 수 있다던데."

어머니의 흐트러진 파마머리가 숱 없는 눈썹을 가리고 있었다.

"됐다고 하시지 그랬어요."

나는 문제집을 펼치며 말했다. 어머니는 문손잡이를 잡은 채 엉거주춤
하게 서 있었다.

"뭐라고 했어요?"

"내가 잘 모르니까 뭐라고 할 수가 없어서. 너희 아버지한테 먼저……."

어머니는 내 눈치를 보며 웅얼거렸다. 나는 말없이 문제를 풀기 시작했다. 샤프펜슬이 종이 위로 미끄러지는 소리. 한참 동안 방문 앞에 서 있던 어머니가 발을 뗐다.

"시장에 다녀올게."

"엄마."

"응?"

"옷에 뭐가 묻었어요. 갈아입고 가지 그래요."

티셔츠를 내려다보던 어머니가 옷에 묻은 음식 국물을 문질렀다. 티셔츠의 목이 늘어나 낡은 브래지어 끈이 훤히 드러났다. 집 밖에 나갈 때는 헝클어진 머리도 빗고 잠잘 때나 입는 바지도 좀 갈아입고 나가면 좋을 텐데. 그런 모습으로 돌아다니니까 동네 사람들의 입에서 허튼 소문이 나도는 것이다. 나는 입 밖으로 나오려는 말을 누르며 문제의 답을 적었다. 현관문 소리가 난 뒤 부엌으로 나와 물을 들이켰다. 형광등이 켜져 있긴 했으나 부엌은 침침했다. 개수대는 음식 찌꺼기 하나 없이 비어 있고 가스레인지도 깨끗했지만, 부엌은 병들어 있었다. 청결과 위생이 소리 없는 비명을 내지르고 있는 공간. 아버지는 집 안이 어질러진 꼴을 두고 보지 못했다. 세간에 대한 것뿐 아니라 가족들에 대한 모든 일에서도 마찬가지였다. 천 원 한 장 허투루 쓰지 못하도록 어머니의 가계부를 확인했으며 나 모르게 책상 서랍과 가방을 뒤졌다. 아버지는 집 안의 무엇 하나도 자신의 통제를 벗어나는 것을 용납하지 못했다.

부엌 창은 창틀과 창문 사이가 어긋나 새끼손가락이 드나들 정도로 틈이 벌어져 있었다. 겨울이면 그 사이로 살을 에는 듯한 찬바람이 불어 들었으나 어머니는 창문 고칠 생각을 하지 않았다. 어쩌면 그 틈은 어머니가 유일하게 숨을 쉴 수 있는 아가미였는지도 모르겠다.

　방으로 돌아와 수학문제를 풀어나갔다. 스탠드 불빛 아래서 각이 잡힌 숫자와 기호들 속에 숨겨진 통로로 들어서자 비로소 숨통이 트였다. 답이 나올 때마다 문제들은 온전히 나의 소유가 되었다. 몇 해 전에 개원한 학원에서는 선전용으로 성적 좋은 학생들의 이름을 내걸기 위해 장학금을 미끼로 줄기차게 연락을 해왔다. 고작 수학 문제를 푸는 데 요란스럽게 요령이니 풀이법이니 강의를 해댄다는 게 우스웠다. 아버지는 현수막에 이름이 걸린다는 얘기를 듣고는 내가 학원에 나갈 거라고 멋대로 이야기를 해 두었다. 거기까지는 이해할 수 있었다. 내가 이유를 들어 거부하자 집 안에서 공부하는 것을 금지시키고 방과 후 곧장 집으로 돌아올 것을 명령했다. 나는 아랑곳하지 않고 녀석들과 온종일 몰려다니다가 밤늦게 집에 돌아왔다. 역시나 아버지는 아무 말도 하지 못했다. 말을 거역했다는 이유로 억지스러운 폭력이라도 휘둘렀더라면 어긋난 방식으로나마 아버지를 인정해줄 수 있었을 것이다. 그러나 아버지가 선택한 건 나보란 듯이 어머니와 동생을 괴롭히는 것이었다.

　아버지는 집 밖에 나가면 공부 잘하는 자식을 둔 고상한 부모인 척하다가도 집에 돌아오면 욕설보다 상스러운 말들을 거침없이 뱉어냈다. 어제저녁만 해도 국이 짜다는 이유로 인상을 잔뜩 찡그리며 수저를 내려놓았다. 아버지는 어깨를 움츠리고 있는 어머니를 물끄러미 쳐다보았다.

"넌 왜 사냐?"

어머니는 국을 떠서 맛을 보며 어쩔 줄 몰라 했다.

"제대로 할 줄 아는 게 있긴 하냐? 난 니 머릿속에 대체 뭐가 들어찼는지 모르겠다."

"이걸, 내가 물을 더 붓는다는 걸. 아까 나물을 무치느라고 깜빡해서. 이거 물을 좀 더 부었어야 하는 거를."

어머니가 안절부절못하며 중얼거렸다. 아버지에게 모욕당하는 세월이 길어질수록 가뜩이나 소심한 성격의 어머니는 횡설수설하는 때가 잦았다. 걸핏하면 실수했고 앞뒤가 맞지 않는 말을 내뱉었다.

"알았으면 다시 끓여내지, 뭘 그렇게 병신처럼 앉아만 있어?"

어머니는 허둥지둥 냄비를 다시 가스레인지 위에 올렸다. 두 살 아래인 남동생은 겁을 집어먹은 눈으로 꾸역꾸역 밥을 씹어 넘겼다.

"지금 니가 먹던 수저를 양념 통에 넣는 거야? 더럽게시리. 진짜 밥맛 떨어지게 구는구만."

나는 밥그릇을 비우고 식탁에서 일어났다. 저녁 내내 아버지는 거실에서 어머니에게 질타를 퍼부었고, 어머니는 한 마디 대거리조차 하지 못한 채 연신 자신을 스스로 책망했다. 어릴 적에는 어머니를 보호하기 위해 아버지에게 대들었던 적도 있었다. 그럴 때마다 어머니는 내 어깨를 두드리며 고개를 설레설레 저었다.

"아버지한테 그러는 거 아니야. 그럼 못써. 아버지 말씀하시면 너도 예예, 하고 따라야지."

어머니에게는 질릴 대로 질렸다. 스스로를 구원하려 하지 않는 자를 도울 필요는 없었다. 그건 이제껏 제대로 얻어맞은 기억도 없으면서 아버지가 손만 움직여도 움칠거리며 벌벌 떠는 동생도 마찬가지였다.

문제집 두 단원을 풀어냈을 때쯤 재문에게서 전화가 걸려왔다. 녀석은 잔뜩 들떠 있었다.

"지금 좀 보자. 이 몸이 기똥찬 계획을 세워버렸다는 거지."

나는 문제집을 던져두고 어둑해진 밖으로 나왔다.

우리는 기완이네 식당 앞에서 만났다. 허름한 식당 안은 손님으로 북적거렸다. 기완은 국밥 젓던 국자를 손에 든 채 나왔다. 열기로 가득한 주방에서 나온 얼굴이 불그스름했다.

"사랑에 빠지더니 얼굴이 아주 홍당무가 됐네."

재문이 기완의 배를 손가락으로 찌르며 말했다.

"소머리 푸라니까 어딜 또 기어나갔어!"

주방 뒷문에서 기완이네 어머니가 고개를 내밀고 소리쳤다.

"바쁜 거 같으니까 얼른 얘기하자. 일단 앤한테 접근하려면 쌍라이트 자매를 떼어내야 한단 말이야."

재문이 눈을 빛내며 말했다. 쌍라이트 자매는 앤의 곁에 항상 붙어 다니는 심복 같은 두 여자애였다. 앤은 어지간해서는 그 애들과 떨어져 지내는 법이 없었다.

"누나한테 앤을 부르라고 했으니까, 아마 걔 혼자 우리 집에 놀러 올 거야. 넌 미리 우리 집에 잠복해서 나랑 있다가 우연히 마주친 척하는 거지. 앤이 집에 가는 타이밍에 같이 나가서 좀 걷다가 고백을 하는 거야. 우리 집 앞 골목에 분위기 야시꾸리한 가로등 알지? 거기가 좋겠어."

재문의 말에 기완은 열심히 고개를 끄덕였다.

"옷이 문제다. 너무 꾸민 티는 안 나면서도 은근히 끌리게 입어야 하는데. 내 옷을 빌려 주고 싶어도 작을 것 같고. 해영이 네가 빌려줘라."

나는 흔쾌히 알겠다고 했다.

"앤한테 날릴 고백 멘트도 해영이가 써줄 거고. 제일 글빨이 좋잖아."

재문은 '괜찮겠지?' 하는 눈으로 나를 바라보았다.

"나 너무 길면 못 외워. 그니까 적당히 써주라."

벌써부터 앤 앞에 선 듯 긴장하기 시작한 기완이 말했다.

"짧고 강렬하게. 오케이."

"저녁 안 먹었으면 들어와서 먹고 갈래?"

기완이 식당 안을 턱짓하며 물었다. 그렇지 않아도 음식 냄새에 속이 허기지던 터였다.

"아냐. 좀 전에 불고기 먹고 나왔어. 포식했더니 배가 터지겠다."

재문이 손을 내저었다. 나는 잠자코 있었다. 기완의 어머니가 다시 목에 핏대를 돋우며 기완을 찾았다.

"그래. 그럼 내일 학교에서 마저 얘기하자."

기완은 국자를 흔들며 돌아섰다. 국자에 묻어 있던 기름 국물이 튀어 투두둑 발치로 떨어졌다.

초여름에 접어든 때라 밤바람은 벌써 후텁지근했다. 우리는 문 닫은 병원 앞 자판기에서 음료수를 뽑아 먹었다. 음료수를 마시다가 올려다본 하늘에 무수히 많은 별이 돋아 있었다.

“기완이 성공할 것 같아?”

재문이 물었다.

“된다고 해도 얼마나 가려나.”

“그래도 사귀면 한 번 자주긴 하겠지. 앤이 그렇게 잘한다며.”

앤처럼 발목이 가는 애들이 조이는 힘이 엄청나다는 둥, 입술이 도톰하면 거기도 도톰하고 예쁘다는 둥, 우리는 근거 없는 얘기를 경쟁하듯 주고받았다.

“아, 기완이 새끼가 제일 먼저 꽃을 딸 줄이야.”

재문이 부럽다는 듯 입맛을 다시며 말했다.

“그 새끼 콘돔 사용법은 알고 있으려나?”

우리는 상상의 나래를 펼치며 주절거렸다.

그런 우려가 주제넘었다는 사실은 며칠 지나지 않아 밝혀졌다. 혹시나 하는 기대를 뒤엎고 기완의 고백은 완전히 실패로 돌아갔다. 단순히 거절당한 거라면 웃고 넘겼을 테지만 앤의 반응은 예상을 뛰어넘을 정도로 과격했다. 재미삼아 기완에게 그날 일을 털어놓으라고 닦달하던 우리는 정작 이야기를 전해 듣고 나자 어안이 벙벙해졌다.

“정말 그런 소릴 했단 말이야?”

믿기 어렵다는 듯 되물은 것은 재문이었다.

“뭐, 틀린 말은 아니니까.”

기완이 멋쩍게 무릎을 쓸어내리며 말했다. 운동장 벤치 위로 점심의 따사로운 햇살이 내리비추고 있었다. 운동장에서는 점심을 먹고 나온 3학년들이 축구를 하고 있었다.

"그년 못됐네."

눈꼬리가 처져서 늘 졸린 듯한 얼굴의 진철이 중얼거렸다.

"사람을 무시해도 유분수지……."

나는 더 이으려던 말을 그만두고 발치의 흙을 걷어찼다. 눈꼬리가 치켜 올라간 눈을 가늘게 뜬 채 기완을 향해 비웃음을 던졌을 앤의 얼굴이 떠올랐다. 기완이 준비한 말을 더듬거리며 마치기 무섭게 앤은 녀석을 기가 차다는 듯 노려보았다고 했다.

"너, 내가 얘기 좀 몇 마디 해주니까 아주 만만하지? 거지새끼가 주제도 모르고 누굴 넘봐? 나 김치 쉰내 싫어서 니네 식당 근처에도 안 가는 사람이야. 냄새 옮을까 봐 겁나니깐 좀 꺼져."

그 앙칼진 목소리가 귀에 울리는 것 같았다. 몇 걸음 나아가던 앤은 돌연 측은하다는 표정을 짓더니 덧붙였다고 했다.

"너희 그 좁아터진 집에 애들만 죽어라 낳아놓은 걸 보고 참 미련하다 싶었는데 그 집 자식 아니랄까 봐 참 멍청하다. 될 것 같은 일에 덤벼야지, 어디서……. 발정 난 개처럼 굴지 말고 사람 좀 봐가면서 움직여."

내 앞에서 그런 말을 했었더라면 뺨을 갈겨주었을 것이다. 아니, 막상 그 애를 앞에 두고 있었더라면 그럴 수 있었을까. 옆자리의 진철이 손마디를 우두둑 꺾었다. 아마 진철이라면 주저 없이 손을 날렸을 거다. 앤이 아니라 어떤 절세미녀와 마주하고 있다 해도 기분이 뒤틀리면 앞뒤 가리지 않고 뺨을 후려쳤을 사람이 진철이었다.

"야, 이거 그냥 넘어가지 말자."

재문은 애초에 앞장서서 기완을 부추겼던 만큼 가장 열이 올라 있었다.

"싸가지 없는 년한테 본때를 좀 보여줘야겠어."

나도 고개를 끄덕였다.

"아주 제대로 똥줄 타게 만들어서 망신을 줘보자. 내가 계획을 세울게."

진철이 좋다고 찬성했다. 우리는 그때까지 별 반응이 없던 유성을 쳐다보았다. 유성은 앞으로 기울이고 있던 몸을 슬그머니 뒤로 젖히며 입을 뗐다.

"내가 도울 일이 있으면 뭐든 할게."

재문이 생각해낸 건 앤에게 있어 가장 중요한 것을 빼앗자는 것이었다. 그러나 우리가 아는 한에서 그 애가 아끼는 거라고는 손거울이 닳도록 들여다보며 매만지는 얼굴과 늘 인형이며 액세서리들을 주렁주렁 달고 다니는 명품 로고가 찍힌 가방들뿐이었다.

"또 하나 있긴 하지."

내가 말했다.

"쌍라이트 자매."

앤의 충실한 두 심복. 재문이 손뼉을 쳤다.

"그거 좋다! 걔네를 이간질시키면 되겠네."

그러나 이간질이라는 것도 친구 사이라는 전제 하에나 수월할 터였다. 앤과 쌍라이트 자매의 관계는 우정이라기보다는 명령과 복종으로 맺어진 사이에 가까웠다.

"음. 어쩌면 그편이 더 좋을지 몰라. 앤에게 모욕감을 주기엔 말이지."

방과 후 재문이 고안해낸 계획은 꽤 그럴듯했다. 녀석은 얼마 전에 앤

과 헤어진 예전 남자친구 오재호를 이용하자고 했다. 오재호라는 이름이
나오자 다들 얼마간 주춤했다. 그도 그럴 것이 그는 지난해에 오토바이로
철물점을 들이받아 퇴학당한 한 살 위 선배였다. 오직 다른 사람을 위협
하기 위해 태어난 존재처럼 사방팔방에서 주먹을 휘두르고 다녀, 어떤 면
에서는 앤보다도 더 유명한 인물이었다. 오재호 앞에서라면 애고 어른이
고 할 것 없이 어깨를 움츠렸다. 그는 비쩍 마른 체구에 턱 언저리부터 돋
아난 여드름이 목까지 뒤덮고 있음에도 여자들에게 인기가 좋았다.

소문에 의하면 앤은 미용실에서 일하는 스무 살짜리 여자에게 오재호
를 뺏기고 이를 갈았다고 했다. 재문은 쌍라이트 자매 중 한 명을 오재호
와 엮이게 한 후 앤이 그 사실을 알아채게 하자고 했다. 질투심만큼 여자
를 미치게 만드는 건 없다는 것이었다.

쌍라이트 자매는 우리 사이에서 '깨알'과 '봉다리'라고 불렸다. 한 명은
누군가 공중목욕탕에서 목격한 바로 젖꼭지가 너무 작아서 없는 줄 알고
깜짝 놀랐다는 소문이 있었던 뒤로 깨알이라 불렸고, 다른 한 명인 봉다
리는 늘 앤이 좋아하는 요거트와 딸기잼 빵을 봉지 가득 사 들고 다니며
대령한다는 데서 따낸 별명이었다. 깨알은 남자친구가 있었으므로 작전
을 수행한다면 봉다리를 이용해야 했다.

"오재호가 봉다리랑 엮이는 게 가능할까?"

기완이 못 미덥다는 얼굴로 물었다. 늘 얼굴이 반반하고 까다로운 여
자애들을 사귀었던 오재호의 취향을 고려한다면 솔직히 봉다리는 무리
였다.

"꼭 진짜일 필요는 없어. 오해할 여지만 만들어도 충분해. 심기만 좀 건

드려 놓으면 길길이 날뛰는 건 앤이 알아서 할 테니까. 그러고 나서 우린 앤이 봉다리에게 밀렸다는 소문만 신 나게 퍼뜨리면 되는 거지.”

오재호와 봉다리를 만나게 하는 데는 꼼수가 필요했다. 다음 날 재문은 두 사람의 휴대전화번호를 알아왔다. 우리는 기완의 휴대전화로 오재호의 번호로 봉다리에게, 봉다리의 번호로 오재호에게 각자 문자를 보냈다. 문자 메시지는 간단했다. 앤의 문제로 할 얘기가 있으니 목요일 오후 비밀의 화원에서 만나자, 자세한 얘긴 후에 나눌 수 있도록 답장은 하지 말아 달라는 내용이었다. 자칫 어느 한 쪽이 전화를 걸거나 문자를 보내게 되면 계획은 수포로 돌아가게 될 테지만 그 일은 운에 맡기기로 했다. 오재호와 봉다리가 비밀의 화원에 나온다면 둘이 만나서 이야기하는 장면을 사진으로 찍어 앤에게 전송할 예정이었다. 앤의 성격이라면 앞뒤 사정을 물을 것도 없이 봉다리를 다그칠 것이 뻔했다. 우리는 오재호가 앤을 버리고 봉다리를 택했다, 결국 앤이 여자로서의 그렇고 그런 매력에서는 봉다리보다 별로란다, 라는 말을 퍼뜨려 소문에 민감하고 다혈질 성격인 앤의 화를 더욱 돋우기만 하면 되는 일이었다. 생각해보면 유치하기 짝이 없는 계획이지만 우리는 기대에 부풀어 낄낄거렸다. 어느새 앤을 골탕 먹이는 이유가 기완의 일 때문이라는 것도 다들 잊어버린 눈치였다.

비밀의 화원은 예전에 꽃집을 하던 할머니가 가꾸던 장소였다. 동네의 외곽 쪽에 자리한 곳으로 좁은 돌계단을 사이에 두고 꽃나무들이 자라는 화원이었다. 할머니가 죽은 뒤로 그곳은 온갖 나무줄기와 덩굴들이 우거져 정글처럼 변했다. 싱그러운 풀 냄새로 가득하던 화원은 축축한 이끼 냄새와 서늘한 그늘에 잠겨 은밀한 공기를 뿜어냈다. 이따금 동네 사람들은 잠금장치가 고장 난 철제대문을 넘나들었다. 비밀의 화원에서 일어났다고 추정되는 수많은 일이 소문이 되어 떠돌았지만, 그곳에서부터 비롯된 소문이라면 모두 적당히 듣고 넘겼다. 워낙 근거 없는 것들이 많기도 했으나 한편으로는 비밀의 화원에서라면 어떤 일이라도 일어날 수 있으며 그 장소를 공유하기 위해서는 서로의 소문을 묵인해주자는 암묵적인 약속이 되어 있기 때문이었다.

"뭔 놈의 모기가 이렇게 많아."

덤불 속에 앉아 있던 재문이 팔뚝을 긁적이며 투덜댔다.

"벌써 십 분이나 지났지? 설마 실패한 건가?"

우리는 풀숲에 숨어 돌계단 아래 입구 쪽을 내려다보았다. 얼마쯤 더 기다렸을까. 슬슬 지루해지려던 찰나 낡은 대문이 열리는 소리가 들려왔다. 우리는 동시에 숨을 죽였다. 먼저 화원에 들어선 것은 봉다리였다. 흰색 원피스에 얇은 레몬색 볼레로를 걸치고 나타났다. 그 애는 머뭇거리며 주변을 살피다가 계단을 올라왔다. 몇 분 지나지 않아 입구에서 인기척이 들려왔다. 이윽고 대문이 열리고 누군가 모습을 드러냈다. 계획이 성공했다는 기쁨에 내 무릎을 마구 찔러대던 재문이 순간 멈칫했다.

"어라, 정말이네?"

나무 이파리 사이를 가르며 화살촉처럼 날아온 목소리. 화원에 들어선 것은 오재호가 아닌 앤이었다. 봉다리의 표정이 굳었다. 앤은 가방에 매달린 액세서리들을 찰그랑거리며 계단을 올라왔다.

"아주 꽃단장을 하고 오셨네. 약속 있다더니 여기 오려고 한 거였어?"

앤이 사색이 된 봉다리의 앞에 바짝 다가섰다. 길고 검은 머리카락이 흩날렸다. 앤은 자기보다 한 뼘이나 더 작은 봉다리를 향해 웃음을 띠고 있었다. 일이 잘못되었다는 생각에 스멀스멀 한기가 올라왔다.

"남자만 보면 그렇게 꼬리를 쳐대더니. 이번엔 친구 남자를 꼬셔보겠다?"

"아냐. 그런 게 아니라."

봉다리가 손사래를 쳤다. 가뜩이나 흰 얼굴이 점점 더 창백해져서 눈, 코, 입이 그대로 지워져 버리는 게 아닌가 싶었다.

"야, 배신을 때리려면 머리를 굴릴 성의라도 보여라. 기껏 생각한 게 나 팔아서 둘이 만나보려는 거였어?"

철썩. 봉다리가 뺨을 부여잡았다. 앤은 손을 허리에 얹고 말을 이었다.

"재호 오빠가 네 수작을 뻔히 알고 코웃음을 치더라. 아, 내가 다 쪽팔려."

우리는 몸을 낮춘 채 마른 침을 삼켰다. 미처 생각지 못했던 전개였다. 이대로라면 앤을 물 먹이기는커녕 애꿎은 봉다리만 곤경에 빠질 상황이었다.

"부모도 없는 게 불쌍해서 데리고 다녔더니만 고마운 줄을 몰라?"

앤이 사납게 봉다리의 머리카락을 낚아챘다. 앤은 비명을 지르는 봉다리의 이마를 녹슨 쇠기둥에 사정없이 내리찧었다. 페인트칠이 벗겨지고 죽은 줄기들이 엉겨 있는 쇠기둥은 덩굴식물을 키우기 위해 세워둔 것이었다. 우리는 초조한 얼굴로 서로 마주 보았다.

"그런 거 아니야."

봉다리가 간신히 소리쳤으나 앤은 얼굴이 벌겋게 달아오른 채 봉다리의 머리를 젖혔다. 그 애의 시선이 기둥 옆에 놓인 돌덩이에 멈추는 것을 보았다. 앤이 돌덩이를 향해 봉다리를 내동댕이치려 하는 순간, 진철이 수풀 속에서 뛰쳐나갔다.

"야!"

진철이 앤을 향해 버럭 소리를 내질렀다. 우리는 하나둘씩 자리를 털고 일어났다. 줄곧 굽혀 있던 무릎이 다시 주저앉고 싶다고 나를 끌어내리는 듯 뻑적지근했다. 놀라서 뒤를 돌아보던 앤의 얼굴이 험악하게 일그러졌다.

"니들은 뭐야?"

우리를 둘러보던 앤의 시선이 기완에게서 멈추었다.

"또 너야?"

"걔는 놔줘."

"아, 그랬구나."

앤은 천천히 고개를 끄덕이며 봉다리의 머리카락을 쥐고 흔들어댔다.

"니네가 얘랑 짜고 나를 엿 먹이려고 했구나."

"걘 상관없어."

"꼴에 차였다고 분풀이를 하시려고? 끼리끼리 참 잘 어울리네. 너희 둘이 잤니?"

앤이 이를 악물고 봉다리를 다시 기둥에 내리찧었다. 봉다리가 발에 밟힌 쥐새끼처럼 처량한 비명을 내질렀다. 나는 이를 물었다. 지은 잘못도 없는데 무력하게 당하고만 있는 그 애에게 짧은 경멸을 느꼈다.

"그만 하라니까!"

진철과 기완이 동시에 달려들어 앤을 저지했다. 악에 받친 앤은 더욱 집요하게 봉다리의 머리카락을 움켜쥐었다. 나는 가까이 다가가 둘을 떼어놓으려다가 앤의 손등에 턱을 맞았다. 누군가 앤의 손목을 잡고 손가락을 억지로 잡아 폈다. 힘을 주느라 핏기가 가신 채 오그라든 앤의 손가락은 희고 가느다랬다. 악다구니를 쓰는 앤의 몸에서 예의 그 꽃향기가 진동했다. 살갗으로 스며들어 사타구니를 저릿하게 하는 그 체취에 나도 모르게 전율이 일었다.

"악!"

앤의 손톱이 기완의 뺨을 깊숙이 파고든 것과 한데 뭉쳐 있던 우리 사이에 짧은 공허함이 구덩이처럼 움푹 파인 것은 거의 동시에 일어난 일이었다. 앤의 몸이 기우뚱하며 비스듬히 멀어졌다. 나는 입술을 약간 벌린 그 애와 눈이 마주쳤다. 검은 눈동자가 허술하게 붙은 종이처럼 떨어져 바람에 흩날려 가는 듯했다.

뒤로 고꾸라진 앤의 몸은 둔탁한 소리를 내며 계단 아래로 굴러떨어졌다. 머리가 계단 모서리에 찍혀 멈추자 팔이 배 위로 튕겨 올랐다. 꺾인 목이 계단 아래로 늘어져 얼굴은 보이지 않았다. 교복 블라우스가 젖혀져 배꼽이 드러났다. 뒤집힌 치마 밑으로 흰 팬티가 보였다. 검붉은 피가 계단 위로 번져 흘러내렸다. 갑자기 귀가 먹어버린 것 같은 착각이 들었다. 거짓말처럼 고막이 사라졌다. 바람에 서걱거리던 나뭇잎 소리도, 발밑에서 흙이 쓸리던 소리도 지워지고 핏기 가신 얼굴들만 불이 나간 전등알처럼 흔들거렸다. 앤의 주머니에서 튕겨 나온 휴대전화 램프가 반짝였다. 그제야 귀에 긴 이명이 울리기 시작했다.

화원의 입구에서 누군가의 말소리가 들려왔다. 우리는 빠르게 시선을 주고받았다. 가장 먼저 발을 뗀 게 누구인지는 알 수 없었다. 정신을 차렸을 때 나는 꽃나무 덤불 속에 짐승처럼 몸을 숨기고 있었다. 온몸이 심장 소리로 요동을 쳤다. 그리고 내 턱밑에 바짝 붙어 있는 또 한 마리의 짐승, 봉다리가 나를 올려다보고 있었다. 나는 봉다리의 팔목을 부서질 듯 세게 잡고 있었다는 사실을 깨달았다. 뿔뿔이 흩어지는 가운데 멍청하게 서 있던 봉다리의 팔을 잡아끌고 정신없이 숨어들었던 것이다.

계단 쪽에서 오재호와 그 친구들의 비명이 들려왔다. 그들은 욕지기를 내뱉으며 누군가를 구타하고 있었다. 미처 숨지 못한 한 명이었다. 낡은 운동화 한 짝이 계단 밑으로 굴러떨어졌다. 기완의 것이었다. 나는 입술을 비집고 나오려는 신음을 목구멍으로 밀어 넣으며 봉다리를 더욱 바짝 끌어당겼다. 역겨운 풀 비린내가 진동하는 가운데 그 애의 머리카락에서는 달콤한 샴푸 냄새가 났다. 머리칼에 코를 묻고 있던 나는 문득 고개를 들어 황혼으로 물든 하늘을 올려다보았다. 덤불 가지 사이로 조각난 하늘의 붉은 파편이 어지러이 흩어져 있었다.

여전히 소란한 틈을 타, 나는 봉다리를 끌고 화원의 뒤편으로 내려왔다. 돌보는 사람이 없음에도 흐드러지게 꽃을 피워낸 나뭇가지에 뺨과 팔뚝이 긁혔다. 살이 오른 쥐가 우리를 발견하고는 쏜살같이 바위 밑으로 숨어들었다. 봉다리와 함께 돌담을 넘었다. 다리가 풀려 달릴 수도 없었다. 나는 그 애의 손목을 잡은 채 큰길까지 걸어 나왔다.

"너……."

"주홍이야. 신주홍."

"알아……. 일단 아무한테도 말하지 마라."

주홍은 대답이 없었다.

"오늘은 집에 돌아가 있는 게 좋겠어."

그 애는 잠자코 고개를 끄덕였다. 나는 신호등 앞에 우두커니 선 채로 길을 건너 멀어지는 그 애의 뒷모습을 한참 동안 바라보았다.

걸음을 떼려다가 운동화 밑에 무언가 축축한 게 들러붙어 있는 것을 느꼈다. 밟혀 짓이겨진 꽃잎이 신발 밑창에 끼어 있었다. 나는 진저리를 치며 운동화를 길바닥에 문질렀다. 꽃잎은 형체를 알아볼 수 없을 만큼 새까맣게 말려 떨어져 나갔다.

학교에 형사가 찾아왔다. 우리는 차례로 학생부실에 불려 갔다. 부실 앞 복도에서 마주쳤지만 서로 약속이라도 한 듯 아무 말도 주고받지 않았다. 기완은 어제 오재호가 연락한 경찰들에 의해 현장에서 체포되었다고 했다.

"장희진이랑 김기완 사이에 무슨 일이 있었는지 자세히 얘기해봐라."

중년의 형사는 학생부실의 창문을 등지고 앉아 말했다. 커튼을 열어둔 창문 너머로 오전의 투명한 빛이 비춰들었다. 햇빛은 형사의 낡은 티셔츠 어깨너머로 넘어와 물잔 위에 드리워졌다. 나는 창문에 기름 얼룩 같은 게 묻어 있는 것을 보았다. 거미줄에 달라붙은 먼지처럼 그 부분에만 햇빛이 몽롱하게 번져 있었다. 창문에 구름이 걸려 얼룩은 한층 짙어졌다. 지저분한 창문을 바라보고 있자니 이상하리만큼 마음이 평온해졌다. 앞서 이 자리에 앉았던 녀석들 모두 저 창문을 쳐다보고 있었을 거란 생각이 들었다.

검거된 기완은 우리의 이름을 언급하지 않았다. 장희진에게 고백을 거절당한 후 복수하겠다는 마음으로 신주홍과 오재호를 이용했다. 그러나 계획이 무산되어 두 명은 오지 않고 장희진만 나타나자 다시 다투게 되었고, 몸싸움 끝에 실수로 밀어낸 것이 그 애를 죽이고 말았다, 는 것이 녀석의 진술이었다. 형사가 진술에 대해 더 추궁하거나 의심을 품지 않은 것은 나머지 우리 모두 그 일에 대해서는 전혀 알지 못한다고 말했기 때문이었다. 기완이 비밀의 화원에 있던 시각, 그를 제외한 우리 넷은 함께 모여 있었던 것으로 되어 있었다. 우리는 서로의 알리바이였다.

좁은 바닷가 동네는 살인사건으로 어수선해졌다. 그러나 사람들의 충격과 두려움이 무색할 만큼 기완에 대한 처분은 빠르게 이루어졌다. 기완이 검찰 쪽으로 넘어갔다는 소식을 전해 들었을 때에도 나는 그 모든 일이 비현실적으로만 느껴졌다. 우리가 한 짓이라고는 고작해야 장난을 좀 치고자 했던 것뿐 아닌가.

나는 여러 차례 같은 꿈을 꿨다. 눈부시도록 울창한 화원. 머리 위 나뭇가지 한 개가 툭 꺾이고, 그 끝에 매달려 있던 농익은 열매가 돌계단 위로 낙하했다. 바닥에 떨어진 열매는 신경질적으로 터졌다. 뭉개진 열매에서 눈, 코, 입이 흘러나왔다. 나는 새하얀 운동화에 묻은 검붉은 열매즙을 씻어내려고 찬물에 운동화를 벅벅 문지르다가 잠에서 깨어났다. 꿈은 시도 때도 없이 찾아왔다. 나는 잠들지 않았을 때에도 꿈을 꿀 수 있다는 사실을 깨달았다.

우리는 늦은 저녁, 고물상에 모였다. 재문은 그 사이 감기에 걸려 있었다. 모두 한참 동안 침묵을 지켰다.

"오재호 새끼가 말을 막 지어대는 바람에 기완이가 무척 불리하게 됐다던데 이제 어떻게 하냐."

진철이 거칠해진 얼굴을 문지르며 입을 열었다.

"지금 우리가 나선다고 해서 달라질 게 있을까."

나는 무표정한 얼굴로 중얼거렸다.

"나도 같은 생각이다. 우린 기완의 선택을 고맙게 받아들여야 해. 그리고 좀 더 현실적으로 녀석에게 보답할 방법을 마련하는 게 최선이야."

재문이 가라앉은 목소리로 말을 이었다.

"감옥에 가는 건 어쩔 수 없는 현실이잖아. 우린 녀석이 나왔을 때 그 긴 시간을 보상받을 만큼 풍족한 삶을 살 수 있게 준비해놔야 한다는 거지."

"나도 그게 나을 거라고 생각해."

내가 동의하자 진철과 유성도 천천히 고개를 끄덕였다.

"그건 사고였어."

재문이 못을 박듯 말했다.

"하지만."

유성이 입을 열자 모두의 시선이 집중되었다. 녀석이 누군가의 말에 토를 다는 일은 드물었다. 유성은 머뭇거리더니 조그마한 목소리로 말을 이었다.

"사람이 죽었다는 사실을…… 잊으면 안 될 거 같아."

"이 새끼야, 말이 되는 소리를 해. 너라면 평생 잊을 수 있겠어?"

진철이 사납게 대꾸했다. 유성은 다시 입을 다물었다. 그러나 유성의 말은 내 머릿속으로 걸어 들어와 냉동고에 갇힌 새의 꼬리처럼 파르르 떨렸다.

"문제는 봉다리인데."

재문이 긴 숨을 몰아쉬었다.

"그 앤 걱정 안 해도 돼."

나도 모르게 불쑥 나서서 말하고는 잠시 당황했다.

"그래? 확실한 거냐?"

"응."

내가 더 묻지 말라는 듯 단호히 대답하자 녀석들도 더 이상 말을 꺼내지 않았다. 모두 무슨 말인가 더 주고받아야 할 것 같은 중압감에 눌리면서도 한시바삐 자리를 뜨고 싶은 마음이 앞서고 있었다.

나는 사거리에서 유성과 헤어진 뒤 집과 반대 방향으로 걸음을 옮겼다.

주홍의 집은 방파제 가까이에 있었다. 단층의 주택 거실은 불이 꺼져 있고 가장자리의 방 창문에서만 희미한 불빛이 새어나오고 있었다. 주홍에게 잠깐 나오라고 문자 메시지를 보냈다. 얼마 있지 않아 조심스럽게 현관문이 열리더니 후드티를 입은 주홍이 나왔다.

"가족들이 일찍 자나 보네."

나는 주머니에 손을 찔러 넣은 채 말했다.

"아냐. 전기세 때문에 불을 잘 안 켜서."

주홍은 조금 쑥스러운 듯이 말했다. 그 애는 바닷가 동네 토박이가 아니었다. 서울에서 내려온 지 삼 년 남짓 되었을까. 자동차 전복사고로 부모님을 잃고 생명보험금과 함께 이모네 집에 맡겨졌다고 들었다. 동네에서 가끔 마주치는 주홍의 이모는 성마른 체구에 피부가 황달 환자처럼 누렜다. 늘 급한 일이 있는 사람처럼 서둘러 걸었고 동네 사람들과도 대화를 나누는 일이 거의 없었다. 그녀의 늙은 남편 또한 성격이 예민하고 호전적이기 그지없어서 사람들은 그 집 식구들에 대해 썩 호감을 갖고 있지 않았다. 우리 학교에 다니는 한 학년 위의 그 집 딸은 제 어머니와 판박이였다.

"형사들이 다친 거에 대해서 묻지 않았어?"

앤이 짓찧었던 이마가 동그랗게 부어올라 오디 물이 번진 것처럼 푸른 피멍이 들어 있었다.

"그날 피구할 때 공에 맞았었거든. 적당히 둘러댔어."

"그래."

주홍의 눈가가 축축해졌다. 나는 다른 곳을 보는 척하며 그 얼굴을 훔쳐보았다. 시선이 절로 갈 만큼 예쁜 건 분명 아니었다. 마주 보고 있다가도 돌아서면 쉽게 잊을 만큼 특징 없는 외모. 그런데 그 얼굴이 새벽빛처럼 곧 흐릿해지리라는 사실 때문에 애틋해서 눈을 뗄 수가 없었다. 내가 눈을 돌리면 그 애는 그대로 물이 되어 흘러내릴 것 같았다.

"이번 일에 대해서는 일단 기완이가 책임을 지게 됐으니까."

책임, 이라는 말이 수상한 주사위처럼 입 밖으로 굴러 나왔다. 주홍의 희고 말간 피부 위로 가로등 불빛이 어른거렸다.

"넌 걱정할 거 없어."

나는 되는 대로 주절거렸다. 대체 무슨 말을 하려고 여기까지 찾아온 걸까, 혼란스러워졌다. 자그마한 두 손을 마주 잡고 있던 주홍이 고개를 들었다. 까맣고 맑은 눈동자에 가슴이 철렁 내려앉았다.

"그날은 고마웠어."

주홍이 말했다.

"네가 날 데리고 숨겨줬잖아."

그제야 나는 왜 내가 주홍의 집 앞까지 찾아온 건지 기억해냈다. 괜한 일에 끌어들이게 되어서 미안하다고, 그때 다친 데는 괜찮으냐고, 나는 그 말을 하려고 여기까지 왔던 것이다. 주홍의 뺨 위로 눈물이 흘러내렸다. 나는 손을 뻗어 미지근한 눈물을 닦아주었다. 그 애의 두 볼은 녹을 것처럼 보드라웠다.

"울지 마."

손을 거두고 말했다.

"앞으로 무슨 일이 더 생기면 내가 알아서 할 테니까……."

나는 기완이 죄를 뒤집어썼다고 이번 사건이 마무리 지어진 게 아니라는 것을 알았다. 문제가 너무 쉽게 끝났다. 우연히 답과 같은 숫자가 나오긴 했으나 이것은 아직 풀리다 만 수식이다. 뒤섞여 추락하던 숫자들이 부호에 걸려 잠시 멈춰 있는 것뿐, 언젠가 숫자들은 다시 우수수 떨어져 내릴 게 분명하다.

내가 널 지켜줄게. 그러니까.

"그만 울어."

나는 메마른 목소리로 말했다. 주홍은 울음을 참기 위해 입을 다물고 어깨를 들썩였다. 그 어깨의 떨림을 바라보며 느꼈던 아득한 절망. 그 절망 속에서 나는 진심으로 절망했던가.

　모든 계절이 그랬듯 그해 여름도 지나갔다. 기완이 수감되고 난 후 우리는 한 차례 면회를 갔지만, 시간이 맞지 않아 거절당했다. 그 이후 우리가 모두 고물상에 모여앉아 시간을 보내는 일은 없었다. 방학이 되자 재문은 기숙학원에 들어갔고 진철은 어머니가 아파서 간호하는 데 온 시간을 쏟아야 했다. 나는 입시를 준비하며 주흥을 만났고 이따금 빠른 걸음으로 고물상 앞을 지나쳐 걷곤 했다. 고등학교를 졸업한 후에는 모두 한둘씩 바닷가 마을을 떠났다. 더러는 인사조차 없이 떠나는 누군가도 있었다.

물집

　　　　　방의 미닫이문이 열리고 종업원이 들어왔다. 한 사람 앞에
한 그릇씩 닭백숙이 놓였다. 조금 늦을 거라고 했던 진철은 생각보다 일
찍 도착했다. 재문은 백숙을 반쯤 먹었을 때서야 나타났다. 정장 차림에
짙은 남색 타이가 반듯했다. 몇 해 전보다 살이 좀 오른 얼굴에는 화색이
돌았다.

"이야, 잘들 지냈냐?"

그는 진철과 기완 사이에 자리를 잡고 앉았다. 종업원이 주문을 받으러
들어오자 그는 손을 내저었다.

"됐어요. 난 먹고 왔어."

재문이 상 앞에 둘러앉은 얼굴들을 찬찬히 둘러보았다.

"연예인을 가까이서 보니까 손이 다 떨린다, 야."

그가 주홍을 향해 넉살 좋게 말했다. 주홍이 입을 가리며 미소 지었다.

뜨거운 백숙을 먹느라 땀을 뻘뻘 흘린 진철이 물수건으로 얼굴과 목을

훔치며 재문을 툭 건드렸다.

"인마, 넌 돈도 잘 벌어서 재미 좋잖아. 연예인보다 예쁜 여자들이 줄을 섰겠구만."

"말이 좋아 투자지, 천당 지옥을 왔다 갔다 하는 거 아니냐. 언제 63빌딩 옥상에서 구두 벗고 있을지 모르는 게 이 바닥이다."

"하여튼 엄살은. 그러고 보니까 나 얼마 전에 걔 봤다. 음주 운전으로 걸린 가수 알지? 케이브이인가 하는 그 새끼. 옆 반 애들이 검거했더라고. 어린 새끼가 까져가지고는. 두 번이나 걸린 거 보면 상습범이야. 콩밥 좀 처먹어야 정신을 차리지."

진철의 무심한 말투에 방 안에는 애써 외면했던 긴장감이 공기를 짓눌렀다. 현직 강력계 형사와 전과자가 마주 앉은 자리. 나는 주흥의 시선이 얼핏 기완에게로 향하는 것을 보았다. 섣부르게 굴지 말라고 그렇게 일러두었건만.

"유성이 너는 요새 뭐하고 지내냐?"

재문이 복분자주를 기완과 유성의 잔에 차례로 따르며 화제를 바꾸었다. 식당에 들어오고서부터 음식에는 거의 손대지 않고 줄담배만 피워대던 유성이었다.

"나 용역회사에 있어. 요샌 트럭 운전해."

"난 연예인이라면 신주흥보단 네가 될 줄 알았는데."

진철의 말에 유성은 쓸쓸하게 웃었다.

"넌 어떻게 된 놈이 나이를 안 먹냐. 남자 새끼가 피부 좋은 것 좀 봐."

재문이 덩달아 거들었다.

조금 전 카키색 점퍼에 보풀이 인 스웨터를 입고 나타난 유성을 보았을 때 나 또한 멈칫했었다. 해를 넘기며 만날 때마다 조금씩 부석부석해지거나 살이 오른 우리와 달리 유성의 외모는 변함이 없었다. 곱상한 얼굴에 서려 있는 그 특유의 우울함이 조금 짙어졌을 뿐 그는 고등학교 때의 모습을 그대로 유지하고 있었다. 나는 유성을 볼 때마다 아름다운 용모에 대한 감탄과 함께 묘한 두려움을 느꼈다.

우리가 마지막으로 한자리에 모인 것은 사 년 전 봄이었다. 기완이 출소한 뒤 우리는 전세방을 얻고 얼마간 생활할 수 있는 액수의 돈을 모아 건넸다. 적은 액수는 아니었지만 그리 큰돈이라 할 수도 없었다. 기완은 받지 않으려 했지만 우리는 떠넘기듯 돈을 안겨주고 앞으로도 언제든 그를 도와주리라 약속했다.

우리가 모아준 돈을 경마로 탕진한 기완은 그 후 절도 및 폭행 혐의로 다시 구속되었다. 그는 종합전자상가에서 디지털카메라를 훔치려다가 적발되었다. 누명을 썼다며 연락을 해왔지만, 현직 형사인 진철도 손을 쓸 수 없을 만큼 증거가 분명했다. 방범 카메라에는 주변을 두리번거리다가 디지털카메라를 집어 주머니에 숨기는 기완의 모습이 적나라하게 찍혀 있었다. 직원이 달려와 추궁하자 기완은 주먹다짐 끝에 그를 바닥에 내동댕이쳤다. 직원은 기완의 주먹에 맞아 코가 내려앉고 진열대에 부딪혀서 허리를 심하게 다쳤다.

두 번째 징역살이를 마친 기완은 보름 전 출소했다. 그리고 주흥에게 전화를 걸어온 것이었다. 사 년 전에 모였던 자리에서만 해도 그는 이제 막 연예인으로 데뷔한 주홍의 얼굴조차 제대로 쳐다보지 못했다. 멋쩍어서 시선을 애매한 곳에 둔 채 예뻐졌다고 한마디 건넨 게 고작이었다.

술을 추가로 주문했지만 정작 술잔에 손을 대는 사람은 기완뿐이었다. 술은 처음 따랐을 때의 영롱한 빛을 차츰 잃어갔다.

"어쨌거나 이번에도 고생했다, 야."

재문이 기완의 어깨를 쓸어내리며 말했다. 기완은 얼굴을 일그러뜨리며 웃었다.

"우리가 도울 일이 있으면 말해."

"나, 돈이 좀 필요하다."

기완이 술기운에 불콰해진 얼굴로 말했다.

"그런 거라면 당연히 우리가 도와야지. 그래, 어느 정도 생각하고 있어?"

재문이 자세를 고쳐 앉으며 물었다. 돈 문제야 별것 아니라는 재문의 태도에는 분위기를 자연스럽게 풀어가려는 기색이 역력했으나 기완은 여전히 무표정했다.

"일단은 삼 억 정도 준비해줬으면 좋겠다."

잠시 정적이 흘렀다. 아직 치워가지 않은 식은 닭백숙 그릇에 희부연 기름기가 둥둥 떠다녔다.

"꽤 큰 액수네. 사업이라도 구상하고 있어?"

나는 물을 한 모금 마시고 물었다. 기완이 낮게 코웃음을 쳤다.

"그게 큰돈이냐?"

그때까지 잠자코 있던 진철이 거슬린다는 듯 목을 가다듬었다. 나는 늘

머릿속의 생각을 그대로 입 밖에 내뱉어야 직성이 풀리는 진철이 괜한 말을 하지 않을까 염려스러웠다. 아니나 다를까 진철은 퉁명스럽게 기완의 말을 맞받아쳤다.

"그럼 푼돈이냐? 난 팔천짜리 전세 빚도 아직 못 갚아서 쩔쩔거리고 있는데."

"니들 돈 잘 벌잖아."

비아냥거리는 기완의 말에 재문은 고개를 저었다.

"밖에서 보는 거랑은 또 다르지. 나도 일 벌여둔 게 있어서 빚이 말도 못해. 당장 3억이 필요한 이유라도 있어?"

기완은 재문을 힐끗 쳐다보고는 실실 웃었다. 그 순간 나는 좀처럼 속내를 내비치지 않는 재문의 눈빛이 비스듬히 흔들리는 것을 보았다. 그도 느낀 것이다. 기완이 변했다는 것을. 이건 기완이 이따금 내비치던 치기어린 시비나 투정 같은 농담이 아니었다. 두 번의 징역살이를 마친 뒤 기완은 완전히 다른 사람이 되어 있었다. 과거의 그는 우람한 체구만큼이나 거친 편이긴 했지만 순박한 데가 있어 싫은 소리를 잘 못하고 남의 말에 못 이기는 척 설득당하는 성격이었다. 그러나 지금 여기 와 있는 기완은 더 이상 예전의 그가 아니었다. 그는 옷 속에 보이지 않게 칼을 숨긴 사람처럼 불안하게 눈을 굴리며 우리의 눈치를 살폈다. 아까 얼핏 눈을 마주쳤을 때 나는 기완의 탁하고 살벌한 시선에 당황했다. 그의 눈동자는 당장에라도 덤벼들어 목을 조를 것 같은 살의와 알 수 없는 비굴함으로 번들거렸다.

기완은 입으로만 히죽 웃었다.

"그렇게 나올 줄 알았다."

"너도 우리 사정 좀 봐줘야지."

"내가 니들이었으면 삼 억쯤은 군말 없이 내놨을 텐데."

"마음 같아서야 삼 억이 문제냐? 사는 게 그리 만만치가 않으니까. 오죽하면 너한테 않는 소리를 다 하겠냐."

재문이 재빨리 기완의 빈 잔에 술을 채웠다.

"내가 니들한테 해준 걸 생각하면 그럼 안 되지."

기완은 찬찬히 우리를 훑어보았다.

"지금 니들은 나 혼자만 살인자고 그저 친구라서 챙겨주는 것처럼 인심을 쓰고 있단 말이야."

기분 탓일까. 실내의 조도가 갑자기 어두워진 것처럼 느껴졌다.

"우리는 공범자들이야. 다 같이 그 계집애를 밀어 죽인 거라고. 그 도도했던 계집애가 눈 까뒤집고 피를 철철 흘리던 거 기억하지?"

죽기 직전 앤의 몸에서 풍겼던 짙은 꽃냄새가 내 살 속 어딘가 깊숙이 잠복해 있던 바이러스처럼 움칠거렸다.

"내가 이해할 수 없는 건, 그 긴 시간 동안 니들 중에 면회 한 번 온 사람이 없었다는 거야."

아무도 대꾸하지 않았다. 그의 말은 사실이었다. 나는 대부분 기완을 잊고 살았고, 가끔 그가 떠오르면 아마도 다른 녀석 중 한 명쯤은 면회를 갔으려니 하고 믿었다.

"아무리 생각해도 이건 불공평하다는 거지."

기완이 동의를 구하듯 고개를 끄덕이며 말했다.

"때려죽여도 돈이 없는데 어쩌란 거야?"

진철이 갑갑하다는 듯 말했다.

"오늘 낮에 스포츠신문 기자한테 연락해놨어. 신주홍이 동창이라니까 나 같은 놈 말도 귀 기울여 들어주데."

기완은 흐흐 웃으며 주홍을 쳐다보았다.

"응, 그렇게 놀라지 말고. 내일모레 약속을 잡았으니까 그때까지 돈들 부치라고. 안 그럼 전부 다 불어버릴 생각이니까."

"너 지금 협박하는 거냐?"

"니들이 뭐하고 사나 궁금해서 내가 좀 알아봤지. 재문이 너 회사 임원 따님이랑 약혼했다며? 축하한다, 인마. 인생 잘 풀리네. 해영이 넌 게임 회사에 들어갔다고 들었고. 역시 머리 좋은 놈은 다르다니까. 진철이야, 뭐 형사님이시니까……. 참, 그러고 보면 나도 어릴 땐 경찰 되는 게 꿈이 있는데 말이야. 세상 많이 좋아졌다는데 살인자도 경찰 되게 해주는 법은 아직 없나?"

기완은 한쪽 눈을 일그러뜨리며 웃었다.

"나처럼 잃을 게 없는 놈은 뭐 걱정 없지만. 니들이야 일이 알려지면 좀 곤란하지 않겠냐? 꿰찬 주머니들이 많아서."

"우선은."

주홍이 잠긴 목소리로 입을 열었다. 그녀는 조용히 자리에서 일어나 옷걸이로 다가갔다. 커피색 스타킹에 감싸인 가느다란 다리와 발목이 형광등 불빛에 빛났다. 주홍은 벗어둔 코트 안주머니에서 봉투를 꺼내 기완의 앞에 밀어놓았다.

"이거 먼저 받아줘. 삼 억까지는 시간이 필요해."

"잘 나가는 연예인이 그 정도로 벌벌 떨면 쓰나."

기완은 빈정거리면서도 봉투를 열어 안을 들여다보았다.

"서운하게 생각하지들 마라. 내가 돈만 바라고 이러겠냐. 난 니들이 우리가 하나라는 걸 잊지 않았으면 좋겠어서 이러는 거야. 한 명이라도 손을 떼면 그대로 가라앉아버리는 배란 거지. 그 뭐냐…… 그래, 운명공동체."

기완은 봉투를 접어 주머니에 넣으며 자리에서 일어섰다.

그가 돌아가고 난 뒤 우리는 정적 속에 입을 다물고 있었다.

"설마 했어도 이렇게 나올 줄은 몰랐는데."

재문이 쓴 입맛을 다셨다.

나는 대충 예상하고 있었다. 둘이 보자는 기완의 말을 무시하고 모두를 불러 모은 것도 그런 이유에서였다.

"난 돈 내놓기 어렵다. 게다가 그 새끼 경마에 미친 거 알잖아. 이번 한 번으로 끝낼 것 같지가 않아."

진철이 딱 잘라 말했다.

"그럼 뭐 좋은 수라도 있어?"

누구도 선뜻 대답하지 못했다.

"일단 되는 데까지 돈을 모아서 주자. 각자 사정에 맞춰서."

내 말에 재문이 탐탁지 않다는 듯 탁자 위 물수건을 내려다보았다. 각자의 사정에 맞추자고 한다면 유성과 진철은 제쳐놓아야 할 게 뻔했기 때문이다.

"얼마 되진 않지만 모아둔 게 좀 있어."

유성은 저금해 놓은 돈을 내놓겠다고 했다.

"사람이 어떻게 그렇게 변하냐."

체념한 투로 말하는 재문의 얼굴에는 분노가 어려 있었다.

"나쁜 새끼."

고속도로를 벗어나 시내에 접어들기까지 주홍의 크라이슬러는 내 뒤를 따라오고 있었다. 아파트에 들어선 뒤엔, 늘 그렇듯 주홍은 지하 2층 주차장에, 나는 한 층 더 아래에 차를 세웠다. 주홍과 같은 아파트로 이사를 온 건 작년이었다. 그녀가 한 달 먼저 15층에 입주하고 나는 뒤따라 13층에 집을 구했다. 주홍과 나는 엘리베이터에 탈 때까지 서로 거리를 두고 걸었다. 그녀는 15층까지 올라간 뒤 계단으로 내려와 내 집에 들어왔다. 나는 그녀에게 행동거지를 조심해야 한다고 주의를 시켰다. 고급 아파트는 보안이 잘되어 있는 만큼 숨어서 지켜보고 있는 눈이 많았다.

내가 샤워를 마치고 나왔을 때 주홍은 코트를 입은 채로 소파 위에 앉아 있었다.

"너무 걱정할 거 없어."

나는 허리춤에 수건을 두른 채 젖은 머리칼을 털어냈다.

"내가 하라는 대로 해서 잘못된 적 없잖아."

주홍의 코트와 핸드백에는 아직 바깥의 한기가 묻어 있었다.

"혹시라도 기사가 나가게 되면……."

"그런 일은 없을 거야."

나는 주홍의 코트를 벗겼다. 목도리를 풀자 길고 곧은 목선이 드러났다. 손끝으로 부드럽게 목선을 쓸어내렸다. 얇은 블라우스 사이로 드러난 쇄골의 촉감에 나도 모르게 호흡이 깊어졌다. 주홍의 입술이 배에 닿았다. 촉촉하고 따뜻한 혀가 살갗에 닿자 긴 숨이 흘러나왔다. 나는 손가락을 주홍의 머리칼 속에 집어넣고 가만히 움켜쥐었다. 그녀의 신음이 작은 떨림이 되어 아랫배를 타고 올라왔다. 주홍의 얼굴을 성기 근처로 끌어내리려는 순간 그녀가 입을 열었다.

"어느 신문사 기자인지 물어볼걸 그랬어."

그녀는 초조한 얼굴로 나를 올려다보았다. 나는 손에 쥐고 있던 머리카락을 세차게 뿌리치며 그녀를 밀쳐냈다.

"시키지도 않은 짓은 생각도 하지 마! 그렇게 머리가 안 돌아가?"

주홍이 흐트러진 머리칼 사이로 입술을 물었다.

"영화도 한창 잘되고 있는데……. 겁나."

입을 억지로 벌리고 뜨거운 죽을 들이부은 것처럼 숨이 막혀왔다. 주홍이 나를 믿지 못하고 불안에 젖은 표정을 지을 때마다 나는 물집처럼 부풀어 오르는 화를 주체할 수가 없다.

"대체 왜, 내가 있는데 뭘 그렇게 걱정하는 거야!"

붉고 얇은 막 위로 위태롭게 몸을 부풀리는 물집. 금방이라도 터져 진물을 흘려낼 것 같은 물집들이 의식을 뒤덮었다.

정신을 차렸을 때 주홍은 소파 밑에 쓰러져 있었다. 얻어맞은 뺨이 붉었다. 나는 고개를 돌려 베란다 창밖을 내다보았다. 수차례 그러지 않겠노라고 다짐했건만 다시 손찌검하고 말았다.

"나만 믿으란 말이야."

나는 기운이 빠진 목소리로 중얼거렸다. 등 뒤에서 부스럭거리던 주홍이 이내 내 앞으로 왔다. 블라우스를 벗은 작은 어깨 아래로 흰 젖가슴이 애원하듯 솟아 있었다. 그녀는 눈가가 젖은 채로 무릎을 꿇고 내 성기를 손에 쥐었다.

"미안해."

조그마한 소리로 말한 그녀는 다시 입으로 내 것을 애무하기 시작했다. 주홍의 입놀림이 빨라지고 나는 타들어가는 불꽃처럼 길게 전율한 뒤 소파 위에 걸터앉았다. 아까까지 자잘한 소름이 돋아 있던 그녀의 가슴팍에 땀방울이 맺혀 있었다.

"뭐라도 좀 먹지그래. 배고프지 않아?"

주홍은 고개를 끄덕이며 욕실로 들어갔다. 나는 바닥에 떨어진 흰색 브래지어를 주워 한쪽에 개켜두었다. 잠시 후 가운을 걸치고 나온 그녀는 주방으로 가 냉장고를 열었다. 야채 박스에는 항상 그녀를 위해 준비해둔 셀러리와 아스파라거스가 있다. 야채를 물에 씻는 주홍의 뒷모습을 보자 홧김에 때렸던 것이 견딜 수 없이 미안하게 느껴졌다.

주홍이 불안해하는 건 당연한 일이었다. 그녀가 안심할 수 있도록 내가 좀 더 철저하게 보호해야 했다. 주홍이 아삭거리며 셀러리를 먹는 소리가 맑게 귓가를 울리자 줄곧 예민하게 곤두서 있던 신경이 한결 편안하게 가라앉았다.

　주홍이 연예인으로 데뷔한 건 오 년 전의 일이었다. 남성 정장 코너에서 판매직으로 일하다가 연예인 제의를 받은 지 이 년째 되던 해였다. 이 년 동안 그녀는 연기자 트레이닝을 거치고 치아 교정을 받았다. 소속사 측에서는 유순해 보이는 눈매를 조금 더 도도하게 손보는 것이 어떻겠냐고 했으나 나는 그녀에게 성형수술에 대해서는 완강히 거부하라고 했다. 소속사와 그녀 간에 작은 마찰이 있긴 했지만, 주홍은 언제나 내 뜻에 따랐고, 결국은 본래 얼굴 그대로 연예인 활동을 시작했다.

　처음 맡은 배역은 일일 시트콤의 식당 아르바이트생 역이었다. 이틀에 한 번꼴로도 얼굴이 비칠까 말까 한 역할이었다. 그다음으로는 미니시리즈에서 부잣집 막내딸 배역을 얻었는데 그녀의 얼굴을 알리게 된 데 결정적인 계기가 되었다. 대사는 많지 않았지만, 나이 든 조부모의 수발을 드는 참한 아가씨 역할이었던 만큼 독한 캐릭터의 다른 인물들 사이에서 은근히 빛을 발할 수 있었던 것이다. 소속사 측에서 절묘한 시점에 뿌린 기사를 통해 그녀가 어릴 적에 부모를 여의고 힘들게 살아온 고아라는 사실이 밝혀지자 시청자들의 반응은 한층 더 애틋해졌다. 그 해 주홍은 신인상을 받았다. 그녀의 이름이 새겨진 그 상패는 지금 내 책장의 가장 높은 칸에 놓여 있다.

　연말에 내 소파에서 연말 시상식 재방송을 함께 보던 그녀는 자기 모습이 나오자 부끄러운 듯 얼굴이 발그레해졌었다. 하얀 미니드레스를 입고 무대에 오른 주홍은 호수 위의 물새 같았다. 그녀가 걸음을 뗄 때마다 내 가슴 속에는 잔잔한 파문이 일었다. 화면 가득 주홍의 모습이 클로즈업되었다. 저 여자는 내 여자다. 모두가 선망의 눈으로 바라보는 청초한 외모와 감히 들여다볼 수 없는 마음까지도 온전히 내 것이다. 그런 생각을 하며 주홍의 머리카락을 쓰다듬었다.

신인 배우들의 단막 뮤지컬과 가수들의 축하 공연이 이어지고 맨 끝으로 붉은 드레스를 입은 여배우가 연기대상을 받았다. 주홍은 풍만한 몸매에 밀착된 우아한 드레스 차림의 커트 머리 여배우에게서 좀처럼 눈을 떼지 못했다.

"참 대단하지. 역시 어릴 때부터 활동한 배우들은 뭔가 달라."

주홍은 부러움을 담아 말했다.

"네가 훨씬 나아."

"난 아직 멀었어."

그로부터 얼마 뒤 주홍에게 영화 주연급 제의가 들어왔다. 그녀는 한껏 들뜬 목소리로 내게 전화를 걸어 가장 먼저 그 사실을 알렸다. 나는 그날 저녁 주홍을 위해 식탁 가득히 이탈리안 요리와 포도주를 준비했다. 그러나 밤이 늦어서야 찾아온 그녀는 기대와 달리 우울한 얼굴이었다.

"아무래도 이번 역할은 하민영에게 넘어갈 것 같아. 지난번에 거절했다가 다시 오케이하는 쪽으로 마음을 돌렸나 봐."

나는 미리 만들어 놓은 닭 가슴살 샐러드에 드레싱을 뿌렸다. 하민영은 주홍과 동갑으로 데뷔가 몇 년 더 빠른 여배우였다. 하민영과 주홍은 체구와 이미지, 심지어 어깨에 조금 못 미치는 생머리 스타일까지도 비슷했다. 하민영은 지난해 만화책을 원작으로 한 연애 드라마에 출연한 뒤 젊은 시청자들에게 인기를 얻었다. 연예인들 사이의 인맥이 넓은 것치고 사생활 관리가 철저하기로 소문이 난 배우였다. 기자들은 주홍에게 제2의 하민영이라느니 하는 수식어를 붙였고, 시청자들은 종종 둘을 혼동하기도 했다.

"리소토가 식었는데 데워줄까?"

내가 묻자 주홍은 괜찮다며 수저를 들었다. 나는 풀이 죽은 그녀와 함께 조용히 식사했다.

닷새쯤 뒤였을까. 아직 사방이 컴컴한 새벽녘에 흥분한 목소리의 주홍이 전화해 왔다.

"해영아, 나 주연 따낼 수 있을 것 같아. 어젯밤에 하민영이 마약 혐의로 검거됐대."

나는 아직 잠의 불투명한 비늘이 붙어 있는 눈을 떴다.

"그래?"

"응. 본인은 아니라고 하는데 마약도 소지하고 있던 데다 검사반응까지 양성으로 나왔다는 거야."

"잘됐네."

"참, 나 좀 봐. 아직 새벽인데 자고 있었지? 깨워서 미안."

"아냐. 일어나려던 참이었어."

"근데 정말 믿을 수가 없네. 술도 잘 안 마시던 사람이 마약이라니."

나는 침대에서 내려와 욕실로 향하며 대수롭지 않은 듯 대꾸했다.

"사람은 모르는 거지. 보이는 게 다가 아니잖아."

그날 아침 텔레비전과 인터넷에서는 하민영에 관한 마약 관련 기사가 쏟아져 나왔다. 주홍은 제작사와 계약을 맺고 다음 달 강원도로 현지 촬영을 떠났다.

영화는 썩 많은 관객을 끌어모으진 못했지만, 감독의 역량을 인정받아 국제 영화제에서 작품상을 받았다. 이에 따라 주홍도 눈요기 연예인이 아닌 연기파 배우로 인정받기 시작했다. 나는 심야 영화관에서 혼자 영화를 봤다. 산행을 떠났다가 사고를 당한 여주인공은 긴 의식불명 상태에서 깨어난 뒤로 거울 속에 사는 남자를 볼 수 있게 된다. 약물 치료와 상담을 통해 그로부터 벗어나려고 안간힘을 쓰던 그녀는 언제부터인가 내면의 증오와 두려움이 거울 속의 남자에 대한 치명적인 사랑으로 변하는 것을 느낀다. 종국에는 수면 위에 비친 그의 곁으로 가기 위해 여주인공이 강물 속으로 걸어 들어가는 장면으로 영화가 끝났다. 주홍의 대본을 봤을 때부터 느낀 거지만 한심하기 짝이 없는 내용이었다. 난해한 설정으로 그럴듯한 의미를 내포한 것처럼 위장한 상투적인 영화. 예술영화 제작자라고 알려진 감독의 유명세가 없었더라면 주홍을 출연하게 하지 않았을 것이다.

"내일 오전에 녹화 있잖아. 그만 가서 쉬어야지."

나는 주홍의 코트를 집어 들었다. 그녀는 코트와 핸드백을 한쪽 팔에 걸치고 구두를 신었다.

"기완이 일에 관해서는 너무 걱정하지 마."

주홍이 돌아가고 난 후 거실 바닥에는 긴 머리카락이 남아 있었다. 냉

장고에서 물통을 꺼내던 나는 야채 박스를 열어보았다. 시들해진 야채와
과일을 골라 쓰레기통에 버렸다. 내일 집에 오는 길에 싱싱한 셀러리를
더 사와야겠다고 생각했다.

악마를
만나다

이번에 기획한 PC 게임의 작품명은 '데바'였다. 팀장의 승인을 받아 프로그래밍 팀에 있는 내가 기획과 시나리오까지 담당하게 됐다. 섬을 배경으로 한 생존 시뮬레이션 게임이었다. 항해 중이던 배가 난파되어 플레이어는 무인도에 표류된다. 섬에는 PC로 조작되는 몇 명의 다른 생존자와 짐승, 괴수들이 배치된다. 게임은 안전한 장소에 잠을 잘 곳을 마련하고 식량을 구하는 미션으로 시작된다. 사교 기술을 높여 다른 생존자들을 친구 혹은 적으로 만드는 것은 플레이어의 자유다. 플레이어의 진행 방식에 따라 야생 상태에서 짐승의 왕으로 군림하거나 섬 안에 사회를 이루고 도시를 건설할 수도 있다. 이전부터 구상을 해뒀던 작업이라 그런지 시나리오 작업은 술술 풀렸다.

"파일 보냈어. 대충 콘티 잡아봤으니까 어떤지 봐줘."

그래픽 팀의 윤수가 샌드위치를 우물거리며 등 뒤로 다가왔다. 윤수는 봄에 접어들자 가뜩이나 왕성하던 식욕을 더 주체할 수가 없어졌다며 온

종일 음식을 입에 달고 살았다. 파일에는 게임의 무대가 되는 섬의 지도와 주요 캐릭터들의 스케치가 담겨 있었다. 내가 요구했던 이미지에 더해 세밀한 섬의 구조까지 추가되어 있었다. 우람한 덩치와는 달리 섬세한 그의 성격은 일을 하는 데에도 고스란히 배어나왔다.

"이거 기대 이상인데."

만족스럽게 말하자 윤수는 입 가득 음식을 머금은 채 브이를 그려 보였다.

"해영 씨, 메시지 못 받았어요?"

유리문을 열고 뾰로통한 얼굴의 아란이 고개를 들이밀며 물었다.

"아, 받았어. 답장하려고 했는데."

"하지도 않을 거면서 메신저는 왜 켜두는 거예요?"

사과처럼 틀어 묶은 머리카락이 정수리 위에서 흔들거렸다. 검은색과 흰색이 섞인 줄무늬 니트가 루즈하게 흘러내려 한쪽 어깨가 드러나 있었다.

"어머, 벌써 콘티가 나온 거예요? 어느 정도 전개되면 보여 달라고 했잖아요. 내 얘긴 귓등으로도 안 듣는 거죠?"

모니터에 뜬 스케치를 발견한 아란이 씩씩거리며 들어왔다. 그녀는 시나리오 팀의 작가였다.

"팀장님이 같이 하라고 하신 거 뻔히 들어놓고, 어떻게 나만 쏙 빼놓을 수가 있냐구요."

아란은 프린트해둔 시나리오를 낚아채다가 내 책상 구석에 놓인 머그잔으로 시선을 옮겼다.

"이런 건 마셨으면 제때제때 담가둬요. 말라붙으면 닦기가 어렵다구요. 자기들이 치울 것도 아니면서 말이야. 이래서 남자가 바글거리는 사무실에는 여자만 바쁘다니까."

누가 설거지를 하라고 시킨 것도 아닌데 그녀는 혀를 끌끌 차며 머그잔을 집어 들고 나갔다. 윤수는 손에 묻은 빵가루를 털며 아란의 뒷모습을 쳐다보았다.

"잔소리가 많아서 그렇지 몸매 하나는 진짜 여신이다. 저 엉덩이 좀 봐."

아란은 키가 크고 통통한 편이었다. 윤수는 여자 가슴과 밥그릇은 클수록 좋다며 사족을 못 쓰지만, 조금만 몸을 움직여도 출렁거리는 아란의 가슴은 영 둔해 보이기만 했다. 사무실 사람들이 있으니 어쩔 수 없이 받아주고는 있으나 시끄럽게 재잘거리는 성격도 딱 질색이다. 제 수에 뒤틀리는 일이 생겼다, 하면 득달같이 쫓아와 떽떽거리는 게 도무지 품위라고는 찾아볼 수가 없는 여자였다.

"머리 묶으니까 더 예쁘네."

윤수는 탕비실로 들어가는 아란에게서 못내 아쉬운 듯 눈을 떼며 말했다. 그러고 보니 예전에는 긴 머리칼을 산만하게 풀어헤치고 다녀, 나를 짜증 나게 했었다. 멋은 한껏 내면서 막상 들고 오는 시나리오는 감상적이고 형편없기 일쑤라 대체 일을 할 마음은 있는 건가 싶었더랬다.

"아무래도 아란이가 너 좋아하는 거 같아."

내가 별 반응을 보이지 않자 윤수는 좀 들어보라는 듯 살이 오른 손으로 어깨를 두드렸다.

"내가 어쩌다 메신저를 씹을 땐 눈 하나 깜짝 안 하더니 말야, 너한텐 쪼르르 찾아오잖아. 머리 스타일만 해도 그래. 예전에 네가 티브이에 나온 연예인 보고 예쁘다고 한 뒤로는 맨날 저렇게 올려 묶고 오는 거 아니냐.”

녀석이 그만 입을 다물고 자리로 돌아갔으면 하던 찰나 휴대전화가 울렸다. 액정에 진철의 이름이 떴다. 나는 윤수를 피해 사무실 밖으로 나왔다.

“해영아, 일이 좀 생겼다.”

진철은 초조한 목소리로 말했다. 불길한 예감이 들었다. 그러나 누군가 말했듯 모든 예감은 언제나 늦다.

“여기 청주인데 너도 좀 와야겠어.”

주홍에게 전화를 걸자 촬영 중인지 휴대전화가 꺼져 있었다. 나는 기완이나 다른 녀석들로부터 어떤 연락이 와도 응답하지 말라는 메시지를 전송하며 회사를 나섰다.

퇴근 시간에 접어든 시내 도로는 완전히 정체되어 있었다. 게다가 금요일 저녁이니 청주까지는 뛰어가는 게 오히려 빠를 판이었다. 옆의 승용차에서는 이십 대 초반쯤으로 보이는 어린 연인이 여유롭게 무언가를 나눠 먹고 있었다. 나는 한남대교 위에서 꼼짝 않는 차들 사이에 낀 채로 강물을 내다보았다. 문득, 학을 접었다가 편 종이처럼 기억 속에 내려앉는 풍경이 있었다. 오래전 어느 한여름 날의 한강.

열여섯의 방학이었다. 재문과 진철, 유성과 나는 해변 모래사장에 하릴없이 누워 있었다. 바닷가 동네라고는 하지만 다른 데에 비해 경치가 썩 빼어나거나 이렇다 할 특산물이 있는 곳도 아니라서 해변을 찾는 관광객은 전혀 없었다. 드넓은 해변에는 우리뿐이었다. 한바탕 해수욕을 하고 나온 우리는 서로 떠들어대기도 지쳐 따뜻한 모래 위에서 몸을 말렸다. 진철은 이미 바위 긁는 듯한 소리를 내며 코를 골고 있었다. 갈매기들이 몸을 기울이고 하늘 위를 날아다녔다.

"너희 이 동네 사니?"

나른한 몸을 늘어뜨린 채 막 눈을 감으려던 찰나, 낯선 목소리가 들려 왔다. 어느 틈엔가 두 명의 남자가 우리 곁에 다가와 있었다. 한 명은 은 테 안경에 흰색 와이셔츠를 입었고 그 곁의 남자는 모자를 대충 눌러쓰 고 큰 짐 가방을 든 차림이었다.

"누구세요?"

재문이 모래 묻은 몸을 일으키며 물었다.

"우리는 P 방송국에서 나왔는데, 너희들 인터뷰를 해도 될까?"

조개껍데기라도 갈아먹고 싶을 만큼 심심했던 우리는 옳다구나, 하며 일어섰다. 안경을 쓴 남자는 P 본부 뉴스팀에서 파견된 기자라고 했다. 그는 바닷가의 여름에 대한 이모저모를 물었다. 주로 유성을 앵글에 잡고 싶어 하는 눈치였지만 녀석은 쭈뼛거리며 대답을 피했다. 재문은 우리 동 네 바닷가의 생태계와 바람직한 해양사업에 대해 거창한 이야기를 늘어 놓았다. 끝으로 기자는 우리에게 물놀이하는 모습을 요구했다. 그런 것쯤 이야 일도 아니었다. 우리는 파도를 향해 기세 좋게 달려들었다. 물장구 를 치고 서로 물속에 빠뜨리며 정신없이 놀아댔다. 기자는 촬영에 협조해 줘서 고맙다며 사례비로 삼만 원을 건네주었다. 한바탕 뛰어다녀 배가 고 팠던 우리는 삼겹살집으로 우르르 몰려갔다.

그 후 고물상에 모여 낡은 텔레비전으로 뉴스를 보던 우리는 경악을 금치 못했다. 학원 강의실에 어깨를 붙이고 앉은 학생들의 영상과 그들의 대입 준비 전략에 이어 대도시와 지방 간의 교육열 차이에 관련된 기사가 나왔다. 지방이 언급될 때는 황량한 바닷가 풍경과 함께 해변에 널브러진 우리의 무료한 모습을 멀리서 찍은 영상이 흘러나왔다.

"그냥 돌아다니고……. 별거 없는데."

인터뷰 내용은 어색한 표정으로 중얼거리는 유성의 한마디가 전부였다.

"이거 시골 촌놈들이라고 우리를 우습게 봤나 본데!"

텔레비전에 나올 거라고 실컷 자랑하고 다녔던 재문은 격분했다.

"당장 쫓아가서 사과를 받아내자!"

진철의 말에 모두 발을 구르며 동의했다. 우리는 서울 여의도로 P 본부의 박태성 기자를 찾아가 공식적인 사과를 받아내기로 뜻을 모았다. 화가 난 사람들치고는 모두 얼굴이 싱글벙글했다. 무료하던 차에 서울 구경 갈 건수를 잡은 게 신 나기 그지없었다.

다음 날 터미널에서 모여 서울행 버스에 올랐다. 만나면 암바를 걸어버리겠다는 둥 다음 뉴스에 공식적인 사과문을 띄우도록 하겠다는 둥 물새처럼 꽥꽥거리던 우리는 한 시간이 채 지나기도 전에 모두 곯아떨어졌다. 진철이 흔들어 깨워 눈을 떴을 때는 벌써 중간 지점 휴게소에 도착해 있었다. 나는 기지개를 켜며 버스에서 내리려다가 멈칫했다. 앞쪽 좌석에 낯익은 얼굴이 보였다. 커다란 덩치로 좌석 두 개를 차지한 채 입을 헤 벌리고 자는 녀석. 반바지 아래로 털이 숭숭 난 두 다리가 비좁은 공간에 끼어 영 불편해 보였다.

"김기완! 너도 서울 가냐?"

나는 반갑게 녀석의 어깨를 쳤다. 기완이 움칠 놀라며 눈을 떴다. 입가에 흐른 침을 문질러 닦은 녀석은 다리를 긁으며 주위를 두리번거렸다.

"어? 니들이 여기 웬일이야."

기완은 어릴 때부터 이따금 만나 놀긴 했지만, 우리와 늘 붙어 몰려다니는 무리는 아니었다. 녀석은 식당일을 돕거나 동생들을 돌보느라 우리처럼 한가하게 놀러다닐 시간이 없었다.

"우린 방송국에 볼일이 있어서 말야. 넌 서울에 무슨 일로 가냐?"

기완은 잠시 멍한 표정으로 우리를 올려다보았다.

"이거 서울 가는 버스냐?"

"그럼 지옥행 버스냐?"

우리는 넋을 놓은 기완을 보며 낄낄거렸다.

"어? 나 부산 가야 하는데."

기완의 옆 좌석에는 분홍색 보자기에 싸인 짐이 놓여 있었다.

"고모네 심부름 가는 길이었단 말이야."

"와, 이런 덜떨어진 놈을 다 봤나. 야, 사방팔방에 서울 간다고 쓰여 있잖아."

십오 분간의 휴식을 마친 버스에 다시 시동이 걸렸다. 기완은 얼떨결에 우리의 서울 나들이에 합류하게 되었다.

서울에 도착한 우리는 터미널에서 늦은 점심으로 햄버거를 사 먹었다. 기자를 만나 할 이야기들을 정리하고 만약 그를 만나지 못했을 경우 주소를 알아내 집으로 찾아갈 계획까지 세웠다.

　　그러나 막상 여의도에 도착해 번듯한 방송국 건물과 대면한 우리는 조금 주춤했다. 우리 중 가장 목소리가 노화한 진철이 그를 불러내는 역할을 맡았다. 녀석은 보도국에 전화를 걸어 제보할 뉴스가 있으니 박태성 기자를 바꿔달라고 하기로 했다. 취재라도 나갔으면 어쩌나 싶어 걱정했지만 기완이 그게 뭐가 문제냐는 듯 사기를 북돋았다.

　　"지구 끝까지라도 쫓아가자고! 바닷가 정력남들을 우습게 보면 안 되지!"

　　녀석이 정력의 뜻을 제대로 알긴 하는 건가 싶었지만 아무렴 좋았다.

　　박태성 기자를 만나는 일은 의외로 쉬웠다. 전화한 지 이십 분도 채 지나지 않아 후줄근한 와이셔츠 차림의 그가 로비에 나타났다. 처음 보았을 때의 말끔하고 이지적인 모습은 온데간데없고 니코틴과 업무에 찌든 근로자가 우리를 맞이했다.

　　"그건 정말 미안하게 됐다. 데스크에서 쪼는 바람에 기사가 좀 바뀌게 됐어."

　　건물 밖으로 나온 그는 담배를 피워 물며 말했다.

　　"그거 때문에 여기까지 온 거야? 서울이 뭐가 좋다고 올라왔냐. 마음 같아선 나도 다 때려치우고 그 동네 가서 살고 싶은데. 위에서 얼마나 지랄을 해대는지 더러워서 못 해먹겠다."

　　다 피운 담배를 구두로 눌러 끄고 연달아 새 담배 개비를 꺼내는 그를 보며 우리는 맥이 빠졌다. 덤빌 테면 덤벼보라는 마음으로 있는 힘껏 샌드백을 후려쳤는데 카스텔라처럼 손이 쑥 들어가 버린 기분이었다. 그는 더 닦달하는 것도 미안할 만큼 지쳐 보였다. 그가 들어가고 난 뒤 우리는 얼마간 김빠진 얼굴로 서 있었다.

"여기 여의도잖아. 이 근처에 한강이 있지 않나?"

주머니에 손을 꽂고 서 있던 재문이 막 생각난 듯 고개를 들었다.

"한강 가자, 한강!"

다시 할 일이 생긴 우리는 환호하며 무작정 길가로 뛰어나갔다.

길을 물어물어 한강에 도착하자 어느덧 저녁 무렵이었다. 그새 뱃속이 출출했지만, 주머니에는 집에 돌아갈 차비밖에 남아 있지 않았다. 후텁지근한 공기에 흐늘흐늘해진 티셔츠가 살갗에 달라붙었다. 우리는 경사진 풀밭에 나란히 앉아 한강을 바라보았다. 빈 오리배들이 줄지어 묶여 있고 진짜 오리들이 그 곁을 둥둥 떠다녔다. 주인 없는 낚싯대 몇 개가 세워져 있고 간간이 자전거를 타는 사람들이 스쳐 갔다.

"서울도 별거 없고만."

기완이 사이다를 마시고 트림을 하며 말했다.

"너 그 보자기에 든 건 뭐냐?"

"동치미랑 홍어. 고모가 임신해서 갖다 주라고 했거든."

"아까부터 시큼한 냄새가 난다 했더니."

잠시 후 우리는 푹 익은 미지근한 동치미에 삭은 홍어 무침을 집어 먹으며 강물 위로 내리비치는 석양을 구경했다. 반바지 아래 드러난 무릎으로 저녁 강바람이 닿았다.

"너흰 나중에 서울 와서 살 거냐?"

내가 물었다.

"그러려고 했는데 텁텁해서 못살겠다. 공기도 나쁘고. 여기 오고부터 코에 코딱지가 꽉 찬 기분이야."

진철이 양념 묻은 손가락을 빨아먹으며 투덜거렸다.

"근데 확실히 서울에 예쁜 애들이 많은 거 같아. 옷 입는 거부터가 다르다니까. 죄다 미니스커트야."

"미니스커트 좋지."

"근데 나는 미니스커트보다 딱 달라붙는 청바지가 더 섹시하더라."

우리는 저마다 한 마디씩 주절거렸다. 운동복을 입은 노부부가 경보를 하며 우리 앞을 지나쳤다.

"아, 솜사탕 먹고 싶다."

"나도."

"나도."

누가 먼저라고 할 것도 없이 우리는 벌렁 뒤로 드러누웠다. 촉촉한 잔디가 뒷목을 간질였다. 저녁 하늘 위에는 썰물 위로 드러난 조개처럼 별이 하나둘씩 떠올랐다.

내비게이션이 좀처럼 방향을 잡지 못해 한참을 헤맨 뒤에야 진철이 설명한 산길을 찾을 수 있었다. 차 한 대가 겨우 지날 수 있는 비포장도로의 갓길에 차를 세웠다. 차창을 내리자 재문이 다가왔다. 그는 가타부타 말없이 조수석에 올라탔다.

"좀 더 직진하다가 오른쪽으로 빠지면 차 세울 데 있어. 일단 차부터 두고 오자."

"무슨 일이야?"

　재문은 말없이 창밖을 응시했다. 차창에 비친 그의 얼굴이 전에 없이 경직되어 있었다.

　"기완이가 진철이한테 연락을 했어. 우리 좀 급히 모으라고 했대."

　그는 창틀에 팔꿈치를 얹은 채 이마를 쓸어 올렸다. 소매의 커프스 버튼이 은은하게 빛났다.

　"와 보니까 기완이 새끼가 길바닥에 앉아서 소주에 생라면을 씹고 있더라."

　"돈 문제야?"

　재문이 차에 타고서부터 항수 냄새와 함께 묘한 냄새가 진동했다. 공기 깊숙이 식물 뿌리의 비린내 같은 것이 배를 깔고 기어 다니는 듯했다. 후각보다 촉각이 먼저 알아채는 냄새.

　"진철이가 숲 쪽으로 들어가 보라길래 들어가는 시늉만 하고 봤는데, 뭐가 허연 게 있는 거야. 이상하다 싶었지. 가까이서 보니까 그게 사람 머리카락이더라고."

　재문은 잠시 말을 멈추고 오른쪽으로 꺾으라고 지시했다.

　"비쩍 마른 백발노인이 군방 점퍼에 추리닝 바지 차림으로 누워 있는 거야. 흙에 코를 박고 있지 않았으면 그러고 자는 줄 알았을 텐데. 기완이 새끼 말하는 게 더 가관이야. 같이 화투 치던 노인넨데 돈 몇 푼 안 갚는다고 성화여서 홧김에 먹살 좀 잡았더니 목이 졸려 죽었대."

　비좁은 공터에 주차된 두 대의 승용차와 트럭이 보였다. 나는 공터 입구 길가에 차를 세우고 시동을 껐다.

　"그 새끼가…… 그거 묻는 걸 도와달란다."

"애들은 뭐래?"

"너도 그렇겠지만, 우리가 지금 섣불리 뭐라고 할 수 있는 상황이 아니
잖아. 그 새끼 수가 뒤틀리면 무슨 소릴 할지 모르는데. 일단 다 모일 때
까지 기다려보자고 해서 널 기다리고 있었어. 내려가면서 계획 좀 세워
보자."

재문과 나는 발밑도 보이지 않는 어둡고 좁은 산길을, 서로 간의 거리
로 가늠하며 천천히 내디뎠다. 인가는 물론이요 들개가 짖는 소리조차 들
리지 않았다. 재문은 걷는 내내 말이 없었다. 다들 모인 곳에 가까워지자
그는 낮은 음성으로 중얼거렸다.

"내 이런 일이 생길 줄 알았다. 악마를 만나러 갈 땐 혼자 가는 거라
더니……."

어둠 속에서 누군가의 담뱃불이 붉게 타다가 사라졌다. 눈이 차차 어둠
에 익숙해지고 있었다. 길 한가운데 엉거주춤 서 있는 유성이 보였다.

"그걸 지금 말이라고 하냐?"

심상치 않은 진철의 목소리가 불거졌다. 그는 길바닥에 앉아 있는 기완
의 곁에 위협적인 자세로 서 있었다. 둘 사이에 무슨 이야기가 오갔는지
짧은 정적 속에 선뜻한 독기가 느껴졌다.

"사고였다고 했잖아. 이럴 때 감싸주는 게 우리 사이 아니냐? 안 그러
냐, 재문아?"

기완은 뭘 그리 유난스럽게 구냐는 듯 너털웃음을 웃으며 곁으로 다가
온 재문을 올려다보았다.

"이게 지금 사람을 죽여 놓고."

　진철이 금방이라도 기완을 후려칠 기세로 다가섰다. 기완은 천천히 자리를 털고 일어섰다.

　"내가 재밌는 얘길 하나 해줄까."

　그의 발치에는 달빛 아래 몸을 도사린 새들처럼 빈 술병 몇 개가 놓여 있었다.

　"앤을 죽인 날 말이야. 너희는 아마 그날을 잊으려고 애쓰면서 살았겠지. 보아하니 거의 잊은 것 같기도 하고. 하지만 나는 매일, 매 순간 그날 일을 생각하면서 살았거든. 근데 너희 그 말 아냐? 왜 사람이 살면서 쓰는 뇌의 기능이 제 능력치의 반의반도 안 된다는 거. 수백 번도 넘게 그 상황을 떠올리다 보니까 어느 순간, 마음이 이상하게 차분해지면서……. 전부 기억이 나는 거야. 느린 화면처럼 아주 자세히. 누가 앤의 팔목을 움켜쥐었고, 누가 그 앨 떼어놓는답시고 가슴을 만졌고, 그 때문에 앤이 더 난리를 칠 때 누가 결정적으로 그 앨 떠밀었는지. 하나도 빠짐없이 전부."

　"기완아, 하고 싶은 말이 뭔데?"

　재문은 그에게 비아냥거림을 접고 진지하게 얘기해보자는 투로 자못 심각하게 물었다. 그러나 기완은 재문을 외면한 채 요란하게 가래를 돋우어 뱉고는 진철을 쳐다봤다.

　"앤을 떠민 건 너였어."

　"이 새끼가."

　진철이 기완에게 덤벼들어 멱살을 잡았다. 진철도 보통 체격은 아니건만, 덩치가 큰 기완은 꿈쩍하지 않았다.

"재문이 너도 말야. 그런 상황에서 좀스럽게 계집애 가슴이나 만지고."

기완이 진철의 멱살을 뿌리치며 낄낄거렸다.

"좀스러운 건 여전한 거 같다. 돈 좀 빌려달란 것도 하루 이틀 미루더니 결국 반도 채 안 보냈잖아. 듣자하니 너 정도면 삼 억은 눈 딱 감고 줄 수 있었을걸."

기완은 재문의 앞으로 다가가 정장 재킷을 입은 그의 어깨를 털어냈다.

"홍신희, 맞지? 홍세희인가? 약혼녀 예쁘더라. 내가 멀리서 봐서 잘못 봤는지 몰라도, 앤이랑 꽤나 닮은 거 같던데."

모두 숨을 죽였다. 재문은 대꾸가 없었다.

잠시 구름에 가려 흐릿했던 달빛이 다시 시야를 밝힌 찰나, 진철의 손이 슬그머니 빈 술병의 주둥이를 움켜쥐는 것이 보였다.

"묻어주면 되는 거지?"

나는 진철을 밀쳐내며 앞으로 나섰다.

"원하는 건 그게 다지?"

기완이 새 담배에 불을 붙이며 고개를 끄덕였다.

"역시 머리 좋은 해영이가 이해가 빨라. 저 영감탱이 옆에 삽 한 자루 구해다 놨으니까, 그걸로 번갈아서 흙을 파자고."

엉겨 있는 나무덤불을 헤치고 숲 쪽으로 들어가자 백발의 노인이 흙에 얼굴을 묻은 채 엎어져 있었다. 말려 올라간 바짓단 아래로 앙상한 발목이 허옇게 드러났다.

"제정신이야? 저 새끼가 이번 한 번으로 끝낼 거 같아? 평생 협박이나 해대면서 우릴 개 부려 먹듯 할 거라고."

옆으로 바짝 붙은 진철이 눈을 부릅뜬 채 목소리를 낮추어 말했다.

"네가 그쪽 다릴 들어. 내가 위를 들게."

몸을 수그리자 시체에서 시큼한 냄새가 올라왔다. 나는 노인의 어깻죽지에 두 팔을 끼웠다. 진철은 꼼짝 않고 서서 나를 노려보았다. 헝클어진 머리칼에 어두운색의 점퍼를 걸친 진철이야말로 어둠 속의 한 마리 짐승을 연상시켰다. 나는 담담하게 그를 건너다보았다.

"그럼, 뭐 좋은 수라도 있어?"

"이건 아니잖아. 또 이걸로 협박해댈 게 뻔한데."

"하기 싫으면 빠져도 돼. 이건 기완이 뜻이고 난 거기 맞추기로 한 거야. 너한테 강요할 생각은 없어. 좋을 대로 해."

그때 유성이 숲 속으로 들어왔다. 그는 노인을 들어 올리는 나를 보고는 바닥에 떨어진 낡은 삽자루를 주워들었다.

"미쳐버리겠네."

진철이 머리를 긁어댔다. 뒤따라 들어온 재문이 진철을 밀치고 시체의 다리를 들어 올렸다. 기완은 먹다 남은 소주병과 라면 봉지를 손에 든 채 어슬렁어슬렁 걸어왔다.

"피붙이 하나 없이 길바닥에 사는 노인네라서 백번 죽어도 찾을 사람은 없어. 걱정하지 말고 묻어."

걸음을 뗄 때마다 시체의 늘어진 두 팔이 무릎에 와 닿았다. 나무뿌리에 걸려 발을 헛디딘 재문이 거친 숨을 몰아쉬었다. 진득한 땀이 목과 등을 타고 흘러내렸다. 한참 산을 오른 우리는 달빛도 좀처럼 들이치지 않는 흙바닥에 노인을 내려놓았다. 약간 거리를 두고 따라오던 진철이 유성을 밀치고 삽자루를 쥐었다. 그는 신경질적으로 흙에 삽을 내리꽂았다. 퍼 올린 흙이 후두둑 소리를 내며 발밑으로 떨어졌다. 정신 나간 사람처럼 삽질을 해대던 진철이 잠시 숨을 고르는 사이 유성이 삽자루를 이어받아 구덩이를 팠다.

"그런데 신주홍이는 왜 안 왔냐? 연예인이라고 비싸게 구는 거야? 봉다리 그거 꽤 예뻐졌더라. 카메라 마사지 오래 받으면 개똥도 진주 된다더니."

기완이 시시덕거렸다. 구덩이는 유성의 허벅지께까지 파였다.

"너들도 걔 보면 미치겠지? 살이 뽀얗고 말야. 그렇게 생긴 것들이 은근히 밝혀요. 기사 나가는 거 벌벌 떠는 년이니까 맘만 먹으면 돌아가면서 먹을 수도 있을 거 같은데. 솔직히 봉다리가 우리한테 그 정도는 해줘야지 않겠냐."

"유성아, 이제 내가 할게."

나는 구덩이 속의 유성을 끌어올렸다. 땀과 온기가 밴 삽자루는 뜨뜻했다.

"나도 한 모금 마시자."

기완에게서 소주병을 건네받았다. 술은 반 조금 넘게 남아 있었다. 술로 입을 적시고 다시 병을 넘겨준 뒤 구덩이 속으로 뛰어들었다.

시간이 얼마나 지났을까. 구덩이는 재문의 어깨높이까지 파였다. 우리는 노인의 시체를 구덩이 속에 넣었다. 풀썩. 시체는 맥없이 흙바닥 위로 떨어졌다. 다시 번갈아가며 흙을 덮었다. 이윽고 흙의 높이가 평지와 다름없이 맞추어지자 기완이 그 위로 올라가 흙을 꾹꾹 밟았다. 재문은 근처의 나뭇가지와 풀잎을 대충 긁어와 뿌려두었다.

"소주라도 한 잔 따라주고 싶은데 남은 게 없네."

기완이 빈 술병을 주머니에 넣으며 말했다. 취할 대로 취한 그는 앞장
서 산길을 내려가며 연신 비틀거렸다. 산에서 내려오는 동안에는 누구 한
명 입을 열지 않았다.

길가에는 기완이 버려둔 빈 소주병들이 그대로 놓여 있었다. 나는 술병
을 챙기고 차를 세워둔 공터를 향해 걸음을 옮겼다.

"많이 취한 거 같은데 내 차 타고 갈래?"

나는 곁에서 바지 주머니에 손을 꽂은 채 휘청거리고 있는 기완에게
물었다. 그는 고개를 끄덕였다. 재문은 삽에 묻은 흙을 바닥에 털고 앞서
걸었다. 공터에 다다르자 기완은 신트림을 내뱉으며 두리번거렸다.

"네 차가 어떤 거냐? 난 먼저 들어가 있어야겠다."

유성의 트럭 뒤편으로 비스듬하게 세워둔 자가용의 문을 열어주자 기
완은 조수석에 올라탔다.

"담배 한 대 피우고 가자."

나는 모여 있는 무리로 다가가 말했다. 진철이 담배를 꺼내 입에 물었
다. 유성도 담배를 한 개비 빌려 불을 붙였다.

"난 끊었어. 넌 피우냐?"

재문이 잠긴 목소리로 내게 물었다.

"아니."

두 사람의 담배는 느리게 타들어갔다.

"다음엔 아예 누굴 죽여 달라고 부르겠는데."

진철이 좀 전에 지나온 길을 돌아보며 중얼거렸다.

"해영이 너 이 새끼, 보기보다 간이 작다. 묻으라면 묻고, 이젠 집에까지 모셔다 드리게?"

그는 삐딱한 시선으로 나를 바라보며 빈정거렸다. 사나운 숨소리 아래로 두 눈이 불안감에 번들거렸다. 나는 두 번째 담배를 피워 물고 있는 유성의 곁을 지나쳐 자가용의 조수석 문을 열었다. 기완의 묵직한 손이 툭, 아래로 떨어졌다. 벌어진 입에서 흘러나온 침이 그의 오른쪽 어깨를 적시고 있었다. 기완은 죽은 듯 깊게 잠들어 있었다.

"생각해보니 그러네. 데려다 주는 건 관둬야겠다."

기완의 팔 밑에 고개를 밀어 넣고 그를 차 밖으로 끌어내렸다. 그러나 자리에서 끌어내기 무섭게 몸집의 무게를 버티지 못한 어깨가 그의 몸을 흙바닥에 내치고 말았다. 머리가 바닥에 부딪히며 꽤 큰 소리가 났지만, 그는 꿈쩍하지 않았다. 나는 그를 질질 끌다시피 하여 길가로 옮겨두었다.

"저 새끼 왜 저래? 꼭 기절한 거 같잖아."

진철이 널브러져 있는 기완을 흘끗 쳐다보았다.

나는 손을 털고 흐트러진 옷매무새를 정리했다.

"아마 아침까지는 저대로 못 일어날 거야. 우린 먼저 가자."

"길바닥에 놔두게?"

재문이 의미심장한 목소리로 물었다. 나는 재문의 손에서 삽자루를 받아 트렁크에 넣었다.

"술 몇 병에 내뺄을 새끼가 아닌데."

진철이 여전히 이해할 수 없다는 듯 기완을 살폈다.

"보다시피 여긴 사람도 차도 안 다녀. 치여 죽을 걱정은 안 해도 되겠지. 아무도 없으니까. 아님, 누가 데려가서 재워주기라도 할래?"

나는 비석처럼 서 있는 그들을 찬찬히 둘러보았다.

"다들 차는 가지고 왔지?"

아무도 대답하지 않았다. 운전석의 문을 열고 인사를 건넸다.

"이만 가봐야겠다."

자리에 앉자 굳어 있던 두 다리가 뻐근했다. 자가용은 길에 누운 기왓을 스쳐 지나갔다. 한참을 달려 큰길로 빠져나갔다. 드문드문 보이는 음식점 간판을 지나 시내에 접어들기 시작하자 멀리 뒤따라오던 라이트 불빛이 다른 차들 속에 섞여 사라졌다.

주차장에 차를 세우고 건조해진 눈을 감고 있을 때였다. 휴대전화 진동이 울렸다. 액정에 낯선 번호가 떴다. 수신보류를 해두었지만, 전화는 끈질기게 다시 걸려왔다. 통화 버튼을 누르고 숨을 죽였다.

"내 이럴 줄 알았어. 내 번호로 할 땐 안 받더니. 뭐하고 있었어요?"

높은 톤의 목소리가 귀를 윙윙 울렸다. 아란이었다.

"시나리오 때문에 급히 의논할 게 있었단 말예요. 팀장님이 재촉하셔서 나 혼자 얼마나 진땀 뺀 줄 알아요? 한창 바쁠 때 퇴근을 해버리는 게 어딨어요!"

차에서 내려 엘리베이터에 올랐다. 좁은 공간에 가득 찬 환한 불빛이 아까까지 몸을 담그고 있던 어둠보다 더 이질적으로 느껴졌다.

"내 말 듣고 있는 거예요?"

나는 간신히 입술을 떼어 내일 얘기하자고 말했다.

"목소리가 왜 그래요? 무슨 일 있어요?"

꼬치꼬치 캐묻는 목소리는 걱정스러운 기색까지 담고 있었다. 이토록 거침없이 친근감을 내비치는 그녀의 경솔함에 경멸이 솟구쳤다. 나이가 찼지만, 여전히 응석을 부리거나 귀여움을 받는 데 익숙하고 마음에 드는 것은 꼭 손에 넣어야만 직성이 풀리는 아란의 천진난만함이 그저 불결하게 느껴졌다.

집에 도착하자마자 샤워를 했다. 기생충처럼 살갗을 뚫고 들어와 절대 빠져나가지 않을 것 같던 어두운 숲의 습기와 시큼한 시취는 진한 클렌저 향에 묻혀 지워졌다. 벗어둔 옷을 정리해 세탁기 속에 넣었다. 바지 주머니를 털자 알약을 부숴놓은 흰 가루가 떨어졌다. 시체를 들고 산을 오를 때까지만 해도 주머니 속의 약을 사용할 것인지, 갈등했다. 기완을 걱정해서가 아니라 굳이 그렇게까지 하지 않아도 내가 아닌 누군가가 기완에게 조처를 하리라는 걸 알고 있었기 때문이다. 그러나 기완이 주홍에 관련된 이야기를 꺼내는 순간 혈관이 뜨겁게 팽창하며 어지럼증을 느꼈다. 당장에라도 삽자루로 그의 머리를 내려쳐 조각조각 내고 싶었다. 나는 섣불리 행동하는 대신 그의 소주병을 넘겨받아 가루약을 한 줌 털어 넣었다. 땀으로 축축해진 손바닥에 달라붙은 가루는 바지에 문질러 닦았다. 취기에 약 기운까지 오른 기완은 산에서 내려오자마자 정신을 잃듯 잠들었다.

서울로 올라오는 내내 기완이 주홍을 향해 내뱉었던 말들이 귀에 맴돌았다. 그는 당장에라도 그녀를 찾아가 덮칠 듯 기세등등했다. 주홍의 몸 위에 올라타 격렬하게 허리를 움직이는 기완과 그 밑에서 교성을 내지르고 있는 그녀의 모습이 선명하게 떠올랐다가 물에 젖은 휴지처럼 찢겨나가길 반복했다. 핸들을 돌려 산길로 돌아가고 싶은 충동을 간신히 억눌렀다. 떠올리는 것을 그만두려는 나와 망상을 더 구체화하려는 또 다른 나 사이에서 현실 속의 나는 고속도로를 내달리며 더 세게 액셀을 밟았다.

나흘 뒤, 기완의 장례식을 알리는 연락을 받았다. 전화를 건 사람은 그의 막내 여동생이었다. 그녀는 오빠가 청주에서 뺑소니 사고를 당했으며, 튕겨 나간 건지 버려진 건지 모를 시체는 산 밑자락에서 사후 며칠간 방치되어 있었다고 했다. 범죄경력이 있는 데다 노숙자에 가까운 기완에 대한 경찰조사는 극히 형식적이었고 그녀 역시 뺑소니 차량을 찾기보다는 황급히 장례를 치르고 사건을 잊길 바라는 눈치였다.

퇴근길에 장례식장에 들렀다. 기완과 이목구비가 닮은 막내 여동생이 나를 맞이했다. 기미가 낀 그녀의 얼굴은 나이에 비해 늙어 보였다. 이제 세 살이 되었다는 어린 아들이 쉴 새 없이 그녀의 등에 매달렸다. 그녀는 나와 유성을 제외한 다른 둘에겐 연락이 닿지 않는다고 했다.

"어쩌자고 그런 외진 델 가서."

그녀는 맥없이 중얼거렸다. 식어서 딱딱하게 굳은 쑥떡에 날벌레 한 마리가 눌려 죽어 있었다.

자리를 털고 일어서려고 할 때쯤, 늦을 것 같다던 유성이 도착했다. 그와 나는 낡은 장례식장 건물 밖에서 자판기 커피를 마셨다.

“길가에 두고 오는 게 아니었는데 말이지.”

나는 빈 종이컵을 쓰레기통에 넣으며 말했다.

“누구였을까?”

유성이 운동화 코를 내려다보며 웅얼거리듯 물었다.

“그러게 말이다. 그 산길로도 다니는 사람이 있긴 했는지.”

“우리 중에 말이야.”

“무슨 소리야?”

유성이 여전히 시선을 떨군 채 고개를 저었다.

“넌 우리 중 누군가는 다시 그 자리로 돌아갈 거란 걸 알고 있었잖아. 고분고분 시체를 묻겠다고 할 때부터 그럴 계획이었겠지.”

“너, 오해가 지나치다.”

나는 가볍게 웃었다.

“비난하려는 게 아냐. 어쩔 수 없는 일이었잖아.”

유성은 나를 힐끗 올려다보며 말했다.

“무슨 소릴 하는 건지 모르겠다. 아무튼, 넌 더 있다가 갈 거야?”

나는 먼저 가봐야겠다는 말과 함께 그의 어깨를 두드리고 돌아섰다.

“당분간 고향 집에 내려가 있으려고.”

등 뒤의 유성이 옷자락을 붙들듯 말했다. 나는 빙글 돌아서며 그를 향해 미소 지었다.

“가면 내 안부도 좀 전해줘라.”

“앞으로 다시 볼 일이 없었으면 좋겠어.”

유성이 나를 물끄러미 바라보며 말했다.

"새끼, 누가 보면 애인 사인 줄 알겠네."

그는 웃는 대신 종이컵을 구겨 쓰레기통에 던졌다.

"솔직히 너도 그게 낫다고 생각하지?"

"난 모르겠다. 좋을 대로 해."

다시 걸음을 뗐다. 유성이 내 뒤로 몇 걸음 다가붙었다.

"이번 일은 사고가 아니야. 앤한테 있었던 일이랑은 다르다고. 우리 중 누군가가 기완일 죽였어. 한때 친구였던 놈을 죽인 거야. 넌 이게 아무렇지도 않아?"

어린 시절부터 그래 왔지만 고분고분한 유성이 내게 대거리할 때면 괘씸하다는 생각부터 앞섰다. 나는 무표정한 얼굴로 그를 돌아보았다.

"그럼 직접 데려가지 그랬어. 넌 왜 그냥 돌아간 건데? 그렇게 걱정이 되었으면 기완일 길옆에라도 밀어두고 갔으면 되었을 일 아냐?"

유성은 아무 말 없이 예의 그 깊은 눈으로 나를 응시했다. 그 눈을 마주 보고 있으니 늪처럼 빨려 들어가는 느낌이 들어 시선을 돌렸다. 유성이 나를 다그치는 것은 두려움에 사로잡혀 있기 때문이리라. 기완은 죽었지만, 우리 중 누군가가 또 다른 기완이 될 수도 있다는 사실이 그를 불안하게 만들었을 것이다. 나는 한결 누그러진 목소리로 그를 다독였다.

"요새 이런저런 일이 많아서 네가 너무 예민해졌나 보다. 이건 그냥 뺑소니 사고야. 우리랑 상관없는 일이라고. 과민반응할 필요 없어."

기완을 나락으로 빠뜨린 건 우리가 아니라 그 자신이었다. 애초에 그는 우리를 감싸면서까지 혼자 모든 잘못을 뒤집어쓰지 말았어야 했다. 머리 좋게 굴지 못할 바에는 차라리 겁쟁이가 되는 편이 나았다. 장례식장 입구에 서서 아직 내 뒷모습을 바라보고 있는 유성처럼 말이다.

　좀 성가시긴 해도 어느 모임에나 겁쟁이는 한 명씩 필요하지. 나는 속으로 중얼거리며 길모퉁이를 돌았다.

메종

늦여름 속초의 횟집. 누군가 벽걸이형 텔레비전의 리모컨을 집어 들었다. 채널은 한국인의 식생활 습관을 다룬 특집 다큐멘터리와 아이돌 가수가 등장하는 드라마를 지나 화려한 색채로 가득 채워진 화면에서 멈추었다. 몇 주 전부터 새로 시작한 사극이었다. 머리를 올린 기생들이 가야금 반주에 맞추어 춤을 추는 가운데 호박색 저고리를 입은 한 기생은 앳된 사내 곁에 앉아 이야기를 주고받고 있다. 사내는 피부가 맑고 잔 근심이라고는 없는 얼굴에 순박한 호기심이 물방울처럼 맺혀 있어 소년이라 부르는 게 더 어울릴 것 같다. 기생은 옥가락지를 낀 가느다란 손가락으로 그의 팔꿈치를 닿을 듯 말듯 감싸며 유혹하듯 밀쳐내듯 아슬아슬하게 대사를 읊어 댔다.

"요염하다, 요염해. 쟤 연기 많이 늘었다."

윤수가 상추 쌈 위에 우럭 회를 두 점 올리며 감탄했다.

"그래요? 난 별로 모르겠는데."

아란이 생고구마를 씹으며 시큰둥하게 말을 이었다.

"신주홍은 청순하긴 한데 왠지 좀 어두워 보이지 않나?"

"뭘 모르네. 그게 쟤 매력이지. 볼 때마다 새로운 느낌이잖아. 마냥 예쁘기만 한 애들은 금방 질려서 안 돼."

떠돌이 장님 여자의 사생아로 태어난 여자아이는 어려서부터 제 어머니의 눈이 되어 자란다. 산과 들을 지날 때면 온갖 꽃과 나무, 벌레와 산새들이 어떤 색과 모양을 하고 움직이는지 제 어머니에게 설명을 해주기 바쁘다. 그러던 어느 날 장터로 흘러들어 간 장님 여자는 도둑으로 오해를 받아 몸싸움하던 끝에 사고로 죽고 어린 여자아이는 고아가 된다. 거지처럼 동냥하며 지내던 아이는 우연히 기방의 계집아이를 도와준 일을 계기로 기방에 발을 들인다. 세월이 흘러 우여곡절 끝에 여자아이는 기생이 되고, 어릴 적부터 어머니를 위해 아름다운 것들을 관찰하고 표현해내던 감각을 바탕으로 옷과 신을 디자인 하는 데 뛰어난 능력을 발휘한다. 드라마는 기생인 그녀의 재능이 기방의 손님들을 통해 세상에 알려지고 시대의 유명한 디자이너로 활약한다는 퓨전 사극이었다.

"저게 요즘 시청률 일 위래. 드라마 나가고 신주홍 광고 섭외가 엄청 들어왔다더라."

이번 워크숍 총무를 맡은 디자인 팀의 준모가 끼어들며 말했다.

"영화 대박 나고 좀 쉴 만도 한데 바로 또 드라마에 나오네. 예쁜 게 참 열심히도 산다."

윤수는 주홍이 사내와 단둘이 방에 드는 장면이 나오자 아예 화면을 향해 자세까지 고쳐 앉았다.

"왜 보면, 어렸을 때 힘들게 자란 연예인들이 일 욕심이 많잖아요. 신주홍도 고아로 자랐다며. 고생 좀 해 봤으니깐 돈 욕심도 많은 거지."

아란이 간장에 고추냉이를 더 풀며 이해할 만하다는 듯 설명했다.

"그래도 집안은 꽤 좋았다던데? 부모가 둘 다 의사였다며. 잘 컸으면 부유한 집 아가씨였을 텐데."

"별로 귀티 나는 얼굴은 아니지 않나……. 근데 쟤 요즘 스토커 때문에 소속사에서 비상이래요. 내 친구네 언니가 그쪽에서 일하는데, 스토커가 완전 지능적인 데다 악질이라나 봐. 이건 그 바닥 사람들만 아는 얘긴데 그 스토커가 신주홍 화장실 몰카를 찍어서 갖고 있대요."

아란이 눈살을 찌푸리며 말했다.

"에이, 헛소문 아냐?"

준모가 믿기 어렵다는 듯 코웃음을 치자 아란이 발끈하며 눈을 치켜떴다.

"그 언니한테 직접 들은 얘기라니까요. 원래 헛소문이라고 도는 연예인 얘기들 대부분이 진짜라는 거 몰라요?"

그때 옆 테이블에 앉은 팀장이 술잔을 들었다.

"오랜만에 A팀끼리 뭉치니까 좋네. 하필 워크숍 날에 맞춰서 태풍이 오긴 했지만……."

팀장의 조금 길다 싶은 멘트가 끝나고 다들 술잔을 맞부딪쳤다. 옆자리의 아란이 내 빈 잔에 다시 술을 채우고는 재깍 자신의 잔을 내밀었다.

"해영 씨도 신주홍 같은 스타일 좋아해요?"

그녀는 새끼손가락을 치켜든 채 술잔을 내 잔에 갖다 댔다.

"해영 씨는 좀 다를 것 같아. 여자를 보면 어딜 먼저 봐요?"

"등이요."

"어머, 등?"

"난 뒷모습 예쁜 여자가 좋아서…….”

부글부글 끓는 매운탕이 날라져 왔다. 아란은 살점이 얇게 붙어 있는 생선뼈를 국자로 떠서 내 접시에 덜어놓았다.

휴대전화 문자 메시지가 도착했다. 비 때문에 저녁 촬영이 취소되었다는 주홍의 연락이었다. 스튜디오에 들러 잡지 인터뷰를 하고 에스테틱에 들를 예정이라고 했다.

주홍의 얼굴을 본 지 일주일이 다 되어 간다. 아란이 재잘거린 이야기 중 몰래카메라에 관한 건 허튼소리지만 스토커에 관한 소문만은 사실이었다. 소속사가 스토커 문제를 알아챈 것은 이제 보름 남짓 되었으나 실제로 스토커가 입질을 시작한 것은 두 달 전의 일이었다. 처음에는 말없이 끊기는 장난전화와 흔히 파파라치라고 불리는 도촬 사진이 배달되어 오는 수준이었다. 아파트의 무인카메라에는 야구모자에 선글라스를 낀 남자가 데스크에 봉투를 맡기는 장면이 찍혀 있었다. 키가 작고 왜소한 체구에 턱수염이 희끗희끗한 남자는 카메라에 찍히는 것을 크게 개의치 않는 눈치였다. 장난전화가 걸려온 번호를 추적하니 종로 곳곳의 공중전화로 밝혀졌다. 그때까지만 해도 스토커의 존재를 심각하게 생각하지 않았다. 할 일 없는 열성팬이 변태적인 장난을 치나 보다 싶어 주홍의 휴대전화 번호를 바꾸게 하는 데서 그쳤다.

어느 주말 오전 외출을 하려던 주홍이 새파랗게 질린 채 나를 찾아왔다. 나는 그녀를 집에 있게 하고 주차장으로 내려갔다. 주홍의 크라이슬러 뒷자리에는 조립형 마네킹이 놓여 있었다. 마네킹은 속이 비치는 망사 브래지어와 팬티를 입고 외설적인 자세로 엎드려 있었다. 나는 마네킹의 엉덩이에 붙어 있는 포스트잇을 떼어 냈다.

'내일 촬영 때 입어주세요.'

갈겨쓴 글씨는 구역질이 날 만큼 흉한 악필이었다. 소속사 측에는 스토커에 대해 알리지 말라고 일러두었으나, 그는 알려지지 못해 안달이 난 듯 소속사 사무실에까지 손길을 뻗어왔다. 사무실 주소로 배달된 서류봉투에는 사진 네댓 장과 메모가 들어 있었다.

'이 사람이랑 친하게 지내지 말아요.'

사진 속에는 검은색 벤츠에 탄 별경그룹의 막내아들 오진섭이 찍혀 있었다. 운전대를 잡은 그의 옆자리에는 연한 갈색 선글라스를 낀 주홍이 앉아 있었다. 소속사에서는 매스컴에 노출되는 것을 우려해 공식적으로 수사 의뢰를 하지 않고 조용히 손을 쓰기로 결정을 내렸다고 했다. 나는 그때까지 주홍이 오진섭과 만났다는 이야기를 들은 적이 없었다. 그녀는 내 눈치를 보며 사실을 털어놓았다. 평소 그녀를 잘 챙겨주던 원로 텔런트가 그녀를 불러내 오진섭이 그녀를 마음에 들어 한다며 식사 자리를 주선했다고 했다. 그녀는 두 차례 식사를 한 적은 있지만 아무 일도 일어나지 않았다고 거듭 말했다. 주홍이 지나치게 긴장한 듯 보였기에 나는 대수롭지 않은 듯 고개를 끄덕이며 넘어갔다.

사십 대 초반의 오진섭은 유명한 식품업체 차녀인 아내와의 사이에서 일곱 살과 다섯 살짜리 딸이 둘 있었다. 살이 찐 편이긴 하지만 나이에 비해 젊어 보이는 외모에, 시원스러운 이목구비에서 귀티가 나는 남자였다. 나는 밤을 새워 그에 관련된 인터넷 기사를 모조리 읽었다. 불어난 강물에 떠내려온 슬리퍼처럼 출처를 알 수 없이 나도는 각종 루머까지 빼놓지 않고 찾아보았다. 주홍에게 화가 나거나 배신감을 느낀 건 아니었다. 나를 불편하게 만드는 건 그녀가 오진섭을 만났다는 사실보다, 그 일을 내게 비밀에 부쳤다는 것이었다. 이따금씩 주홍이 내게 말하지 않고 지나치는 일들이 있다는 건 알고 있었지만 대부분 실크처럼 부드럽고 달콤한 비밀이었다. 그러나 이번 일은 걸쭉한 덩어리 같은 느낌이었다.

내가 늘 주홍의 생활에 대해 낱낱이 알고자 하는 이유는 그녀를 더 잘 지키기 위해서였다. 그녀처럼 손익에 대한 계산력이 부족하고 행동이 재빠르지 못한 타입은 남들에게 이용당하기 쉽다. 그런 그녀가 믿을 수 있는 존재라고는 나뿐이었다. 겉모습은 세련된 여배우가 되었으나 속은 여전히 바닷가 촌마을의 겁 많고 말수 적은 계집아이인 그녀는 내 도움이 없이는 무엇 하나 제대로 할 수 없는 여자였다.

"이 차는 요 옆에 노래방으로 가시죠."

횟집에서 나온 일행을 준모가 인솔했다. 마지막 태풍이 들어온다는 기상예보가 무색하지 않을 만큼 바닷바람은 사나웠다. 살이 부러진 우산 한 개가 펼쳐진 채로 길에서 나뒹굴고 있었다.

"먼저들 가 계세요. 해영 씨랑 제가 아이스크림 사갈게요!"

뒤따라오던 아란이 재빨리 내 옆으로 따라붙으며 말했다. 그녀는 내 옷 자락을 잡아끌고 근처의 편의점으로 들어왔다.

"아유, 바람이 말도 못해. 내 얼굴 빨갛죠?"

아란이 불쑥 얼굴을 들이밀며 물었다.

"앉아 있을 땐 몰랐는데 나오니까 술기운이 도는 거 있죠. 우리 조금만 쉬었다가 들어가요."

그녀는 손으로 두 뺨을 감싸며 편의점 구석의 스탠드 의자에 걸터앉 았다.

"먼저 갈 테니까 쉬었다 와요."

"싫어. 기다렸다 같이 가요."

취기를 빌어 투정을 부려보겠다는 듯 아란은 턱을 새침하게 치켜들고 말했다.

"취한 거 같은데 그만 들어가죠."

"……해영 씨는 왜 그리 눈치가 없어요?"

아란은 테이블 위에 올려놓았던 핸드백을 낚아채듯 집어 들고는 샌들 굽 소리를 요란하게 울리며 편의점을 나갔다. 나는 아이스크림을 인원수 대로 골라 계산하고 가게를 나왔다. 아란이 잔 머리칼을 나부끼며 가게 앞에 서 있었다. 그녀는 나를 사납게 흘겨보았다.

"가끔 보면 정말 재수 없게 구는 거 알아요?"

나는 편의점 봉투를 부스럭거리며 노래방으로 향했다. 녹색 네온이 달린 낡은 노래방 간판은 사연 많은 여자의 초췌한 화장처럼 불을 밝히고 있었다.

"해영 씨 그 눈빛이요. 사람 엄청 무시하는 거 같다구요."

아란이 앞으로 달려와 나를 멈춰 세우며 말했다. 날이 선 목소리와 달리 굳은 침을 삼키며 가늘게 움칠거리는 목은 애절해 보이기까지 했다.

"눈만 마주쳐도 꼭 내가 뭐라도 잘못한 거처럼 이상한 사람 보듯이 말이야. 내가 그렇게 싫어요?"

술기운에 젖은 목소리가 흔들렸다.

"아니요. 그렇게 느꼈으면 미안한데."

아란은 긴 한숨과 함께 빠져나온 머리칼을 쓸어 귀 뒤로 넘겼다. 그녀는 잠시 아무것도 보이지 않는 밤바다 쪽을 응시하더니 한쪽 눈썹을 약간 찡그리며 나를 바라보았다.

"나 원래 이렇게 들이대고 그러는 여자 아니에요."

어떻게 반응을 해야 할지 몰라 잠자코 있었다. 아란은 무슨 말인가 더 이으려다가 그만두고는 지하 노래방으로 들어갔다.

다음 날 아침 근처의 섬을 관광하기로 했던 계획은 날씨 때문에 취소되었다. 해장국을 먹고 예정보다 일찍 서울로 돌아가기로 했다. 서울에서 출발했을 때와 마찬가지로 준모와 아란이 내 차에 함께 탔다. 준모는 차가 출발하기 무섭게 의자를 뒤로 젖히더니 낮게 코를 골아댔고 뒷좌석의 아란은 서울로 오는 내내 말이 없었다. 조용해서 잠이 들었으려니 싶을 때면 깨어 있다는 것을 알려주기라도 하듯 페트병의 물을 마시거나 핸드백을 뒤적거렸다.

아파트 로비에 들어서자 데스크 관리인이 우편물을 건네주었다. 얄팍한 서류봉투에는 내 이름과 주소가 적혀 있었다. 곱은 손처럼 오그라든 글씨체가 낯익었다. 서둘러 집으로 들어와 서류봉투를 뜯었다. 확대된 사진 몇 장이 담겨 있었다. 사진에는 아파트 입구에 들어서는 내 모습과 주홍에게 스토커 얘기를 듣고 주차장으로 내려갔을 때 그녀의 차 문을 열고 안을 살피던 내 모습, 그리고 지난겨울 폭설주의보가 내려졌던 어느 날 닭백숙 전문점으로 나란히 들어서는 주홍과 나의 옆모습이 선명하게 찍혀 있었다. 나는 서류봉투를 뒤집어 털었다. 노란 포스트잇 한 장이 발치로 떨어졌다. 포스트잇에는 아무것도 적혀 있지 않았다.

관리실로 내려가 무인카메라를 확인했다. 데스크에 서류 봉투를 맡기고 간 것은 열 살쯤 되어 보이는 어린 남자아이였다. 목이 늘어난 나이키 티셔츠에 바가지 머리를 한 소년은 빨리 물건을 던져주고 나가 놀고 싶다는 듯 건성으로 봉투를 맡기고 돌아갔다.

"별로 눈에 띄는 점은 없었어요. 차림새가 지저분하고 땀을 많이 흘려서 냄새가 좀 나긴 했지만, 어린애들이야 원래 그렇죠."

벌써 이마가 벗겨지기 시작한 데스크 관리인은 무슨 일 때문인지 궁금해하는 눈치가 역력했다. 한여름이긴 했지만, 요즈음은 태풍의 영향으로 바람이 꽤 불었다. 저녁에는 카디건을 걸치고 다니는 사람들도 있을 정도니 한낮이라 해도 아이가 땀을 뻘뻘 흘리며 돌아다닐 정도는 아니었다.

"아, 애 혼자 온 게 아니었어요. 친구들은 밖에서 기다리고 있었는데,

축구공을 차다가 경비원한테 제지를 당했죠. 요 앞엔 차들이 많이 다녀서 애들이 놀기엔 위험하잖아요."

후두둑, 옷에 달린 단추가 뜯겨나가는 듯한 소리를 내며 빗줄기가 떨어졌다. 관리인은 재빨리 일어나 열려 있던 창문들을 닫았다. 금세 굵어진 빗줄기가 세차게 유리창을 두드렸다. 관리인이 미간에 주름을 잡으며 왼쪽 어깨를 주물렀다.

"저는 비만 오면 어깨가 아파서. 교통사고 후유증이라는 게 정말 무섭긴 해요. 다친 지가 벌써 오 년도 더 된……."

마침 인터폰의 벨이 울려 수다스러운 관리인의 말을 끊어주었다.

해가 질 무렵 주홍이 전화를 걸어왔다.

"낮에 이상한 일이 있었어."

오늘 촬영분에는 그녀가 자객에게 급습을 당하는 장면이 있었다. 도망치던 도중 산비탈에서 굴러떨어져 정신을 잃는 부분이었다. 물론 산비탈을 구르는 장면에는 담당 대역 배우가 준비되어 있었다.

"사인이 늦게 떨어져서 아래로 미끄러졌거든."

"뭐? 다치진 않았어?"

"응. 발목이 약간 붓긴 했는데 찜질 좀 하니까 가라앉았어."

"무슨 촬영이 사람을 그렇게 함부로 굴려?"

"실수였어. 그래도 좋은 장면을 건졌으니까."

"피디라는 놈이 그 타이밍 하나 못 맞춰서 사람을 다치게 만들어? 일부러 그런 거 아냐?"

수화기 너머로 침묵이 흘렀다. 작고 붉은 입술을 굳게 다문 채 천천히 눈을 깜빡이고 있을 주홍의 모습이 떠올랐다. 내가 감정적인 반응을 보일 때면 그녀는 겁에 질린 것을 숨기기 위해 얼굴에서 표정을 거두려 애쓴다. 그러나 눈가가 창백해지고 낮게 내리깐 속눈썹의 그늘이 짙어지는 것까지는 어쩔 수가 없다. 문득, 나는 주홍이 못 견디게 보고 싶어졌다.

"이상한 건 그 뒤의 일이야."

주홍은 계속 이야기해도 좋겠냐는 듯 내 반응을 살폈다.

"점심을 먹고 났는데 감독님 몸 상태가 계속 안 좋아 보이더니, 결국 몇 번씩 토하고 경련까지 일으키다가 구급차에 실려 갔어. 그래서 예정보다 촬영을 일찍 접게 돼서 지금 집에 가는 중이야."

"아무거나 주워 먹고 식중독에라도 걸렸나 보지."

"다 같이 배식 차에서 나눠주는 음식을 먹었는데 혼자만 탈이 난 건 이상하잖아. 누가 감독님한테 해코지를 한 거 같아."

"쓸데없이 넘겨짚지 마."

"차 가지러 사무실 주차장에 들렀는데 차 안에 또 봉투가 들어 있었어."

지난번의 일이 있었던 후로 사무실에서는 주홍의 차를 바꿔주었다. 스토커라는 놈은 단순히 관음증을 앓는 팬의 수준을 넘어서 주홍을 완전히 얕잡아 보고 있었다.

"이번 건 사무실에 알리면 안 될 거 같아서."

그녀는 말끝을 흐리며 지금 집에 들르겠다고 말했다.

주홍이 들고 온 봉투 속에는 내게 배달된 것과 똑같은 사진들이 담겨 있었다.

“메모는?”

“이번엔 사진뿐이야.”

주홍은 초조하게 허브차가 담긴 잔을 만지작거렸다. 노란 찻물 위에 띄운 얼음이 손톱 조각처럼 얇게 녹았다. 유리그릇에는 그녀를 위해 씻어둔 셀러리가 짙은 향을 풍겼다. 주홍을 보지 못한 며칠간 냉장고에서 시든 야채들을 한 차례 내다 버리고 새로 채워 넣었다. 그녀는 사진 한 장을 유심히 들여다보았다. 닭백숙 전문점에 들어서는 우리의 모습이 찍힌 사진이었다.

“한참 전부터 쫓아다니고 있었던 거야.”

혼잣말처럼 중얼거리던 그녀의 말투가 점점 빨라졌다.

“이 사람 대체 어디까지 알고 있는 거지? 혹시 우리 일에 대해서 전부 알아챈 거 아니야?”

“차 좀 마셔.”

주홍은 손끝으로 힘주어 미간을 눌렀다.

“있지, 기완이한텐 무슨 일이 있었던 거야? 하필이면 네가 애들 연락을 받지 말라고 메시지를 남긴 며칠 후에 죽은 게…… 이상하잖아. 혹시 누가 우릴 감시하고 있는 거 아닐까?”

나는 잔을 쥐고 있는 그녀의 손등을 잡았다. 그녀가 손을 비틀며 빼는 탓에 찻물이 넘쳐흘렀다.

“무서워. 계속 누가 쳐다보고 있는 기분이 들어.”

“내가 이 새끼를 잡을 거야. 걱정하지 마.”

나는 그녀의 어깨를 감싸 끌어안으려 했다. 주홍은 전에 없이 가느다란 신음을 뱉어내며 나를 밀쳐냈다.

"올라갈래. 피곤해."

가방을 들고 일어서는 주홍의 팔목을 움켜쥐었다. 팔목을 쥔 손이 뜨겁게 느껴질 만큼 힘이 들어갔다. 나는 주홍을 노려보며 입을 열었다.

"이렇게 가겠다고?"

"아파. 놔줘."

"건방지게 굴지 마."

내가 널 위해서 이제껏 어떤 일들을 해왔는데, 감히 나를 이런 식으로 대할 수는 없는 거다, 신주홍.

주홍의 가방 속에서 휴대전화가 울렸다. 나는 뿌리치듯 그녀의 팔목을 풀어주었다. 주홍은 휴대전화를 꺼내 확인하더니 다시 넣어두었다.

"누구야? 받아 봐."

"안 받아도 되는 전화야."

"받으라니까!"

주홍의 팔에서 가방을 빼앗아 휴대전화를 꺼냈다. 담당 코디의 이름이 떠 있었다. 그녀는 붉게 자국이 남은 손목을 매만지며 이를 악물고 있었다. 다시 가방 속에 휴대전화를 넣어두려던 나는 멈칫했다. 대본 뭉치 옆으로 몇 장의 사진이 비죽 튀어나와 있었다. 오진섭과 주홍이 고급 일식 주점 입구에서 함께 나오는 사진이었다. 오진섭은 주홍의 어깨에 팔을 두르고 그녀는 입을 가린 채 웃고 있었다. 다음 사진에는 그녀와 오진섭이 같은 차의 뒷좌석에 타는 모습까지 찍혀 있었다. 나는 마지막 사진 위에 붙은 노란 포스트잇을 떼어냈다.

'문란한 여자. 그러지 마요.'

"내가 모르는 일이 더 있나?"

나는 포스트잇을 구기며 물었다. 주홍은 바닥에 떨어진 가방을 주워들었다. 그녀는 힘없는 목소리로 대답했다.

"스토커한테 물어보지그래."

주홍이 나가고 현관문이 닫혔다. 찻잔에 맺힌 물방울이 흘러내렸다. 나는 잔을 집어 들다가 바닥을 향해 있는 힘껏 내던졌다. 잔은 깨지지 않고 날카로운 소리를 내며 튕겨 올랐다. 찻물을 쏟아낸 잔이 선반 아래까지 굴러갔다. 선반 위에는 주홍이 출연하는 드라마의 시놉시스 뭉치가 놓여 있었다.

몇 달 전 사극 드라마의 출연 제의가 들어왔을 때 그녀는 좋아서 어쩔 줄 몰라 했다. 제작사에서 제안한 배역은 주연 배우가 아닌 그 친구 역으로 도중에 주인공을 감싸려다 죽게 되는 인물이었다. 소속사 측에서는 주인공 배역이 주홍의 이미지에 걸맞는다고 여겨 드라마 제작사 측과 여러 차례 미팅을 시도했지만 영 마뜩찮은 반응이 돌아왔다. 주홍의 말에 의하면 지난 작품들을 연이어 성공시켰던 극작가가 그녀를 주인공으로는 썩 내켜 하지 않는다고 했다.

작가는 50대 초반의 여자로 제작 과정에 사사건건 개입하는 것을 좋아해 연출가와 마찰이 잦기로 유명한 모양이었다. 어렵게 잡은 미팅 자리에서 주홍은 작가가 감독을 따로 불러내 타박하는 소리를 엿듣게 되었다고 했다.

"신주홍이 아무리 날고 기어봤자 하민영 아류지. 아이, 난 그런 거 싫어. 우리 드라마에는 진짜 배우를 써야지. 헛바람 든 반짝이 말고. 차라리 신인을 쓰더라도 뼛속까지 배우인 애로 찾자니깐. 쟨 아니야. 눈빛 보면 몰라? 너무 불순물이 많아."

내가 보기에는 주홍이 굳이 그 배역에 욕심을 낼 필요는 없었다. 지난번 영화로 흥행 기록을 세운 직후였기에 이번 드라마가 아니더라도 수준 높은 작품의 캐스팅 제의가 밀려오리라는 것은 누구라도 예상할 수 있는 사실이었다.

주홍에게서 이야기를 전해 들었을 때 나는 셔츠를 다림질하던 중이었다. 구김 한 줄 가지 않은 흰 와이셔츠에는 옅은 푸른빛이 돌았다. 주홍은 하민영의 아류라는 말에 충격을 받았다. 그녀는 무슨 일이 있어도 그 작품에 출연해 극작가에게 연기력을 인정받고 싶다고 했다. 나는 스팀 기운이 남아 있는 와이셔츠를 옷장에 넣었다. 극작가의 입에서 나온 불순물이라는 표현이 닭 뼈처럼 뇌리에 걸렸다. 불순물이란 마치 주홍 안에 자리 잡은 나를 일컫는 것 같았다. 주홍은 알몸으로 아직 다림질하지 않아 구겨진 내 와이셔츠를 입고 소파에 앉아 있었다. 나는 그녀에게서 셔츠를 벗겨 냈다. 손끝에 스치는 주홍의 팔과 젖가슴의 살결은 안타까울 만큼 보드라웠다. 그에 비해 그녀의 살에 닿은 내 피부는 갑각류의 등처럼 차갑고 딱딱하게 느껴졌다. 주홍은 조심스럽게 나를 안았다. 나는 그녀를 힘주어 끌어당겼다. 안도감이 들었다.

그로부터 며칠 뒤 나는 대로변에 자리한 커피 전문점에 앉아 커피를 마셨다. 늦봄의 더위가 갑자기 기승을 부리기 시작한 무렵이라 창밖 거리에는 점퍼를 걸친 사람들과 짧은 반소매 셔츠를 입은 사람들이 섞여 있었다. 나와 조금 떨어진 테이블 자리에서는 세 명의 여고생들이 앉아 케이크와 음료를 마시는 중이었다. 의자에 바이올린 케이스를 걸어둔 그들은 근처 예술 고등학교의 교복 차림이었다. 그중 포니테일로 묶은 머리칼이 어깨까지 내려오고 무릎에는 루이비통 백팩을 얹어놓은 여고생이 송한울이었다. 중키에 또래 여학생들보다 골격이 큰 편이었다. 짙은 눈썹 아래 쌍꺼풀이 진한 큰 눈은 가만히 있어도 부릅뜬듯 보이는 돌출형이었고 납작한 코를 사이에 둔 양 볼은 사탕을 물고 있는 것처럼 두둑했다.

"아 짜증 나. 또 안 터지네. 이놈의 핸드폰 죽어 버려라."

한울은 자그마한 액세서리들을 매단 슬라이드식 휴대전화를 신경질적으로 흔들어댔다.

"대학가기 전까지 안 바꿔준다며. 그냥 몰래 사. 용돈도 많이 받잖아."

윤기가 흐르는 긴 생머리를 허리까지 늘어뜨린 여고생이 포크로 케이크 조각을 떼어내며 말했다. 여고생이라고는 믿기지 않을 만큼 성숙한 몸매에 아래로 처진 긴 눈꼬리는 묘한 백치미를 풍겼다.

"용돈이 많긴 개뿔. 엄마가 카드 보내준 거 아빠가 다시 돌려보내서 완전 거지야. 해주는 것도 없으면서 설친다니까. 제발 엄마한테 가서 살고 싶다."

긴 머리 여고생은 호들갑을 떨며 한울의 팔에 매달렸다.

"진짜? 그렇게 되면 나 좀 자주 불러주라. 너희 집에 연예인 많이 오지? 너희 엄마한테 잘 보이려고 선물도 싸들고 오고 그런다며. 누구누구 봤어?"

한울은 귀찮다는 듯 팔을 빼내면서도 거들먹거리는 표정으로 고개를 저었다.

"집 좋아하네. 그 아줌마 아주 작업실에서 살아. 작업실에 맘대로 찾아가면 얼마나 떽떽거리는지 정떨어져 죽겠어. 대본이 자기 자식이라는데 말 다 했지. 난 그냥 똥 싸다 힘 잘못 줘서 낳아놓은 거 같애."

한울은 자몽에이드에 꽂힌 빨대를 질근질근 씹으며 옆자리의 커트 머리 여고생을 건너다보았다. 탄산수와 도넛을 앞에 둔 커트 머리는 두 사람의 이야기를 듣는 둥 마는 둥 휴대전화로 메시지를 보내며 킥킥거리고 있었다. 한울과 긴 머리 여고생이 못마땅한 듯 시선을 교환했다.

"나 먼저 가봐야겠다. 엄마가 데리러 왔대."

커트 머리 여고생은 바이올린 케이스와 보조가방을 짊어지고는 싱글벙글 거리며 일어섰다.

"오늘 축하해줘서 고맙수이!"

커트 머리는 한쪽 손으로 브이를 만들어 보였다. 덤벙거리며 나가다가 유리문에 이마를 찧자, 두 손으로 눈 밑을 문지르며 우는 시늉을 해 보였다. 한울은 비스듬하게 놓인 의자를 밀쳐내며 창밖으로 멀어지는 커트 머리를 향해 인상을 찡그렸다.

"졸라 오버해. 쟨 대체 왜 데리고 왔냐?"

"상 탔다고 자꾸 쏘겠다길래."

"지금 이딴 거 먹자고 쟤 달고 온 거야? 너 이거 하나 사 먹을 돈이 없어?"

한울이 어처구니없다는 듯 다그치자 긴 머리는 금세 주눅이 들어 한울의 눈치를 살폈다.

"하여튼 넌 공짜라면 흙도 퍼먹을 년이라니까. 원래 그 대회 내가 나가기로 했던 거 알지? 쟤네 엄마가 뭘 갖다먹였는지 하루아침에 대표가 바뀌었잖아. 이 바닥도 더러워서 못 해먹겠어."

"진짜야? 영경이네 엄마가?"

긴 머리가 눈을 크게 뜨며 묻자 한울은 천천히 고개를 끄덕였다. 한울은 한 손으로 턱을 괸 채 다른 손으로는 잔에 남은 자몽 찌꺼기를 빨대로 휘휘 저었다.

"뻔하지. 밥 한 숟가락 먹을 때마다 딸내미 입 닦아주는 여자잖아. 근데 자기 딸이 연애질하는 건 꿈에도 모를걸."

"진짜? 선생님들도 다 알잖아."

"등잔 밑이 어두운 거지. 지금도 쟤 엄마 만나는 게 아니라 남친 보러 가는 거야."

"걔 남친이 하는 밴드 홍대에서 유명하다며. 근데 난 좀 무섭더라."

"너도 사진 봤지? 문신이 장난 아니게 많고 정신도 좀 나간 애 같던데. 재수 없어."

두 여고생은 입을 삐죽이며 커트 머리가 앉아 있던 의자를 발로 툭툭 찼다.

밤 아홉 시가 넘은 금요일의 홍대는 잔뜩 치장하고 나온 사람들로 북적였다. 나는 클럽과 술집이 즐비한 골목을 빠져나왔다. 주택들이 밀집한 골목으로 한참 걷다가 3층짜리 빌라 건물에 들어섰다. 센서 등이 고장난, 누가 봐도 평범한 빌라건물이었다. 지하로 내려가 벨을 누르자 도어록 열리는 소리가 들렸다. 매캐한 향 냄새와 함께 눈썹이 옅은 남자가 고개를 내밀었다.

"여, 오랜만이네."

지후는 건물의 지하실을 음식점으로 개조해 영업했다. 인도 음식과 주류를 팔고 물담배를 구비해둔 가게는 세 개의 방에 좌식 테이블이 각각 한 개씩 놓여 있었다. 간판이 없어서 단골만 발길을 하는 곳이었다. 인도 음식 메뉴라고는 커리와 닭고기 요리가 전부였고 그마저도 간이 맞지 않아서 먹을 게 못 되었지만, 지하 가게는 늘 예약제로 운영될 만큼 단골들의 발걸음이 끊이지 않았다. 허름한 빌라의 주차장에는 지후의 아우디와 BMW가 주차되어 있었다. 지후는 손님들이 남기고 간 닭고기를 집어 우물거렸다.

"지난번 앨범은 잘 들었어?"

고개를 끄덕였다.

"이번에도 재즈로 골라줘? 몇 곡?"

나는 손가락을 네 개 펼쳐 보였다. 지후는 휘파람을 불며 주방 옆의 작은 방으로 들어갔다. 방 안에서 찰싹, 소리와 함께 여자의 새된 욕지거리 소리가 들려왔다. 곧 트렁크 팬티에 큰 티셔츠를 걸친 노란 머리 여자가 엉덩이를 문지르며 방에서 나와 화장실로 들어갔다.

"자. 별일 없는 거지?"

지후는 시디 케이스를 건네며 물었다. 빈말에 가까운 질문이었다. 그는 사람관계를 오래 지속할 수 있는 최선의 방법은 서로에 대해 너무 많이 알지 않는 것이라고 믿었다. 앨범 재킷에는 흑인 가수가 열창하고 있는 모습이 찍혀 있었다.

"이 가수 아는 사람이 거의 없어. 노래를 더럽게 못 하거든."

시디 케이스를 열자 알약 네 알이 든 비닐봉지가 담겨 있었다.

나는 지후와 짧게 인사를 나누고 지하 가게를 나왔다.

지후는 군대 시절 동기였다. 그는 성질이 급하고 막무가내로 배짱을 부리는 탓에 복무 시절 몇 차례 위기에 처했던 적이 있었다. 내가 우연하게 나서서 도와준 뒤로 그는 나를 끈질기게 쫓아다녔다. 계속 주변에 맴돌고 있었지만 어쩐지 그 존재가 귀찮다는 생각이 들지 않았던 건 대인관계에 있어 타고난 그의 재능 덕분이었을 것이다.

"강아지 키워볼래?"

늦은 시각, 내 전화에 주홍은 애매한 웃음소리로 답했다.

"갑자기 강아지는 왜?"

어린아이처럼 기뻐하리라 싶었던 예상이 빗나갔다.

"너도 알잖아. 난 선인장 화분도 못 키우고 죽이는걸. 네가 키우면 옆에서 구경만 할래."

주홍이 부끄러운 듯 말했다.

며칠 뒤 나는 자그마한 개를 데리고 공원을 거닐었다. 목줄을 맨 크림

색의 코커스패니얼은 부지런히 앞으로 나아가다가 멈춰서 풀숲을 기웃
거리기 바빴다. 생후 2개월이 조금 넘은 작은 강아지라 목줄이 헐거울 정
도였다. 넓은 공원은 한적했다. 좁은 산책로에 드문드문 서 있는 가로등
전구에는 날벌레들이 모여 윙윙거렸다. 나는 시간을 확인했다. 5분 남짓
지나자 산책로 끝에서 흰 티셔츠에 짧은 운동복 바지를 입은 한울이 나
타났다. 머리칼은 높다랗게 올려 묶고 한 손에 물병을 들고 있었다. 한울
은 매일 저녁 10시 무렵에 나와서 공원을 달렸다. 학교에서 연습을 마치
고 돌아온 뒤 곧장 나와 운동을 하는 식이었다. 한울은 숨이 찬지 잠시 발
걸음을 늦추고 물을 마셨다. 발치로 다가온 강아지를 힐끗 내려다보았다.

"완전 어이없다. 이렇게 작은 강아지를 줄에 매달아 다녀요?"

한울은 쪼그리고 앉아 강아지를 쓰다듬으며 못마땅하다는 듯 나를 쳐
다보았다. 강아지는 머리와 목을 쓰다듬어주는 그녀의 손을 부지런히 핥
아댔다.

"개를 좋아하나 봐요."

나는 땀에 젖은 한울의 이마를 내려다보며 말했다. 그녀는 내 말을 무
시한 채 혀를 찼다.

"목줄에 매달아 다닐 거면 아예 산책을 시키지 말죠? 동물 학대가 따로
있나."

딸애가 강아지라면 사족을 못 쓴다고 작가가 직접 꺼냈던 말을 주홍으
로부터 스치듯 들었었다. 어릴 적부터 집에 혼자 있는 시간이 길어 애완
견을 가족처럼 여기며 자란 모양이었다.

"잠깐 매점에 다녀올 동안 개 좀 봐줄래요?"

"와, 진짜 황당해. 처음 보는 사람한테 개를 맡기고 싶어요?"

한울은 뭐 이런 경우가 다 있냐는 듯 나를 위아래로 훑었다.

"아, 빨리 갔다 오든가."

마지못해 대답하는 한울을 두고 나는 산책로를 벗어나 공원 구석의 연못가로 향했다. 사람들의 발길이 닿지 않는 곳이라 공원 측에서도 관리를 소홀히 하는지 나뭇가지마다 거미줄이 드리워지지 않은 데가 없었다. 한때는 물고기가 살았을 법도 한 연못은 거의 말라있다시피 했다. 바닥에 고인 물에 수중식물들이 뒤엉켜 썩어갔다. 멀리 연못이 보이기 시작하자 공기의 저변에 깔려 있는 악취가 풍겼다. 나는 발소리를 죽였다. 연못가에 서성이는 모습이 보였다. 교복을 입고 바이올린 케이스를 짊어진 커트 머리는 초조한 듯 구두코로 바닥을 내리찍으며 휴대전화를 들여다보고 있었다. 짧은 머리카락 아래로 하얀 뒷목이 가로등 불빛 아래 드러났다. 커트 머리의 뒤로 다가가려던 나는 휴대전화 진동소리에 잠시 멈칫했다. 커트 머리는 재깍 전화를 받았다.

"나 지금 오솔공원이야. 그게 좀 일이 생겨서……. 한울이라고 내가 말한 적 있지? 드라마 작가 딸이라는 애……. 걔가 잠깐 보자고 해서. 아냐, 별일 아냐. 오빠 걱정할 거 없어. 일찍 들어갈 거지? 응……. 하핫, 나도 사랑해."

이윽고 전화를 끊은 커트 머리는 신음에 가까운 가느다란 한숨을 내쉬었다. 나는 다시금 천천히 걸음을 뗐다.

잠시 후 다시 산책로로 돌아왔을 때 한울은 벤치에 앉아 목줄을 푼 강아지를 품에 안고 있었다. 내가 다가오자 그녀는 강아지를 바닥에 내려놓았다.

"고마워요."

한울은 내 인사를 듣는 둥 마는 둥 다시 이어폰을 귀에 꽂고 달리기 시작했다. 강아지가 내 복사뼈 언저리에 코를 비벼대다가 고개를 들었다. 나는 개의 목에 줄을 매고 공원을 나섰다.

그날 밤에는 예년보다 더위가 일찍 찾아왔다는 뉴스가 보도되었다. 장마가 한참 앞당겨질 거라는 예보와 피해 대책에 대한 방법이 논의되었다. 다음 날 오후 주홍에게서 소속사에서 잡은 드라마 미팅이 취소되었다는 사실을 전해 들었다. 약속이 삼십 분도 채 남지 않은 상황에서 연락을 받아 지금 막 차를 돌리는 중이라고 했다. 주홍은 내가 화를 내기라도 할 성싶었는지, 작가에게 정말 급한 사정이 생긴 것 같다고 변명하듯 말했다. 나는 창가에 기대어 서서 먼 곳의 도로를 내려다보고 있었다. 고층 아파트에서는 모든 것들이 미니어처 모형처럼 보였다. 조립식 블록처럼 이쪽 도로에서 달리는 차를 손끝으로 집어 들어 저 먼 곳으로 옮겨 놓는 것은 일도 아닐 것처럼 느껴졌다.

"장경희 씨?"

주차장을 돌아나가던 여자가 뒤를 돌아보았다. 작달막한 키에 비쩍 마른 체구, 나이에 비해 젊은 얼굴이지만 광대뼈가 튀어나와 심히 고집스러운 인상의 장경희는 딸 한울과 사뭇 다른 분위기였다.

"잠깐 얘기 좀 할 수 있을까요?"

"제가 지금 좀 바쁜데. 누구시죠?"

그녀는 나를 방송 관계자쯤으로 여기는 듯했다. 옅게 화장을 한 얼굴에 불편한 미소가 떠올랐다.

"따님 문제로 찾아왔습니다."

장경희는 핸드백을 고쳐 매며 의심쩍은 눈길로 나를 건너다보았다.

점심시간이 지난 시각의 커피숍에 손님은 우리 테이블뿐이었다. 아르바이트생은 카운터에 기대어 손톱을 들여다보고 있었다.

"따님 일은 유감스럽게 되었습니다."

내가 먼저 입을 떼자 장경희는 곤혹스러움을 감추지 않았다.

"대체 누구길래……. 그 일과 무슨 관련이 있는지는 모르지만, 우리 딸이 한 짓은 아니에요. 혹시 영경이네 가족분인가요?"

나는 대답하지 않았다. 매번 느끼는 거지만 동그란 커트 머리의 여고생에게 영경이라는 이름의 어감이 참 잘 어울리지 않는가, 생각했다.

"그렇지만 증거가 확실하지 않습니까."

"우리 애가 뭣 때문에 그런 짓을 했겠어요?"

"영경이 때문에 콩쿠르에 못 나갔다고 들었습니다만."

장경희는 코웃음을 쳤다.

"한울이는 콩쿠르 같은 덴 관심도 없는 애예요. 바이올린도 대학 보내려고 억지로 시켜서 겨우 하는 건데, 그깟 일로 친구와 싸울 애가 아니지."

기둥형의 수족관 속에서 인공 해파리가 몸을 부풀리며 헤엄쳤다. 언젠가 잡지에서 수족관이 심적 안정을 찾아주는 테라피 효과가 있다는 광고를 본 적이 있었다.

"싸운 게 아니라 머리를 가격했다고 들었습니다만."

그녀는 테이블에서 몸을 떼고 소파 깊숙이 몸을 묻었다. 침묵이 흘렀다. 테이블 끄트머리에 오각형 유리 재떨이를 응시하던 장경희는 느리게 눈을 치켜떴다.

"그래서, 날 찾아온 이유가 뭔데요?"

커트 머리 여고생 최영경은 어제 새벽 공원 연못가에서 정신을 잃은 채로 발견되었다. 아침 산책을 나왔던 노인이 바닥에 쓰러진 그녀를 발견하고 경찰에 신고했다. 최영경은 곧장 병원으로 옮겨졌으며 병원과 경찰 측은 단단한 둔기로 뒤통수를 가격당한 것으로 추정했다. 증거물품으로 입수한 그녀의 소지품을 확인하던 도중 빨간색 키플링 가방의 앞주머니에서 자그마한 분홍색 편지 봉투를 발견했다.

최영경은 정오 무렵 깨어났다. 눈을 뜨자마자 그녀는 가방을 찾았다. 경찰은 분홍색 편지 봉투를 들고 영경의 병실로 찾아왔다. 봉투 안에는 컴퓨터로 인쇄한 작은 쪽지와 함께 비닐봉지에 담긴 엑스터시 두 알이 들어 있었다.

'네 사물함 앞에서 주웠어. 이거 네 것 맞지? 딱 걸렸음. 할 말 있으니까, 이따 우리 아파트 앞 공원에서 봐. 연못가에 10시까지 나와. 안 오기만 해봐. ―한울'

경찰의 호출을 받고 달려간 장경희는 쪽지를 보고 비웃음을 금치 못했다.

"지금 이딴 조잡스러운 종이 한 장 가지고 내 딸을 의심하는 겁니까? 나 참, 이런 식이면 초등학생도 경찰질 해 먹겠구만."

눈이 작고 가느다란 조 형사는 뒷목을 벅벅 긁었다. 그는 입가에 말라 붙어 있던 짜장면 찌꺼기를 문질러 떼어내며 입맛을 다셨다. 송한울은 입을 열고 싶지도 않다는 듯 짜증 가득한 표정으로 제 엄마 곁에 앉아 있었다. 조 형사는 엄지손톱만 한 크기의 개구리 인형을 한울 앞에 내밀었다.

"이거 네 거라던데. 맞지?"

한울은 형사가 내민 개구리 인형을 유심히 들여다보았다.

"이런 핸드폰 고리가 어디 한둘이에요?"

"네 핸드폰 좀 보자."

한울은 주춤거리며 휴대전화를 꺼내 내밀었다. 주렁주렁 매달린 액세서리 중 인형이 떨어져 나가고 빈 고리만 남은 끈이 섞여 있었다. 조 형사는 뻔하다는 듯 두 모녀를 번갈아 바라보았다.

"사건 현장에 떨어져 있던 인형입니다. 최영경 양은 범인이 분명 송한울 양이라고 말했어요. 기절하기 직전에 송한울 양이 자주 쓰는 레몬 향 데오도란트 냄새를 맡았다고 하던데, 그 시간에 어디 있었습니까?"

한울은 기가 차다는 듯 턱을 치켜 올리더니 큰 눈을 더욱 부릅떴다.

"그 또라이 같은 게 생사람을 잡네. 걔 지금 어딨어?"

"그러니까 긴말 필요 없이 하나만 확실히 하면 된다니까요. 그 시간에 누구랑 어디서 뭘 했는지만 밝혀지면 된다구요."

조 형사가 언성을 높이자 한울은 어디서 감히 제게 큰 소리를 내냐는 듯 거친 숨을 몰아쉬었다. 장경희는 딸을 재촉했다.

"얘, 그냥 말해줘라."

"공원에서 운동하고 있었다니까!"

송한울이 바락 소리를 질렀다.

"같이 있던 사람은?"

"없어요. 운동하는 데 누굴 달고 다녀요?"

"여고생 혼자 돌아다니긴 좀 늦은 시간 아닙니까. 아버님은?"

"아, 진짜. 아빠 출장 갔다고 몇 번을 말해."

두 사람의 대화를 지켜보던 장경희는 약하게 입술을 깨물었다. 그녀는
처음과 달리 한결 침착한 태도로 의자를 당겨 앉았다.

"형사님. 아무래도 누가 우리 애를 모함하는 것 같은데, 애를 몰아세우
려면 좀 더 확실한 증거가 있어야 하는 거 아닌가요?"

"드라마 작가시라더니 상상력이 풍부하시네."

조 형사가 옆자리의 신참 형사에게 말을 걸며 웃었다. 컴퓨터 화면을
들여다보고 있던 신참 형사가 맞장구치듯 싱거운 웃음을 던졌다. 조 형사
는 생수통이 담긴 비닐을 꺼내 책상 위에 올려두었다.

"현장에서 주워왔는데, 영경 양이 쓰러져 있는 데서 좀 떨어진 풀숲에
던져져 있었어요. 아주 꽝꽝 얼어서 발견되었을 때까지 반도 채 안 녹아
있더라고. 머리카락이 붙어 있던 걸 조사 보내놓긴 했는데 결과는 보나
마나 뻔하지. 길이나 색으로 봤을 때 백 프로 피해자 머리카락이야."

"그래서요? 우리 애 지문이 검출되기라도 했어요?"

장경희는 조소를 머금은 얼굴로 조 형사를 바라보았다.

"여긴 아무 지문도 안 남아 있답디다. 아줌마, 요샌 현장에 지문 남기는 범인들 없어요. 티브이 안 봐요? 지문 안 묻히는 법은 초등학생들도 아는 세상이에요. 영경 양한테 온 편지 봉투에 묻은 지문은 감식 들어갔으니까 걱정 말아요."

조 형사는 두 모녀의 반응을 즐기기라도 하듯 느긋하게 대꾸했다. 장경희는 어디 두고 보라는 듯 분명하게 고개를 끄덕이면서도 기분 나쁜 기름기처럼 몸에서 배어 나오기 시작한 불안을 숨기기 어려웠다. 한울은 막 떠올랐다는 듯 책상을 손바닥으로 내려쳤다.

"나 운동할 때 어떤 사람이 개 봐달라고 해서 봐줬어요. 그 사람한테 물어보면 알 거 아니에요?"

"나와서 집에 들어갈 때까지 쭉 옆에 있었나?"

조 형사는 비아냥거리며 되물었다.

"그건 말이 안 되지. 아, 진짜 세금 낸 돈으로 월급 받으면서 경찰이 완전 괜한 사람 누명을 씌우네. 아저씨 이러고 무사할 거 같애? 내가 가만 안 있을 거야. 엄만 왜 보고만 있어, 어떻게 좀 해봐!"

한울은 분을 못 이겨 눈물이 고이기 시작한 얼굴로 제 엄마를 노려보았다.

아파트 상가 편의점의 아르바이트생은 한울이 이삼일에 한 번씩 들러 같은 생수를 여러 통씩 사간다는 증언을 했다. 그날 오후, 조 형사는 범행 동기를 찾기 위해 두 학생이 다니는 예술고등학교에 방문했다. 그는 교사들에게 양해를 구한 뒤 한울과 가장 친하다는 긴 머리 여고생 희주를 만났다. 여고생답지 않은 육감적인 몸매에 윤기가 흐르는 긴 머리칼, 처진 눈이 맹해 보여서 왠지 괴롭혀주고 싶은 충동을 일으키게 하는 희주를 힐끔거리며 조 형사는 몇 가지 질문을 건넸다. 희주는 눈을 크게 뜨고 호들갑을 떨었다.

"진짜요? 걔가 그랬대요? 어쩜, 영경이를 그렇게 미워하더니."

"평소에 한울이가 영경을 미워했다고?"

그러자 희주는 적절한 수다 상대를 만났다는 듯 콧잔등에 살짝 주름을 잡고는 목소리를 낮췄다.

"미워한 정도가 아니라니깐요. 자기가 나갈 대횐데 걔가 나가서 상 탔다구. 솔직히 영경이 아니었어도 한울이가 대회 나갈 실력은 아니었거든요. 그리고 이건 비밀인데……."

희주는 몸을 앞으로 기울이며 입술을 달싹였다.

"영경이 남자친구가 무슨 밴드 보컬이거든요. 근데 클럽에서 공연할 때 가끔 약을 먹는다 나봐요. 한울이 말로는 영경이도 가끔 받아다가 먹는 것 같다고 그랬거든요. 뭐, 한울이 입에서 나온 얘기니까 백 프로 뻥이겠지만……. 또 모르죠. 지난번에 일 학년에 어떤 애가 임신했다는 말이 돌아서 다들 설마 했는데, 그것도 진짜였거든요."

희주는 혀를 끌끌 차면서도 좀처럼 말을 멈추지 않았다. 조 형사가 돌아가고 난 뒤 학교에는 냄새가 퍼지는 속도보다 빠르게 한울에 관한 소문이 번졌다.

커피숍 안에 잔잔히 흐르던 음악이 끊기자 아르바이트생이 카운터로 들어갔다. 조금 전의 클래식과 달리 보사노바 풍의 음악이 흘러나왔다.

나와 마주 앉은 장경희는 잠시 감고 있던 눈을 떴다. 그녀는 가방에서 담배를 꺼내 불을 붙였다.

"지문 감식 결과가 나와 보면 알겠죠. 우리 애는 아니에요."

그녀의 말은 너무 단호해서 오히려 위태롭게 들려왔다.

"영경이랑은 어떻게 되시죠?"

장경희는 유리 재떨이를 끌어당겨 담뱃재를 털었다

"저는 피해자 쪽 관계자는 아니고. 말하자면…… 증인일까요. 공원에서 한울 양에게 잠깐 개를 부탁했었습니다. 개를 산책시키면서 따님이 운동하고 곧장 돌아가는 모습도 본 것 같네요."

담배를 입으로 가져가려던 그녀가 동작을 멈추었다. 두 눈에 혼란스러운 감정이 여실히 드러났다. 도대체가 속내를 감추지 못하는 여자였다. 장경희는 급히 담배를 눌러 껐다. 얼굴은 비교적 젊어 보이는 데 반해 손톱을 바투 깎은 두 손은 나이를 고스란히 드러내고 있었다. 그녀는 어떤 말을 먼저 꺼내야 할지 갈등하는 눈치였다. 그러나 그녀가 차분히 생각을 정리할 때까지 기다릴 필요는 없었다.

"따님을 믿으십니까? 절대 따님이 한 짓이 아니라고 확신해요?"

"그럼요."

"편지 봉투 지문 감식이 나온다고 하니, 제가 증인으로 나설 필요도 없겠군요."

자리에서 일어나려는 나를 장경희가 황급히 붙들었다.

"이봐요. 증인이면 당연히 사실을 밝혀줘야지."

나는 다시 자리에 앉았다.

“이 세상에 당연한 건 없습니다. 잘 아실 만도 한데.”

“대체 당신 뭐예요? 여긴 어떻게 알고 찾아온 거야?”

사람 사이의 일은 블록보다 조립하기가 쉽다. 조립 블록은 구멍이 맞지 않으면 끼워 맞출 수 없지만, 사람은 막다른 곳에 다다르면 돌출된 부분과 구멍을 어떻게든 짓누르고 일그러뜨려 조립을 이루어낸다. 모든 블록을 다시 만들 바에야 몇 조각의 블록을 망가뜨려서라도 원하는 모형을 완성하는 편이 효율적이라고 여기기 때문이다.

“개인적으로 장경희 작가님 드라마 참 재밌게 봤어요. 이번에 새로 작품 들어가신다고 하던데. 누구누구 나옵니까? 좀 부끄러운 얘기긴 한데, 제가 배우 신주홍 광팬이거든요.”

편지 봉투에 찍힌 여러 종류의 지문은 모두 실리콘으로 위조해 낸 것이었다. 감식이 어렵게 뭉개지거나 지워지다시피 한 지문도 몇 남겨놓았다. 문구점에서 파는 몇 가지 재료만 갖추면 지문을 복제하거나 위조하는 것쯤은 일도 아니었다.

“다른 걸 바랄 건 없고. 이번 드라마에 신주홍이 주인공으로 나오면 좋겠습니다만.”

나는 각설탕을 만지작거리며 혼잣말처럼 중얼거렸다.

“글쎄, 그건 나 혼자 결정할 일이 아니라…….”

“아무래도 그렇겠죠?”

안타까운 얼굴로 장경희를 향해 고개를 끄덕였다. 유감이었다. 유명한 작가라 하여 조금이나마 머리 좋은 인물을 기대했던 바와 달리 영 상황 파악 능력이 없는 데다 사람을 보는 눈도 형편없었다.

"사례를 원하시면 충분히 해 드릴 의향이 있어요."

그녀는 나를 다독이듯 테이블 가까이 몸을 당기며 말했다.

"괜찮습니다. 따님을 믿으시면 굳이 증인도 필요 없겠죠."

나는 그녀를 향해 악의없이 웃어 보였다. 장경희처럼 어느 정도 사회적
지위와 재력을 갖췄고 주변에서 온갖 비위를 맞춰주는 것에 익숙해서 자
존심이 센 타입은 섣불리 다그쳐서는 안 된다. 이런 인간은 조금만 강압
적인 태도로 협박해도 '네까짓 게 감히 내게'라는 식으로 제 분을 참지 못
하고 반격을 할 가능성이 크다. 오히려 이쪽에서 미련 없이 먼저 꼬리를
감추어버리면 혼자 상상력을 증폭시키며 안절부절못하기 마련이었다. 나
는 서두르지 않았다. 그 뒤로 한 시간 남짓에 걸쳐 나를 설득하려고 애쓰
는 장경희의 낯빛이 물 빠진 천 조각처럼 서서히 창백해지는 것을 유심
히 지켜보았다.

그녀와 만나고 난 다음 날에는 별 연락이 오지 않았다. 예상했던 일이
었다. 이틀째 저녁, 주홍에게서 전화가 걸려왔다. 그녀는 떨리는 목소리
로 캐스팅이 확정되었다는 사실을 알려왔다. 축하하기 위해 저녁 식사를
준비해두고 주홍을 기다렸지만, 그녀의 스케줄이 밤늦도록 이어져서 아
쉽게도 만나지 못했다.

"난 참 운이 좋은 거 같아."

그 일 이후 주홍은 입버릇처럼 같은 말을 반복하곤 했다. 그 순간마다
나는 더할 나이 없이 만족스러웠다. 주홍이 자신을 축복받은 존재라 여기
는 것, 원하는 건 무엇이든 손에 넣을 수 있다는 사실을 깨닫는 것이 내가
원하는 전부였다. 늘 누군가에게 뒤처지기만 하는 그녀의 현실에 대해 그

녀 자신을 속일 수 있는 사람은 나밖에 없었다. 고마워하는 마음이나 어떠한 보답을 기대하는 건 아니었다. 나는 주홍을 지켜주기로 했던 약속을 기억하고 있을 뿐이었다.

바닥에 떨어진 찻잔을 주워들었다. 소파 사이에 떨어져 있던 휴대전화가 진동했다. 그러면 그렇지. 그 사이 내게 미안해진 주홍이 조심스럽게 전화를 걸어온 게 분명했다.

"형."

동생이었다.

"혹시 집에 올 수 있어? 아버지 몸이 안 좋으셔서."

그는 우물거리며 물어왔다.

"일이 많아서 어렵겠는데."

"그렇지? 미안해. 왠지 돌아가실 것 같아서…… 바쁜데 미안해, 형."

평소 입버릇처럼 미안하다는 말을 달고 사는 동생이었다. 그는 아버지에게 기죽어 살면서도 이십 대 중반까지 여전히 제구실하지 못한 채 그 아래 빌붙어 살았다. 고향에서 가까운 도시의 전문대에 입학하였다가 적응하지 못하고 다시 돌아와서는 딱히 하는 일 없이 집안에 처박혀 있다시피 하며 시간을 흘려보내는 모양이었다. 어릴 적부터 아버지의 영향으로 사람을 두려워하던 성격이 대인기피증으로 악화된 듯했다.

"나야말로. 일이 좀 바쁘다."

"응, 괜찮아. 며칠 전에는 엄마를 보고 왔는데 살이 많이 쪘어."

"그래."

“치킨을 사갔는데 정신없이 드시더라.”

“……”

“바쁠 텐데 미안해. 끊을게.”

내가 서울에서 대학을 졸업할 무렵 어머니는 정신병원에 입원했다. 가뜩이나 예민한 성격에 평생 아버지의 구박에 시달리며 살았던 어머니는 현실에서 도피하듯 기억을 지우기 시작했고 남들보다 이른 시기에 치매가 발병했다. 남의 집 쓰레기통을 뒤지거나 집을 나가 며칠 만에 한참 떨어진 도시에서 발견되는 일이 반복되자, 결국 아버지는 어머니를 입원시켰다.

산 중턱에 위치한 병원은 치매 걸린 노인들을 대상으로 운영되는 곳이었다. 산 밑에는 개 농장이 있었다. 나는 어머니가 입원한 이듬해까지 정기적으로 면회를 갔다. 마지막으로 찾아갔을 때는 초겨울이었다. 그때부터 어머니는 이미 약의 부작용 때문에 온몸이 퉁퉁 부은 듯한 모습으로 살이 찌고 있었다. 면회실의 창밖을 물끄러미 바라보고 있던 어머니는 문득 생각났다는 듯 내게로 눈을 돌렸다. 어머니는 부산하게 주변을 두리번거리며 내 어깨를 흔들었다.

“얘야, 너 먼저 가라. 난 네 아버지 오심 같이 가게. 너 공부 안 하구, 여기 앉았는 거 보면 또 아버지한테 혼나.”

“안 오니까 걱정하지 마요.”

“으응? 왜? 여기 안 알려줬니?”

“……”

“그래. 네가 아버질 제일루 무서워하지. 괜찮어, 얘. 말만 잘 들으면 안

혼나."

　나는 말없이 자리에서 일어나 면회실을 나왔다. 입술 위에 사마귀가 돋은 담당 간호사가 잽싸게 다가와 시답잖은 말을 건네며 주변을 어슬렁거렸다. 나는 늘 그랬듯 그녀에게 얼마의 돈을 찔러주고 병원을 나섰다. 그후로는 다시 병원에 찾아가지 않았다. 어머니의 생일이나 명절이 되면 동생을 통해 간호사에게 선물을 사다 주게 시켰다.

　동생의 전화를 끊고 얼마간 시간이 흘렀지만, 주홍에게서는 연락이 오지 않았다. 나는 찻잔을 씻어 건조대에 엎어두었다. 주홍의 스토커가 언제 또 도발해올지 모르는 상황에서 고향에 내려갈 수는 없다. 아버지가 돌아가시기에 적절한 시기가 아니었다. 어머니가 입원한 후 예전부터 만나 오던 사십 대 중반의 여자를 아예 옆에 두고 지내던 아버지는 그녀가 돈만 챙겨 들고 훌쩍 떠난 뒤로 급격히 심장이 나빠졌다고 했다. 나는 고등학교 졸업 후 거의 고향 집에 내려가지 않았다. 명절 때에도 이런저런 이유를 대며 서울에 머물렀다. 몇 해 전 어머니의 입원 문제로 아버지와 마주치긴 했지만 서로 말 한마디 나누지 않았다. 대학입시를 치를 때 아버지가 원하던 전공을 선택하지 않은 뒤로 그는 나를 없는 자식 취급하려는 듯했다. 뜻대로 되지 않을 때는 아예 외면하는 것이 아버지와 같은 사람의 전형적인 특성이었다.

　거실 바닥에는 주홍과 오진섭의 사진이 흩어져 있었다. 나는 구겨진 포스트잇을 펼쳤다. 갈겨쓴 악필의 글씨는 붉은 밤하늘을 등지고 흔들리는 측백나무처럼 기괴했다.

　　낮의 일식 주점은 문이 굳게 닫혀 있었다. 나는 사진과 주점의 위치를 비교해보았다. 카메라가 있었을 방향은 주점 입구로부터 서쪽이었다. 스토커는 높은 장소에서 아래를 향해 앵글을 잡았다. 서쪽의 건물이라고는 멀찍이 떨어진 곳의 3층 건물 한 채가 전부였다. 그 건물을 지나면 곧장 모퉁이를 돌아 큰 도로로 통하는 길이었다. 주점의 입구에서 서쪽을 바라보면 3층 건물의 옆면이 바라다보였다. 밖에서 안이 들여다보이지 않는 유리창이 띄엄띄엄 나 있었다. 앞쪽으로 돌아가자 건물의 정면은 벽면 전체가 물방울무늬의 유리벽화로 꾸며졌고 왼쪽 아래 끝에 'VERY'라는 간판과 함께 현관이 있었다. 나는 가게 문을 열고 들어섰다. 시원한 에어컨 바람에 옅은 허브향이 실려 있었다. 고급 안마방 건물이었다. 카운터에 있던 말쑥한 사내가 나를 맞이했다. 그는 나를 대기실로 안내하며 물었다.

"지명 있으세요?"

"아뇨."

"여기서 사진 보고 고르시면 됩니다."

　　그가 내민 앨범을 받아들던 나는 2층의 동쪽 창가 방을 원한다고 했다. 대실 상태를 확인한 그가 흔쾌히 알겠노라고 했다.

"다음에는 원하시는 지명이나 방이 있으시면 미리 예약하시는 게 좋아요. 지금이야 평일 낮이라 한가한 편이지만."

　　나는 앨범을 신중히 넘겨보는 척했다.

"혹시 예전 손님 중에 아가씨가 아니라 방을 지목해서 예약했던 사람이 있었어요? 동쪽 2층 방으로."

　　사내는 대번에 의심스러운 눈초리로 나를 훑어보았다. 그는 곤란하다는 듯 입꼬리를 당기며 웃어 보였다.

"죄송합니다. 저흰 손님 정보는 철저하게 관리하는 편이라."

"아, 별건 아니고. 여기 소개해준 형님인데. 그 새끼가 지명했던 아가씨를 불렀으면 싶어서요. 자랑질은 있는 대로 해대면서 죽어도 구멍 동서는 싫다고 안 알려 주길래. 누가 보면 지 마누라 뺏는 줄 알겠어."

나는 객쩍게 웃었다. 사내가 따라 웃었다.

"그 새낀 창문 없는 방에서는 팬티도 안 벗는다니까. 것도 어떻게 보면 변탠데. 아가씨 말고 방부터 지명하는 손님은 그놈밖에 없을 거예요, 아마."

낄낄거리며 지갑에서 지폐를 꺼냈다. 나는 사내에게 지폐를 건네며 슬쩍 부탁했다.

"손님 정보는 관심도 없으니까 그 아가씨가 누군지만 살짝 알려줘 봐."

그는 흘끗 지폐의 액수를 확인하고는 공손함과 장난스러움이 섞인 얼굴로 재깍 받아 챙겼다.

203호의 창문에서는 주점의 입구가 훤히 내려다보였다. 입실한 지 얼마 지나지 않아 흰 미니드레스를 입은 웨이브 머리의 여자가 들어왔다. 이마를 동그랗게 부풀리고 코를 과하게 세운 전형적인 성형미인으로 나이를 가늠하기 어려운 얼굴이었다. 내가 지난 손님에 대해 묻자 여자는 대뜸 안색이 어두워졌다.

"오빠 혹시 경찰이야?"

"누굴 좀 찾고 있어서 그래."

그녀는 침대 가장자리에 다리를 꼬고 앉아 긴 담배 연기를 내뿜었다. 귀찮은 일에 얽이기 싫다는 표정이 역력했다.

"글쎄, 얼굴은 잘 기억 안 나. 나는 한 시간 동안 핸드폰으로 고스톱만 치다가 나갔거든. 그 사람 창가에 붙어서 계속 사진만 찍던데."

나는 방안을 찬찬히 둘러보았다. 앤티크 풍의 벽지와 퀸사이즈 침대, 테이블 위 스탠드에서 뿜어져 나오는 은은한 조명 불빛.

"처음엔 가방에서 카메라가 나오길래 기겁했는데 내 쪽은 쳐다보지도 않더라구. 뭐하냐니까 불륜 잡는 사립 탐정이라고 하던데. 얘기도 거의 안 했어."

나는 대충이라도 좋으니 떠오르는 대로 그에 대해 말해달라고 했다. 여자는 기억을 더듬는 듯 가느다랗게 '흐음' 소리를 내며 냉장고에서 주스를 꺼내 마셨다.

"여기 손님들치곤 좀 후줄근한 편이었을걸. 근데 그 사람은 왜 찾는 거?"

"얼추 사십 대 후반쯤 되어 보였나?"

그러자 여자는 무슨 소리냐는 듯 피식 웃었다.

"뭔 소리야. 완전 새파랗게 젊었는데. 범죄자처럼 모자를 푹 눌러쓰고 뿔테 안경에 수염까지 길러서 제대로 보진 못했지만, 상당히 잘생긴 얼굴이었던 거 같아. 곱상하면서도 나쁜 남자 같은 스타일 있잖아, 왜."

"좀 더 생각해 봐."

테이블 위에 팁을 얹으며 말하자 여자는 반색하면서도 "여기 오는 손님들 다 기억할 정도로 머리 좋으면 내가 이러고 있겠어?" 하며 나를 보고 눈을 살짝 흘겼다. 손톱 끝으로 무릎을 두드리던 그녀가 입술을 삐죽 내밀었다.

"담배 한 대 피웠었고……. 내가 사람 찾아주는 일도 하느냐고 물었더니 무시하길래, 니미 관두라 하고 그 뒤론 암말 안 하고 있었어."

여자가 제공한 정보는 생각대로 많지 않았다. 나는 창가에 서서 아직 문을 열지 않은 일식 주점의 입구를 내려다보았다. 비가 그친 오후의 골목길은 오가는 사람 없이 텅 비어 있었다. 주홍이 오진섭과 함께 저 골목길에 서 있었던 밤이 언제쯤이었을까 헤아려보았다. 밤늦은 시각까지 스케줄이 잡혀 있다던 어느 날이었을 것이다. 그렇다면 일이 늦어졌다며 나와의 저녁 식사를 취소했던 여러 밤 중 하루는 아니었을까.

신발을 신고 나서자 여자는 지금까지와 달리 명랑한 목소리로 나를 배웅했다. 막 문을 여는 찰나 방문 앞에 서서 내 구두를 내려다보고 있던 그녀가 입을 뗐다.

"아, 참!"

여자는 페디큐어를 한 발끝으로 가볍게 바닥을 찧었다.

"그 사람 되게 이상한 데가 있긴 했네. 안에 들어와서도 신발을 안 벗더라? 사람 은근히 기분 나쁘게 말야. 이래저래 처음엔 변태진상이 걸린 줄 알고 어쩌나 우울했는지."

순간 뇌리 어딘가에 박혀 있던 날카로운 파편 같은 것이 움찔, 몸을 떨며 빛났다.

나는 혼잡한 사거리로 나와 건널목 앞에서 멈추어 섰다. 신호등이 파란불로 바뀌었지만 건너지 않았다. 몸을 돌려 잰걸음으로 걷기 시작했다. 계획을 조금 변경해야 할 필요가 있을 것 같았다.

축구공이 발치로 굴러 왔다. 젖은 목재 위에 걸터앉아 있던 나는 진흙이 묻은 공을 발로 멈추었다. 머리를 빡빡 밀어 울퉁불퉁한 두상이 드러난 남자아이가 달려왔다. 아이는 공을 빼내어 가려고 운동화 신은 발을 뻗었다. 나는 공을 더 세게 눌렀다.

“주세요.”

“저기 쟤, 네 친구니?”

아이는 내가 가리키는 방향을 돌아보더니 고개를 끄덕이며 재촉했다.

“수한이 형이에요. 빨랑 공 줘요.”

공을 사이에 두고 실랑이하는 모습을 본 아이들이 슬금슬금 나를 향해 몰려왔다. 공사장 뒤편의 공터에서 축구를 하고 있는 아이들은 네댓 명쯤 되었다. 그 중 바가지 머리 소년이 끼어 있었다. 몇 가지 질문에 대답만 해주면 용돈을 주겠다고 하자 아이들은 의심 반 호기심 반이 섞인 눈으로 나를 주목했다.

“아저씬 누군데요?”

가무잡잡한 피부의 아이가 맹랑하게 나서서 물었다. 나는 아이를 향해 빙긋이 미소 지었다.

“난 티브이 뉴스 기자야. 너희들 도움이 필요해서 말이다.”

삼십 분 뒤, 나는 공터를 나서며 주홍에게 전화를 걸었다. 그녀는 마무리 중인 촬영을 마치고 나면 내일 저녁까지 스케줄이 내리 비어 있다고 했다. 나는 일이 끝나는 대로 ‘메종’에서 만나자고 했다.

“집에서 보지 않고?”

촬영이 예정보다 길어져서 그런지 그녀의 목소리에는 피로가 묻어났다.

"알았어. 출발하면서 전화할게."

주홍은 전화를 끊지 않고 머뭇거렸다.

"해영아……. 그날은 미안했어."

그녀의 말이 채 끝나기도 전에 새된 목소리의 여자가 멀리서 그녀를
불렀다.

일산으로 차를 몰며 공터에서 들었던 이야기들을 되짚어 보았다. 용돈
을 벌 건수가 생긴 아이들은 신이 나서 앞다투어 설명하기 바빴다.

"그 사람 나쁜 놈이에요? 살인범이에요? 우리도 잡혀가는 건 아니죠?"

"흰색 티셔츠에 청바지를 입었어요. 안경에 알이 없어서 손가락 넣어보
고 싶었어요."

바가지 머리 아이는 눈에 손가락 찔러 넣는 시늉을 하며 킬킬거렸다.

"그리고 완전 구라쟁이예요. 오토바이 타고 온 거 내가 다 봤는데 태워
달라고 하니깐 자기 꺼 아니라 그러고. 치사해서."

다른 아이가 흙바닥에 침을 찍 뱉었다.

"근데 졸라 이상하지 않냐?"

줄곧 뒤쪽에 빠져 나를 견제하던 가무잡잡한 아이가 친구들을 조용히
시키며 나섰다. 아이는 나에게 한 발짝 다가왔다.

"아저씨 말을 어떻게 믿어요? 그 사람도 분명히 뉴스 기자라고 했단 말
이에요."

국도를 벗어나 차가 없는 외곽지를 달렸다. 멀리 '메종'의 간판이 보였
다. 직물 공장을 개조한 레스토랑이었다. 실내는 휘장을 두른 형태로 방

이 나뉘어 있다. 인테리어에 나름 공을 들인 흔적은 보이지만 전체적인 콘셉트가 통일되지 않아 어수선한 느낌이 드는 공간이었다. 주인 내외는 교사직에서 정년 퇴임한 노부부였다. 포크찹이니 스파게티니 하는 메뉴의 음식 맛도 별 특징이 없어 장사가 잘되는 편은 아닌 듯했다.

'메종'은 주홍이 연예계에 데뷔했을 때 축하기념으로 저녁 식사를 했던 곳이었다. 그녀는 유명한 해산물 요리점에 예약하려 했지만 나는 사람들의 시선을 조심해야 한다고 했다. 결국, 그녀가 직접 알아보고 예약한 곳이 외진 곳에 자리한 이곳 '메종'이었다.

문을 열고 들어서자 김광석의 노래가 흘러나왔다. 연이은 비 때문인지 실내가 눅눅했다. 가게는 미리 예약해둔 게 무색할 만큼 한산했다. 주인 남자가 가장 구석진 테이블의 휘장을 걷고 자리를 안내했다. 그는 나무 테이블 위에 놓인 예약석 푯말을 치워갔다.

"일행이 오면 주문하겠습니다."

주인 남자는 별말 없이 차가운 보리차를 가져다주고 돌아갔다.

한 시간이 넘도록 주홍에게서는 연락이 오지 않았다. 주인 내외는 카운터 옆의 테이블에서 저녁 식사를 했다. 손님 두 팀이 들어왔다. 그녀에게서 전화가 걸려온 건 두 잔의 음료를 비운 후였다.

"미안해. 촬영이 늦어져서. 지금 어디야?"

그녀는 초조한 목소리로 물었다.

"여기 팀이랑 저녁 자리가 잡혀서 나가기가 어려울 거 같아. 스토커 문제 때문에 가뜩이나 매니저가 예민해 있어서…… 늦게라도 집에 들를까?"

나는 테이블 위에 펼쳐진 메뉴판을 들여다보았다.

"내일 점심으로 예약을 바꾸지."

"마침 그 얘길 하려고 했는데. 내일 낮에 사무실에서 덫을 놓기로 했어."

소속사에서는 스토커를 잡기 위한 함정을 준비한 모양이었다. 그녀는 남자 신인배우와 함께 점심을 먹기로 되어 있었다. 식당은 미리 조사를 마친 곳으로 그 주변에 스토커가 잠복할 만한 위치를 모조리 파악해 두었다고 했다. 소속사에서 고용한 일꾼들이 그 부근에 숨어 있다가 스토커로 추정되는 인물이 나타나면 곧장 현장을 덮치도록 각본이 짜여 있었다.

"그 새끼는 내가 잡아."

"어차피 그 사람들이 해야 할 일이잖아. 그냥 놔두자. 응? 이따가 집으로 갈게."

주홍은 애원하듯 말했다. 식사와 함께 술을 마시는지 등 뒤의 테이블은 웃고 떠드는 소리로 소란스러웠다. 나는 식사를 주문했다. 버터 향이 강한 버섯볶음밥과 된장국을 먹었다. 테이블 위에 놓인 휴대전화가 드르륵 울렸다. 반사적으로 빠르게 액정을 확인했다. 아란이었다. 수신보류를 하려다가 그만두고 액정을 지켜보았다. 전화는 끈질기게 계속 울렸다.

"휴가는 잘 보내고 있어요?"

전화를 받기 무섭게 짐짓 발랄한 체하는 아란의 목소리가 넘어왔다.

"쉬는 거 방해해서 미안한데 일 때문에 물어볼 게 있어서요. 참, 지금 통화할 수 있죠? 어디예요?"

나는 일산 쪽에 나와 있다고 대답했다.

"어어, 그래요? 나도 일산인데."

그녀가 급한 일 문제라며 물었던 작업은 정작 별 내용이 아니었다. 보내주었으면 한다는 파일은 다른 팀원들에게 연락해도 얼마든지 넘겨받을 수 있는 것이었다.

"우와, 근데 신기하다. 같은 동네에 있네. 해영 씨는 일산 어딘데요?"

지난번 워크숍 때의 일 때문인지 아란은 평소와 다르게 사뭇 조심스러운 데가 있었다. 나는 반쯤 남은 버섯볶음밥을 내려다보았다. 그릇 아래 식은 기름이 고여 있었다.

"별일 없으면 잠깐 볼래요? 나 왜, 해영 씨한테 사과할 것도 있잖아요."

아란은 일부러 장난기를 한껏 담아낸 듯한 말투였다.

"그래요."

"……정말요? 나 그럼 지금 그쪽으로 가요?"

'메종'의 테이블이 하나둘씩 채워지고 사람들은 기름진 안주를 시켜 술을 마셨다. 위치를 설명하자 어딘지 알 것 같다며 금방 오겠다던 아란은 한 시간이 훌쩍 지나서야 도착했다. 그 사이 그녀는 조금만 기다려달라는 메시지를 수도 없이 보내왔다. 세찬 빗줄기 속을 뚫고 온 아란의 머리카락 끝에서 물이 뚝뚝 떨어졌다. 얇은 티셔츠가 젖어 속옷이 비쳤다. 보아하니 택시에서 내려 길을 못 찾고 헤맨 눈치였다.

"우산이 조그매서 정수리만 딱 가리고 온 거 있죠."

그녀는 손바닥을 정수리 위에 얹는 시늉을 하며 말했다. 그리고는 테이블에 놓인 물을 단숨에 들이켰다. 얼굴이 불그레한 게 술을 마시던 도중에 온 것 같았다. 아란은 메뉴판을 쓱 훑어보더니 맥주와 감자튀김을 주문했다.

"솔직히 기대도 안 했는데 보자고 해서 놀랐어요. 오늘 왠지 사과 머리를 하고 싶더라니."

아란은 물에 젖어 축 처진 머리 타래를 가리키며 호들갑을 떨었다.

"혼자 여기서 뭐하고 있었어요?"

내가 말없이 있자 그녀는 맥주를 홀짝이더니 테이블 위로 몸을 기울였다. 젖은 티셔츠 앞자락이 축 늘어지며 깊은 가슴골이 훤히 드러났다.

"내가 맞춰볼까. 해영 씨 약속 펑크 나서 시간 죽이고 있었던 거죠? 심심하던 차에 마침 내가 연락해서 오라고 한 거 아니에요?"

아란은 내 얼굴을 가까이서 들여다보더니 '거봐, 내가 맞았어!' 하며 재미있어했다. 번쩍, 창밖에서 번개가 쳤다. 포크로 감자튀김을 뒤적이던 그녀가 입술을 오므렸다.

"비가 많이 오네요. 마지막 장마라더니 끝없이 내려요."

"……."

"왜 사람 체질이 두 가지로 나뉜다잖아요. 말을 많이 할수록 에너지가 쌓이는 사람이랑, 얘기하면 할수록 기가 소진되는 사람이요. 해영 씨는 후자인가 봐요. 항상 말이 없어. 나는 어떠냐면, 백 프로 후자예요. 생긴 거랑 다르죠?"

아란은 부지런히 맥주를 마시고 튀김을 먹으면서도 이야기를 멈추지 않았다.

"근데 해영 씨랑 얘기하면 아무리 떠들어대도 지칠 줄을 모른다니까. 해영 씨 어딘가 유령 같은 면이 있나 봐요."

아란은 손끝에 묻은 물기를 티슈에 문질러 닦았다.

"그게 참 무서우면서도 좋은 거 있죠."

무한한 독백. 지금의 그녀에게 더할 나위 없이 잘 어울리는 표현이었다. 술이 약한 아란은 빠르게 취했다. 취기가 오를수록 말이 점점 많아졌으며 눈빛은 허방을 디딘 발밑의 아득함을 닮은 깊이로 묘하게 짙어져 갔다.

"회사 밖에서 만나고 싶었는데 틈을 안 주더라구요. 해영 씨가 사람들하고 얘기할 때마다 얼마나 기를 쓰고 엿들은 줄 알아요? 우연히 만날 건수라도 얻을까 싶어서."

문득 떠오른 생각이 있어 휴대전화를 집어 들었다. 아란은 문자 메시지를 전송하는 내 모습을 빤히 지켜보았다.

"이제 해영 씨도 얘기 좀 해봐요. 휴가 내내 뭐하고 지냈어요?"

"그냥 푹 쉬었죠. 아란 씨는 다음 주라고 했던가?"

"응. 기억하고 있었다니 감동이다! 휴가치곤 좀 늦죠? 3박 4일로 부산 여행을 가기로 했어요. 금요일에 퇴근하고 곧장 출발하려고요."

'메종'에서 나온 그녀와 나는 포장마차에 들러 술을 몇 병 더 기울였다. 아란은 작정을 하기라도 한듯 잔뜩 취했다. 화장실에 다녀온 사이 그녀는 플라스틱 테이블 위에 엎드린 채 잠들어 있었다. 정신을 잃고 몸도 가누지 못하는 그녀를 차 뒷좌석에 실었다.

"아란 씨, 집이 어디라고 했죠?"

그녀는 알아들을 수 없는 말을 웅얼거리며 손을 내저었다. 아란의 핸드백을 열어 뒤적이자 뜯지 않은 고지서 우편물 두 개가 나왔다. 두 개 모두 연남동의 같은 주소 앞으로 배달된 것이었다. 차에 시동을 걸었다. 휴대전화 액정에 메시지 도착을 알리는 화면이 떴다. 기다리고 있던 두 개의 메시지였다. 먼저 도착한 것은 주홍으로부터 온 메시지였다. 그보다 훨씬 늦게 수신된 것은 고향 집의 동생한테서 온 것이었다.

아란이 혼자 산다고 했던 빌라는 경사진 언덕 위에 자리하고 있었다. 나는 여전히 인사불성인 그녀를 둘러업고 3층으로 올라갔다. 현관문에 는 피자집 전단지가 붙어 있었다. 아란의 핸드백에서 열쇠를 꺼내 문을 열었다. 부엌을 겸한 좁은 거실과 침대가 놓인 방과 행거 하나로 꽉 차 는 작은 방이 딸린 집이었다. 나는 아란을 침대에 눕혔다. 거실 밖으로 이 어진 작은 베란다에 세탁물 건조대가 놓여 있었다. 베란다 밖으로는 골 목길이 바로 내려다보였고 맞은편에는 굴다리를 낀 야트막한 언덕이 솟 아 있었다. 거실의 원형 미니테이블 위에는 맥주 캔과 먹다 남은 과자 봉 지가 굴러다녔다. 아란은 입을 약간 벌린 채 곤히 잠들어 있었다. 머리는 형편없이 헝클어지고 티셔츠는 배 위까지 말려 올라가 있었다. 술 때문 에 호흡이 가쁜지 숨을 몰아쉴 때마다 가슴이 낮게 꺼지곤 했다. 옆에서 무슨 일이 벌어진다 해도 깨지 않을 것 같았다. 나는 빌라의 열쇠를 들고 나왔다.

운전석에 올라타 동생에게서 온 문자 메시지를 다시 한 번 확인했다.

'형, 문자를 늦게 봤어. 유성이 형 집에 안 왔대. 아줌마도 작년 추석 이 후로 얼굴 본 적 없다고 하네. 보내 준 돈은 고마워. 잘 쓸게.'

사람의 욕망에는 바닥이 없다. 그것은 대부분 무섭도록 적막한 심연으 로 이어져 있다. 어느 생명체 하나 숨 쉬고 있지 않은 검은 빛의 공간. 무 엇 때문에, 라고 묻는 것은 시간 낭비일 뿐이다. 욕망이 추구하는 것은 결 국 또 다른 욕망이다. 두 개의 거울이 마주 보고 있을 때 그 속으로 이어지는 끝없는 계단 같은 것. 어느 개 한 마리가 그 안으로 뛰어들어 더러운 침을 흘리고 있는 냄새가 났다.

다음 날 오전 아란의 빌라에 들러 우편함에 열쇠를 넣어두었다. 문을 잠그고 나오느라 열쇠를 들고 나와야 했다는 메시지를 보냈지만, 답장은 오지 않았다.

저녁 무렵 주홍에게서는 사무실 측의 계획이 실패했다는 연락이 왔다.

유성

유성네 여관은 녀석의 할머니 때부터 해오던 곳이었다. 할머니가 돌아가신 뒤 유성네 어머니는 '여인숙'이었던 간판을 '여관'으로 바꾸었다. 3층 건물의 여관에서는 여관바리 누나 두 명이 숙식을 하며 일했고, 역 근처의 다방 레지들도 자주 드나들었다. 아버지를 일찍 여읜 유성은 홀어머니 아래서 여관바리 누나들과 밥상을 함께하며 자랐다. 그녀들은 무더운 여름날이면 유성 앞에서도 거침없이 치마를 들쳐 올리고 아랫도리에 부채질을 해대곤 해서 녀석의 어머니한테 자주 등짝을 얻어맞곤 했다. 나는 매일같이 늘씬한 여자들과 얼굴을 맞대고 사는 녀석이 내심 부러웠다.

열다섯의 겨울이었을 것이다. 나와 만나기로 한 시간이 지나도록 유성이 나타나지 않아 여관에 들렀다. 카운터는 텅 비어 있었다. 슬리퍼를 끌며 복도에서 나오던 파마머리의 누나가 위층에 올라가 보라고 일러주었다. 문이 활짝 열린 빈방들을 둘러보았지만, 녀석은 보이지 않았다. 계단을 내려가려던 나는 복도의 맨 끝 방에서 들려오는 소리에 멈칫했다. 문 가까이서 그 짓을 하는지 더운 숨을 머금은 여자의 신음이 선명하게 들려왔다. 나는 까치발로 다가가 소리를 엿들었다. 대체 얼마나 좋은 건지 여자는 간간이 욕까지 내뱉었다. 남자의 짧은 탄식과 함께 요란하게 맨살 맞부딪치던 소리가 멈추었다. 이윽고 간드러진 목소리를 내며 여자가 문을 열고 나왔다. 나는 재빨리 옆방으로 숨어들었다. 여자는 흐트러진 옷매무새를 정리하며 찻잔 보퉁이를 들고 복도를 걸어나갔다. 곧이어 문구점 홀아비가 뒤따라 나왔다. 나는 마른 침을 삼키며 빈방에서 나왔다.

"이해영. 거기서 뭐해?"

유성이 복도 끝에 서서 나를 바라보고 있었다.

"나, 너 찾으러 왔지."

나는 당황함을 감추며 둘러댔다. 유성이 나온 곳은 복도 끝 방의 옆에 달린 작은 창고였다.

"인마, 솔직히 말해봐. 너도 저기 숨어서 다 듣고 있었지?"

나는 일부러 선수를 치며 장난스럽게 유성을 밀쳤다.

"아니. 담배 피웠어."

유성은 우리 중 가장 일찍 담배를 배웠다. 게다가 지독한 골초였다. 녀석의 어머니는 고등학교 때 이미 아들이 담배 피우는 사실을 인정하고 제발 좀 줄이기만 해달라고 애원했을 정도였다.

"뻥 치시네. 저 안에서 들으면 더 잘 들리냐? 끝내줘?"

유성은 잔뜩 흥분해 있는 나를 물끄러미 쳐다보더니 갑자기 못 견디겠다는 듯 배를 쥐고 웃어대기 시작했다. 얼마나 웃어댔는지 녀석의 희고 곱상한 얼굴이 새빨갛게 물들었다.

"제대로 듣고 싶어?"

"당연하지. 그래도 되냐?"

나는 녀석의 팔을 붙들고 눈을 빛냈다. 유성은 금요일 저녁 여덟 시쯤 여관 뒷문으로 몰래 찾아오라고 일러주었다. 그날 저녁, 밥을 먹는 둥 마는 둥 하고 유성네 여관으로 달려갔다. 녀석은 뒷문 앞에서 추위에 떨며 나를 기다리고 있었다. 유성의 어머니가 빈방을 치우느라 자리를 비운 사이 우리는 2층 창고에 숨어들었다. 둘이 들어가자 몸을 움직이기도 버거울 정도로 비좁은 창고였다. 천장의 거미줄에는 파리 한 마리가 들러붙어 있었다. 벽 한쪽에 두루마리 휴지와 생수병, 콘돔 상자 같은 것들이 잔뜩 쌓여 있었다. 유성은 두루마리 휴지 뭉치를 여러 개 치웠다. 시멘트벽 위로 새끼손톱만 한 틈이 드러났다. 나는 구멍을 통해 옆방을 들여다보았다. 티브이 선반에 가려져 잘은 보이지 않았지만 불그레한 살들이 눈앞으로 휙휙 지나가는 것을 보자 숨이 턱 막혀왔다.

"야, 정말 죽인다!"

"쉿! 다른 애들한테는 비밀이야."

"걱정 마, 인마."

항상 말수가 적고 얌전해서 내심 만만하게 대하곤 했던 유성이가 그 순간만큼은 우러러보였다. 그 후 우리는 종종 게릴라전을 벌이는 작전요원처럼 창고에 숨어들었다. 나는 유성에게 고마움의 표시로 담배나 군것질거리를 사다 주었다.

크리스마스를 얼마 앞두지 않은 주말 저녁이었다. 그날도 우리는 창고에 숨어들어 새로운 구경거리를 기다리는 중이었다. 방에는 남자가 먼저 들어와 있었다. 인근의 식료품 공장에서 간부로 일하는 남자였다. 살이 하도 쪄서 젖꼭지가 축 늘어진 남자는 팔자 좋게 드러누워 담배를 피웠다. 머리칼이 말끔히 빠져 기름기로 번들거리는 정수리가 우리를 향하고 있었다.

"오빠, 오래 기다리셨어?"

찻잔 보퉁이를 든 다방 레지가 콧소리를 내며 들어섰다. 갈색 커트 머리에 젖가슴이 큰 여자애였다. 검은 스타킹을 신은 허벅지가 코끼리 다리 같이 굵었다. 눈두덩에는 아이섀도를 너무 진하게 발라서 손으로 잡아떼면 화장이 스티커처럼 떨어져 나올 것만 같았다. 여자애의 얼굴을 확인한 유성의 표정이 언짢아 보였다. 처음에는 못생기고 뚱뚱한 여자애가 들어왔으니 그럴 만도 하리라고 넘겨짚었다.

"재 열여덟이야. 저걸 확 신고해버릴까."

여관 아들답지 않은 발언이었다.

"서울에서 팔려왔다는데. 어린년이 까져가지고는."

유성은 씹어 삼킬 듯한 눈으로 틈 안을 들여다보며 말했다. 처음에는 녀석이 왜 그리 불만을 토해내는지 이해할 수가 없었다. 대머리 남자가 여자애의 스타킹을 내리고 살에 코를 묻기 시작하자 유성은 아예 나를 밀쳐내고 틈을 독점했다. 그 와중에도 입으로는 '더러워, 걸레 같은 년' 하며 어울리지도 않는 상스러운 말을 중얼거렸다. 그제야 나는 녀석이 왜 그리 유난스러운 반응을 보이는지 알 것 같았다. 보아하니 유성은 그 앳된 다방 레지에게 호감을 품고 있었던 듯했다. 바람에 흔들리는 녹슨 문처럼 끼긱거리던 여자애의 신음이 멈추었다. 방을 엿보던 유성이 갑자기 틈에서 떨어져 나와 헛구역질하기 시작했다. 나는 녀석을 밀쳐내고 틈에 눈을 갖다 댔다. 방바닥에 대자로 뻗어 있는 남자가 보였다. 그의 벌그레한 얼굴 위로 여자애가 올라타듯 쪼그려 앉아 있었다. 대체 무슨 짓을 벌이나 싶어 좀 더 바짝 벽에 다가붙은 나는 숨이 턱 막혔다. 여자애의 아랫도리에서 세찬 오줌 줄기가 뿜어져 나오고 있었다. 오줌은 늙은 남자의 벌어진 입안으로, 들창코와 뺨으로 끊임없이 흘러내렸다. 방바닥의 장판 위에 흥건한 웅덩이가 고였다.

"쉬 참고 오느라 아랫배 아파서 죽는 줄 알았어. 다음부턴 만 원씩 더 받을래."

여자애가 마른자리로 기어가 엎드리며 투덜거렸다. 남자가 물 묻은 몸으로 여자애의 엉덩이 사이를 파고들었다. 유성은 창고 바닥에 침을 뱉었다. 벌어진 틈을 노려보는 녀석의 두 눈에 끈적거리는 경멸이 엉겨 있었다. 일을 마치자 남자가 앞서 방을 나갔다. 여자애는 수건으로 바닥에 고인 오줌을 닦아냈다. 수건을 몇 차례나 화장실에서 짜서 다시 닦고는 휴지로 대충 물기를 훔쳐냈다. 펑퍼짐한 엉덩이가 눈앞에서 부지런히 씰룩거렸다.

창고에서의 엿보기 장난은 그게 마지막이었다. 당시 우리 친구들 무리에게는 누군가의 생일이나 크리스마스 같은 날이면 밤새 어울려 노는 전통이 있었다. 그때마다 유성의 어머니가 빈 여관방을 제공해주곤 했었는데, 그해에는 유성의 반대로 다른 장소를 물색해야 했다. 녀석은 생각하기도 싫다는 듯 진저리를 치며 중얼거렸다.

"어느 방에 들어가도 오줌 냄새가 나는 거 같아. 요샌 누나들 얼굴만 봐도 비위가 상해서 밥도 같이 안 먹어."

"야, 그깟 변태 새끼 한 번 본 거 가지고 뭘 그러냐."

"돈만 주면 뭐든 하는 것들이니까. 더 심한 장면까지 상상이 돼."

유성이 울적한 얼굴로 시선을 떨어뜨렸다. 비스듬하게 기운 그의 가늘고도 곧은 콧대 위로 달빛이 떨어졌다. 나는 녀석에게 어깨동무했다.

"세상에 이상한 놈들이 늘어날수록 우린 더 고상한 인간이 되는 거야, 인마."

나는 뜻도 모르는 말을 신 나게 지껄이며 유성의 목을 끌어당겼다.

우리가 스물두 살이 되던 해였던가. 유성의 어머니는 타지에서 온 사기도박꾼들에게 걸려 여관과 집을 날렸다. 여관바리 아가씨들은 뿔뿔이 흩어지고 그녀는 주인이었던 여관에서 잡역부 일을 맡게 되었다고 들었다.

주홍은 베이지색 티셔츠를 펼쳐 내 몸에 대 보았다. 왼쪽 가슴에 기하학적인 무늬가 새겨진 심플한 티셔츠였다. 론칭 행사에 참가했다가 내 생각이 나서 사 온 옷이라고 했다.

"설마."

그녀는 펼쳤던 티셔츠를 다시 접어 테이블에 올려놓았다.

"유성이가 왜 그런 짓을 해?"

주홍이 들고 온 또 다른 쇼핑백에는 샌드위치가 담겨 있었다. 지난번

'메종'에서의 저녁 약속을 취소한 게 꽤 마음에 걸린 듯했다.

"원하는 게 있으면 직접 얘길 했겠지. 굳이 스토커 흉내까지 낼 필욘 없잖아."

"걔가 원하는 게 뭐일 것 같아?"

그녀는 선뜻 대답하지 못했지만, 도저히 납득할 수 없다는 표정이었다. 주홍은 무리들 중에서 유성을 가장 신뢰했다. 딱히 제대로 된 대화를 나누어 본 적도 없으면서 무작정 녀석을 좋은 사람 같다고 판단한 데에는 호감 가는 외모와 그가 늘 끌고 다니는 침묵이 한몫했을 것이다.

"이 일에 유성이를 연관 지어서 생각한다는 게 이해가 안 가. 가끔 보면……."

주홍은 종이로 포장된 샌드위치를 꺼내며 말끝을 흐렸다.

"얘기해."

"넌 지나치게 그 애들을 의심하는 거 같아. 오히려 서로 감싸줘야 할 사이 아니야?"

모든 문제는 사소한 의구심을 외면하는 데서부터 시작된다. 기완처럼 눈에 띄게 적의를 드러낸다든가 재문처럼 속내가 들여다보이는 타입은 그만큼 알기 쉽다. 그러나 유성처럼 굳이 해야 할 필요가 없는 일을 거드는 인간은 반드시 경계해야만 한다. 기완이 돈을 요구할 때도, 노인을 묻으라고 강요할 때도 유성은 말없이 나서서 제 몫을 도왔다. 나나 다른 녀석들처럼 협박을 받아가며 지켜내야 할 무언가가 있는 것도 아니었는데 말이다.

"친구잖아."

주홍이 말했다. 나는 샌드위치의 포장을 벗겨 한 입 베어 물었다.

내가 대꾸하지 않자 그녀는 창밖을 바라보았다. 식은 샌드위치와 미지근해진 커피의 조합은 의외로 괜찮았다.

"스토커 얘기, 이제 알 사람들은 다 알아. 엊그제 회식에서 장 작가가 희한한 소리를 했어."

주홍의 목소리가 낮아졌다.

"날 쫓아다니는 스토커가 누군지…… 알 것 같다는 거야."

"그래?"

"응. 예전에 만난 적이 있는 것 같다고. 내 광팬이라고 자길 찾아왔다던가. 대충 얼버무려서 잘 듣진 못했지만 분명히 그런 얘기였어."

나는 빈 샌드위치 종이를 구겨 쇼핑백에 버렸다. 커피숍에서 나를 유심히 관찰하던 장경희의 얼굴이 스쳐 지나갔다.

"잘됐네. 수월해지겠어."

주홍은 고개를 저었다. 회식자리가 끝난 뒤 매니저가 장경희를 찾아가 좀 더 자세한 이야기를 부탁했지만, 그녀는 노골적으로 거북하다는 태도를 보였다고 한다. 매니저의 호소하는 듯한 태도에 장경희는 자기가 잘못 안 것 같다며 급히 자리를 피했다.

"나한테 바라는 게 뭘까?"

그녀는 진지하게 고민에 잠긴 목소리로 물었다. 나는 서랍장에서 열쇠 두 개와 메모지를 꺼내 주홍에게 내밀었다.

"바라는 게 있어서 하는 짓이라면, 그거야말로 다행이지."

주홍은 메모지에 적힌 주소를 읽었다.

"연남동? 신운빌라……. 여기가 어디야?"

새벽 두 시. 나는 시동을 끈 차 안에 앉아 있었다. 아란의 빌라 303호에 불이 켜졌다. 베란다 문이 열리고 주홍이 나타났다. 흐트러진 머리칼에, 손에는 술잔이 들려 있었다. 그녀는 우두커니 난간에 기대어 서 있다가 안으로 들어갔다. 한 시간 남짓이 흘렀다. 그동안 어두운 골목길에는 러닝셔츠를 입은 노인이 한 명 지나갔을 뿐 아무도 나타나지 않았다. 잠시 후 주홍이 휘청거리며 베란다 밖으로 나왔다. 그녀는 휴대전화로 통화하며 누군가와 심하게 다투었다. 이윽고 전화를 끊은 주홍이 술잔을 타일 바닥에 내려놓았다. 그녀는 비틀거리며 베란다 난간에 기대어 아래를 내려다보았다. 나는 소리 죽여 차에서 내렸다. 베란다 맞은편의 언덕 위로 올라갔다. 주홍은 난간 위에 위태롭게 몸을 내밀고 있었다. 조금만 더 몸을 기울였다간 금방이라도 고꾸라져 추락할 것 같았다. 주홍이 손에 들고 있던 휴대전화를 떨어뜨렸다. 전화기는 둔탁한 소리를 내며 바닥으로 떨어졌다. 멀리 수풀 속에 숨어 있는 사람의 형체가 보였다. 그는 내가 다가가는 것도 알아채지 못한 채 303호의 베란다에서 눈을 떼지 못하고 있었다. 남자는 부스스 몸을 일으켜 언덕 아래로 내려갔다. 그는 베란다 아래에 떨어진 전화기를 주워들었다. 어두워서 모습이 잘 보이지 않았다. 숨죽이며 한 발짝 앞으로 내딛는 순간 풀숲이 흔들리며 무언가가 불쑥, 튀어나왔다. 검은 고양이었다. 골목에 서 있던 남자가 소스라치게 놀라며 이쪽을 바라보았다. 나를 발견한 그는 황급히 몸을 돌려 도망치기 시작했다. 나는 있는 힘껏 그를 뒤쫓아 달렸다. 그는 골목을 빠져나가 큰길로 내달렸다. 나를 살피느라 뒤를 돌아보며 도로로 뛰쳐나가는 찰나, 달려오던 택시가 그의 몸을 들이받았다. 남자의 몸은 붕 떠올라 바닥으로 내리꽂혔다. 나는 달리는 차를 피하며 도로를 가로지르려 했으나 그는 순식간에 몸을 일으켜 길 건너편으로 사라졌다. 택시에서 내린 운전사가 당황한 표정으로 그의 뒷모습을 향해 무어라 소리치고 있었다.

"이제 어쩌면 좋지? 괜히 심기를 건드린 거 아닐까? 홧김에 무슨 짓이라도 하면……."

아파트로 돌아온 뒤, 주홍이 손으로 이마를 짚으며 말했다.

"그럴 일은 없어."

빌라에서 얼마 떨어지지 않은 골목에는 노란색 오토바이가 세워져 있었다. '스피드 퀵'라고 적힌 노란색 오토바이였다. 이튿날 오전 나는 물건 수령에 관련된 문제가 생겼다는 이유로 화를 내며 신유성이라는 배달원의 연락처를 부탁했다. 문의센터에서는 스스럼없이 담당 배달원의 번호를 알려주었다.

"유성이가 분명했어?"

주홍은 여전히 믿을 수 없다는 얼굴로 물었다.

"확실히 그 새끼였어."

"그럼 만나서 얘기라도 좀 해보자."

유성과는 연락이 끊긴 지 오래였다. 바뀐 번호로 전화한다고 그가 순순히 나타날 리 만무했다. 문득, 기완의 장례식장 앞에서 나를 질타하던 그의 눈빛이 떠올랐다. 가증스러운 한편으로 그가 벌이고 있는 짓들이 귀엽다는 생각까지 들었다.

"너는 항상 유성이를 무시하는 것 같았어."

주홍이 두 손으로 발목을 감싸며 말을 이었다.

"스토커 일도 말야. 일단 그가 유성이라고 생각했기 때문에 놓친 게 아닐까? 넌 그 애를 우습게 보고 있으니까. 무심결에 방심한 게 아닐까 싶어."

나는 그녀의 무릎 위에 손을 얹었다. 스토커가 유성이라고 확신한 순간 그를 쫓는 걸음이 더뎌진 것은 사실이었다. 그러나 결코 그를 하찮게 여겨 긴장의 끈을 풀어버린 것은 아니었다. 나는 그를 놓아주어야만 했다. 스토커가 유성이라면, 그를 잡아 범인을 밝혀내는 것만으로는 부족하다는 것을 알고 있었기 때문이다. 주홍이 내 배에 손을 얹었다. 나도 모르게 움칠 몸이 떨렸다.

"그냥 다른 사람들이 해결하게 놔두자, 해영아."

그녀는 내 배 위에서 자그마하게 주먹을 그러쥐었다.

"더 이상 유성이나 다른 애들과 엮이지 말았으면 좋겠어."

나는 주홍의 머리칼에 코를 묻었다. 모두 한배를 탄 사이라던 기환의 말이 떠올랐다. 그를 제외한 우리는 서로의 알리바이가 되어 서로가 살수 있는 빌미를 제공했다. 그것은 어느 한 명이 먼저 물속으로 뛰어들지 못하도록 서로를 지켜보며 소매를 움켜쥐고 있어야 한다는 것을 뜻했다.

연예가 소식을 전달하는 저녁 프로그램에서는 주홍의 스토커에 관련된 기사가 방송되고 있었다. 소속사에서는 대수롭지 않은 문제로 자세한 대답을 회피하는 입장을 취했다. 주홍은 작품에 집중하고 싶다는 이유로 직접적인 인터뷰를 피했다. 그 대신 매니저와 기자의 전화통화 내용이 흘러나왔다. 매니저는 방송에서 이렇게 유난을 떠는 게 오히려 어이없다는 듯 웃음기를 머금은 목소리였다.

"스토커는 무슨. 데뷔 때부터 따라다니던 팬인데 주홍 씨 하고도 잘 아는 사이예요. 이거 소문이 너무 와전됐네. 스토커 같은 거 없어요."

그러나 방송은 신주홍의 스토커에 관한 루머를 거의 사실이라 확신하고 있었다. 그녀가 치명적인 약점을 빌미로 협박받고 있기 때문에 사건이 노출되는 것을 꺼린다는 식이었다. 방송에서는 악질 스토커로 인해 해외로 도피해야 했던 모 연예인의 과거 이야기를 사례로 다루었다. 표면적으로는 스토커의 위험성을 강조하는 척했지만, 정작 내용은 주홍이 숨기고 있는 약점을 들춰내려는 데 초점이 맞추어져 있었다. 주홍이 인터뷰에 응하지 않자 프로그램에서는 그녀의 스케줄을 쫓아다니며 몰래 카메라에 담았다. 촬영장에서 나오거나 트레이닝을 마치고 나오는 주홍의 모습 등이 멀리서 찍혀 있었다. 최근 그녀는 매니저 외에도 사무실에서 따로 고용한 경호원과 함께 움직였다. 방송은 그 모습을 집요하게 확대해 그녀가 스토커에게 시달리고 있다는 근거로 삼았다. 확대된 화면 속에서 주홍은 선글라스를 낀 채 스튜디오 건물 입구에 서 있었다. 건장한 경호원과 매니저 사이의 그녀는 한없이 자그마하고 지쳐 보였다. 방송이 나간 뒤로 인터넷에서는 그녀가 메고 있던 핸드백과 티셔츠에 대한 문의가 쇄도했다. 주홍에 관련된 숱한 유언비어들이 허연 거품이 되어 들끓었다. 소문은 과거 주홍의 양친이 교통사고로 죽었던 이야기까지 들먹였다. 그것은 사고가 아니라 의도된 살해였으며 주홍 또한 그렇고 그런 사건에 얽매여 협박을 당하는 거라는 추측이 나돌았다. 이미 모두가 그녀의 스토커였다.

　며칠 후 새벽녘 주홍의 집으로 찾아갔을 때 그녀는 침대에 누워 울고 있었다. 막 드라마 촬영을 마치고 돌아와 화장도 지우지 않은 채였다. 창밖이 어슴푸레 밝아왔다. 늦여름의 아침 공기는 선선했다. 나는 말없이 주홍의 곁에 누워 그녀를 감싸 안았다. 주홍은 품 안에서 훌쩍였다. 우리는 바짝 살갗을 맞대고 있었다. 살이 닿지 않은 틈마다 습한 온기가 파도쳤다. 오래전 바닷가 마을의 가로등 불빛 아래서 눈시울을 붉히던 소녀와 사계절 내내 두 손이 차갑던 내가 함께 있었다. 많은 것이 변했지만, 아무것도 바뀌진 않았다. 주홍의 따뜻한 젖가슴이 내 몸에 닿았다. 몸속에서 투명한 분노가 고요하게 차올랐다.

"범인이 잡혔으면 좋겠어."

주홍이 말했다. 당연한 것이었으므로 나는 대꾸하지 않았다.

"하나만 물을게. 유성이가 스토커라고 확신하는 이유가 있어?"

"오늘은 너무 피곤해 보인다. 그만 자자."

"난 항상 너한테 모든 얘길 다 하는데, 넌 아무 얘기도 해주지 않잖아. 말해줘."

나는 이마 위에 땀으로 젖어 있는 그녀의 머리칼을 쓸어 넘겼다.

"걔가 어렸을 때부터 골초였단 건 알지? 고등학교 때 숨어서 담배를 피우다가 주임한테 걸릴 뻔한 적이 있어."

나는 그녀를 잠재우기 위해 등을 천천히 다독이며 말을 이었다.

"냅다 도망친다는 게 얼떨결에 2층 난간에서 소각장으로 뛰어내렸어. 크게 다치진 않았는데 철책에 긁혀서 왼쪽 종아리에서부터 발등까지 꼭 시멘트 갈라지듯 살이 찢어진 거야. 꿰맨 건 아물었지만, 흉터는 남았지. 선생들이 영광의 상처랍시고 하도 놀려대서 전교에 그 흉터 자국을 모르는 사람이 없었어."

"아팠겠다."

나는 안마방에서 들었던 단서에 대해 이야기해주었다.

"흉터를 들키면 꼬리가 잡힐까 봐 실내에서 신발을 벗지 않았다? 그 정도 흉터라면 긴 바지에 양말만으로도 충분하잖아. 너무 억지스럽지 않아?"

주홍은 석연치 않다는 듯 고개를 저었다.

"보통 사람이라면 그랬겠지. 하지만 그 새끼는 겁이 많거든. 한 뼘 되는 흉터를 만리장성이라도 되는 것처럼 숨기고 다녔으니까."

"그래. 여하튼 그날 밤 해영이 네가 직접 얼굴을 봤을 테니……."

연신 무거운 눈꺼풀을 들어 올리던 주홍은 곧 눈을 감았다. 그녀는 땀에 젖은 채 잠이 들었다. 밖은 환하게 동이 터 있었다. 나는 조심스럽게 그녀에게서 몸을 떼고 창 블라인드를 내렸다.

유성에게 흉터 따위는 없었다. 어디까지나 주홍을 안심시키기 위해 지어낸 이야기였다. 나는 유성이라는 인간을 겪어보지 않은 사람에게 그에 대해 설명하는 건 불가능하다는 사실을 알고 있었다.

오전 일찍 고향으로 출발했다. 차가 밀리지 않았음에도 길 위의 시간이 끝없이 길게 느껴질 만큼 먼 거리였다. 동네에 도착했을 때는 이미 정오 무렵이었다. 유성의 어머니가 살고 있는 방은 과거 기완네 집이 있던 경사진 골목 근처였다. 금방이라도 쓰러질 듯 낡은 집들이 담벼락에 기대다시피 하며 버티고 있었다. 반쯤 열린 대문을 밀고 들어서자 쭈그려 앉은 노인의 뒷모습이 보였다. 헐렁한 팬티 차림으로 마당 수돗가에 앉아 무언가를 문질러 빨고 있었다. 허술한 지붕 아래 칸이 나뉜 여러 개의 방에는 각기 다른 사람들이 세 들어 살았다. 유성 어머니의 방은 뒷마당 쪽에 자리하고 있었다.

그녀는 별 감흥 없이 나를 맞이했다. 방 안에서 오래 묵은 견과류의 누린내 같은 냄새가 났다. 군용담요 위에 화투짝이 흩어져 있었다. 그녀는 나를 본체만체하며 패를 맞추었다.

"자식새끼도 안 들여다보는 데를 네가 어쩐 일이라냐?"

한때 보기 좋게 통통한 체구에 피부에 윤기가 돌았던 그녀는 형편없이 야위어 있었다. 예전과 똑같은 것이라고는 싸구려 큐빅이 요란스럽게 박힌 머리핀으로 대충 틀어 올린 파마머리뿐이었다.

"유성이를 왜 나한테 와서 찾는데? 니들 죽고 못 사는 사이 아니었어?"

그녀는 내가 사온 주스 박스를 열어 안을 들여다보더니 토마토 주스를 집어 들었다. 병째로 들이켜던 주스가 턱을 타고 가슴팍으로 흐르자 손바닥으로 대충 훔쳐냈다. 나는 유성 어머니의 곁에 앉아 차근차근 이야기를 늘어놓기 시작했다. 입을 삐죽 내밀고 화투짝을 들여다보던 그녀는 돈에 관련된 얘기가 나오자 힐끗 나를 곁눈질했다. 바닥에 굴러다니던 담뱃갑을 발로 끌어당기더니 담배를 한 대 꺼내 불을 붙였다.

"유성이한테 돈 빌렸어? 주머니에 깡통 찬 놈이 뭔 돈이 있어서 너한테 빌려 줬데?"

독한 담배 연기가 환기도 되지 않는 비좁은 방을 가득 채웠다.

"연락이 되질 않으면 여기다 두고 가. 오면 전해줄 테니까."

유성의 어머니는 내 눈치를 살피며 말했다.

"차용증 때문에 직접 만나서 줘야 하거든요. 어머니께 인사도 드릴 겸 해서 내려왔지요. 유성이가 돈을 안 받으려 할 테니까 저 있다는 얘긴 하지 말고 불러주세요."

"돈이 얼마나 되는데?"

액수를 전해 들은 그녀는 새끼손가락으로 인중을 긁적였다. 빈 주스 병에 담배를 끄고 모기 물린 발등을 벅벅 긁었다.

"아파서 죽어간다 하면 내려오긴 하겠지만. 넌 언제까지 여기 있을 건데?"

유성이 오면 조용히 연락을 달라는 말과 함께 휴대전화 번호를 남겼다. 나는 동네를 벗어나 역 근처의 모텔을 잡았다. 원형의 티테이블에 노트북을 펴고 앉아 다음 주중으로 넘겨야 하는 프로그래밍 작업을 시작했다. 끼니때가 되면 근처 식당으로 내려가 허기를 채웠다.

유성의 어머니에게서 전화가 걸려온 건 다음 날 저녁 무렵이었다.

방문을 열자 구부정하게 앉아 있는 유성의 뒷모습이 보였다. 나를 돌아보던 그의 얼굴에 핏기가 가시는 것을 놓치지 않고 보았다.

"어어, 들어와 앉아."

그의 어머니는 어제와 달리 유난스레 나를 반겼다. 내가 엉덩이를 채 붙이기도 전에 그녀는 다짜고짜 돈 얘기부터 꺼냈다. 유성은 아무 말도 하지 않았다. 나는 녹색 티셔츠에 회색 진을 입은 그의 모습을 훑어보았다. 피부가 그을려서인지 전보다 건강해진 느낌이었다. 오른쪽 뺨에 바닥에 쓸린 듯한 상처가 나 있었다.

"요샌 뭐하고 지내냐?"

나는 팔꿈치로 그를 치는 시늉을 하며 물었다.

"……별거 안 해."

그는 내키지 않는다는 듯 얼버무렸다.

"야야, 운송 회사에 취직했다며. 그게 왜 별일이 아니래? 대단한 거지. 요즘엔 대학 나온 애들도 일자리 못 구해서 죽을상이라던데. 그치, 해영아?"

유성의 어머니는 호들갑을 떨며 아들을 추켜세웠다.

"나가서 얘기하자."

그가 자리를 털고 일어섰다.

"으응, 그래. 여긴 너무 좁지. 천천히 얘기들 나누고 와라. 유성이 넌 다시 왔다가 갈 거지?"

유성의 어머니가 못내 아쉬운 듯 무릎을 쓸어내리며 우리를 배웅했다. 우리는 양은대야와 슬리퍼가 굴러다니는 마당을 가로질러 밖으로 나왔다.

유성과 나는 방파제까지 말없이 걸었다. 그는 어렸을 때에도 워낙 말수가 적었던 터라 함께 있으면 묵묵히 걷기만 할 때가 잦았다. 나는 조용히 생각에 잠기고 싶으면서도 혼자 있기는 싫은 기분이 들 때마다 그를 불러내곤 했었다.

"무슨 일이야?"

그는 내게 등을 보인 채 물었다.

"너 걷는 게 좀 이상한데. 다리 다친 거 아니냐?"

유성은 한쪽 발을 약간 끌듯이 걷고 있었다.

"운송 나갔다가 넘어졌어. 아직 오토바이가 어색해서."

며칠 전 밤의 도로에서 택시와 부딪쳤던 그의 몸뚱이를 떠올렸다. 맥없이 허공으로 치솟았다가 나동그라진 뒤에도 필사적으로 일어서 도망치던 그의 뒷모습.

"연락도 없고, 요즘 뭐하고 지냈어? 연애라도 하나?"

갑작스러운 질문에 그는 의심스러운 얼굴로 뒤를 돌아보았다.

"만나는 여자 없으면 내가 한 명 소개시켜줄까?"

유성은 나를 물끄러미 쳐다보다가 거절했다. 나는 중요한 걸 놓쳤다는 듯 고개를 설레설레 저었다.

"하긴. 넌 여자 못 만나지."

나는 주머니에 손을 꽂은 채 그를 향해 웃었다. 유성은 적개심이 찬 눈으로 나를 노려보았다.

"너 아직도 그거 못 고쳤지? 세상 모든 여자 창녀 취급하는 버릇."

"무슨 말이 하고 싶은 거야?"

안마방에 잠복해 있던 스토커가 신발 벗기를 꺼렸다는 이야기를 듣고 나는 범인이 유성이라는 것을 확신했다.

그의 그러한 성향을 알게 된 것은 고등학교 때였다. 언젠가 둘이 함께 타고 가던 버스 안에서 앳된 얼굴의 여학생이 반갑게 유성의 이름을 부른 적이 있었다. 그 애는 종종걸음치며 다가와 자길 기억하느냐며 그의 팔을 가볍게 붙들었다. 순간 유성은 벌레가 달라붙기라도 한 듯 진저리치며 여자애의 손을 잡아 뿌리쳤다. 여학생은 얼굴이 벌겋게 달아올랐고, 곁에 서 있던 나까지 무안해져 어찌할 줄을 몰랐었다. 유성은 사과하기는커녕 불쾌한 표정으로 여학생을 노려보다가 버스에서 내렸다. 어렸을 적부터 여관에서 정사 장면을 엿보거나 교성 소리를 아무렇지 않게 듣고 자란 아이는 호색한이 되기 쉽지 않을까 싶었으나, 그는 정반대였다. 유성은 여자들에게 경멸과 분노를 품고 있었다. 그 시절 나는 진지하게, 그렇다면 동성을 좋아하는 쪽이냐고 물었었다. 유성은 너털웃음을 웃으며 손을 내저었다. 그는 결코 여자라는 존재를 싫어하는 건 아니라고 했다. 나는 유성에게 위화감을 느꼈다. 여자를 경멸해 무관심한 태도를 일관한다면 개인적인 입장이니 타박할 이유도 없지만, 그는 오히려 여자들을 관찰하는 데에 집착하며 혐오감 속으로 파고들려 했다. 나는 그가 고등학생이 된 후로도 홀로 창고에 숨어들어 여관방 안을 엿본다는 걸 알고 있었다. 유성은 타인을 혐오하는 한편으로 죄책감을 느끼며 끊임없이 스스로를 괴롭혔다. 아마도 일종의 편집증이었을 것이다.

"스토커가 우리 중에 있을 수도 있겠다 싶었지. 아마 있다면 바로 너일 거라고 생각은 했는데……. 안마방에 갔다가 확실히 알았다."

"스토커?"

싸늘한 목소리가 바닷바람을 타고 밀려났다. 바닷가의 저녁 하늘은 금세 어두워졌다. 어둠을 빨아들인 밤바다가 슬며시 수평선을 감추었다.

"신주홍을 쫓아다니는 이유가 뭐냐?"

그는 내 말에 무어라 대꾸하려다가 그만두었다. 한참의 침묵 끝에 그가 입을 열었다.

"넌 여전히 신주홍에게서 헤어 나오질 못하는구나."

"뭐?"

"참 무섭지. 사람을 죽여 놓고 세상 앞에 나서서 연기하는 인간이라니."

"지난 얘길 꺼낼 건 없어."

나는 유성이 더 이상 입을 놀리지 못하게 못을 박듯 말을 더했다.

"신주홍은 어디까지나 피해자야."

"……과연 그럴까?"

유성은 잠시 생각에 잠긴 듯 발치를 내려보다가 고개를 들었다.

"비밀의 화원에서 신주홍은 왜 앤에게 저항 한번 하지 못하고 얻어맞고만 있었을까?"

그 당시에는 누가 봐도 기가 질릴만한 상황이었다. 앤에 비해 체구도 작은 주홍은 반격할 엄두조차 내지 못했던 것이다.

"신주홍은 우리가 있다는 사실을 알고 있었던 거야. 그 앤 우리가 뛰쳐나와서 앤을 저지할 순간을 기다렸던 거라고."

더 이상 유성에게 반론을 제기하는 건 무의미하다는 것을 깨달았다. 그는 여전히 편집증에 시달리고 있는 환자에 불과했다.

"그래서 일을 이 지경으로 만들었어? 세상에 죄다 까발려서 응징하고 회개라도 시키게?"

나를 뚫어져라 바라보던 유성이 별안간 낮은 소리를 내며 웃었다.

"불안해?"

유성의 얼굴에는 의중을 가늠하기 어려운 표정이 점액질처럼 흐르고 있었다.

"넌 고등학교 때도 그랬지. 개를 지키는 게 네 전부라도 되는 양 굴었어. 다들 우습다고 생각했지만 난 이해할 수 있었어. 그 애한테 집착하는 건 앤을 죽인 일에서 벗어나려는 너만의 극복 방법이라는 걸 알았거든. 넌 필사적이었고, 난 그렇게라도 할 수 있는 네가 부러웠었어."

사방이 고요한 가운데 파도소리만이 철썩이고 있었다.

"하지만 이젠 다르지. 지금 넌 개 인생에 기생하고 있는 거야."

유성은 무엇 하나 제대로 알지 못하면서 모든 것을 아는 듯 지껄였다.

"솔직히 생각해봐. 신주홍이 불행해지길 가장 간절히 바라는 게 너 아닌가? 개가 행복해질수록 넌 쓸모없어질 뿐이니까. 넌 두려운 거야. 너에겐 그 애 말고는 아무것도 없잖아."

나는 유성에게 달려들어 목을 졸랐다. 주체할 수 없는 분노로 온몸이 팽창하는 듯했다. 벗어나려 안간힘을 쓰던 유성이 내 정강이를 걷어찼다. 가까스로 내게서 떨어져 나간 그가 거친 숨을 몰아쉬며 목을 더듬었다. 나는 다시 그에게 덤벼들었다. 유성은 뒷걸음질치며 방파제 쪽으로 도망쳤다. 그를 뒤따라 뛰어내렸다. 어둠에 잠긴 채로 방파제 밑에서 출렁이는 바다는 흔들리는 땅 같았다. 몸이 가벼운 유성은 들쑥날쑥한 방파제들 위를 가뿐하게 딛고 나아갔다. 나는 휘청거리는 몸의 중심을 가누며 천천히 그에게로 가까워져 갔다. 서두를 필요는 없었다. 어차피 방파제의 끝은 바다였다.

"넌 신주홍을 위해서면 무슨 일이든 할 수 있다고 마음먹고 있겠지. 어떤 일이든 그 여잘 위한 거라면 용납된다고 자신을 속이면서."

방파제 사이의 틈에 낀 나는 겨우 그의 발치에 닿을 수 있었다. 유성은 나를 내려다보며 말을 이었다.

"다른 사람을 사랑하는 게 누군가를 죽인 일에 대한 속죄가 될 순 없어."

그의 목소리가 나의 숨통을 조이는 듯했다.

"해영아, 우리가 여기까지 오게 된 이유는 하나야."

나는 비스듬한 방파제의 경사면을 딛고 올라서려다 멈추었다.

"우린 앤을 죽이고도 아무렇지 않게 살아갈 수 있을 만큼 나쁜 놈들이 못되었던 거야."

나는 그가 방심하고 있는 찰나 팔을 뻗어 다리를 낚아챘다. 유성의 몸이 뒤로 맥없이 기울었다. 있는 힘껏 그의 다리를 끌어당겼다. 그는 엉덩방아를 찧고 미끄러지며 방파제의 시멘트 덩어리로 굴러떨어졌다. 머리가 단단한 시멘트에 부딪혀 둔탁한 소리를 냈다. 그는 얼굴을 찡그린 채 나를 올려다보았지만, 허리를 다친 듯 몸을 움직이지 못했다. 나는 거친 숨을 몰아쉬며 그의 어깻죽지를 잡아끌었다. 유성은 낮게 신음했다. 나는 방파제 끝까지 그를 질질 끌고 갔다.

"넌 예나 지금이나 생각이 너무 많아."

그의 몸을 높이 치솟은 시멘트 위에 올려두고 손을 털었다.

"근데 그거 아냐? 다른 사람들은 네 생각에 별로 관심이 없어."

유성이 가쁘게 숨을 몰아쉬며 나를 올려다보았다. 나는 무심히 그를 내려다보았다.

"기완이가 혼자 잡혀 들어갔을 때, 넌 미안하고 고마웠어? 난 그 새끼

가 못 견디게 한심했어. 미련하게 도망치지도 못하고 허둥대다 잡혀놓고
는 우리 대신 십자가라도 짊어졌다는 듯이 굴었잖아. 지가 제대로 도망만
쳤더라면 일이 그렇게 커지진 않았을 텐데."

나는 방파제 아래를 내려다보며 수심을 가늠해 보았다.

"사실 기완이뿐 아니라 너희들 모두가 우스웠어. 같이 어울려 시시덕
거리긴 했지만 하나같이 한심한 놈들이었지. 뻔히 속보이게 제 잇속만 챙
기려는 재문이나, 자기가 화나면 세상이라도 뒤흔들 수 있을 것처럼 구는
진철이, 늘 남들 하자는 대로 따라만 다니면서 속으로는 온갖 딴생각은
다 품고 있는 역겨운 너까지."

유성이 나를 붙잡으려는 듯 손을 내뻗었다.

"해영아, 너는……."

나는 발끝으로 그의 몸을 굴렀다. 유성의 몸은 방파제 끝으로 떨어져
바닷속으로 사라졌다.

서울로 올라오는 도중 유성의 어머니로부터 여러 차례 전화가 걸려왔
지만 받지 않았다. 휴대전화에 맞춤법이 틀린 문자 메시지가 도착했다.

'유성이 돈 줜니'

나는 메시지를 삭제하고 눈을 감았다. 서울 시내에 접어들었을 무렵 주
홍에게서 연락이 왔다. 그녀는 흥분해 들떠 있는 목소리였다.

"해영아, 지금 어디야? 그 스토커 드디어 잡혔어."

도로는 숨이 막힐 만큼 정체되어 있었다. 앞쪽에서 사고가 난 듯 했다.

"현장에서 잡혔어. 응, 오늘 엔젤나나 광고 촬영 있다고 했잖아. 스튜디

오에 들어와 있는 걸 촬영팀 여자애가 발견했어. 태연하게 스태프 속에 섞여 있었던 거 있지?"

주홍은 분하고 기가 차다는 듯 말했다.

'엔젤나나'는 천연재료를 고집하는 화장품 브랜드였다. 주홍은 3년간 전속모델 계약이 되어 있었다. 스튜디오에 있던 스토커는 스물여섯 살의 남자라고 했다. 스태프 속에서 천연덕스럽게 커피를 마시며 촬영을 지켜보고 있었다. 줄곧 그를 눈여겨보고 있던 여자 스태프가 짐 옮기는 것을 도와달라고 하자 그는 흔쾌히 따라나섰다. 그녀는 남자에게 촬영 콘셉트에 대한 이런저런 농담을 던졌다. 그는 능청스레 대답했으나 촬영 전날 콘셉트가 바뀌었다는 사실을 전혀 모르고 있었다. 스태프라면 모두 전달받은 변경 사항이었던 터라 이상하게 생각한 여자는 동료에게 그 얘길 전했고, 옆에서 듣게 된 주홍의 매니저가 득달같이 달려가 그를 덮쳤다고 했다.

"너도 얼굴을 봤어야 해. 엄청 인상이 좋게 생겨서 무서울 정도였어. 그런 짓을 할 거라고는 꿈에도 생각지 못하게 생긴 사람이라."

"그 새끼가…… 확실해?"

방파제 끝에 쓰러진 채로도 두려운 한 점 없는 눈빛으로 나를 올려다보던 유성의 얼굴이 스쳐 갔다.

"응. 사무실 사람들이 그 사람 집까지 찾아갔는데, 정말 말도 못했대. 원룸의 벽면이며 화장실이 온통 내 사진으로 도배되어 있었다는 거야. 영화에서나 나올 것 같은 장면이잖아. 그 얘길 듣는데 얼마나 소름이 끼치던지. 사진들도 전부 압수했어."

나를 향해 조소를 띤 채 쓸모없는 존재라고 각인시키듯 말했던 유성의 낮은 목소리.

"지금 어떻게 처리할지 의논 중이야. 검찰에 넘기려면 증거 자료를 제출해야 하니까, 사무실에선 되도록 내부에서 해결하려는 것 같아. 스캔들이라도 나면 치명적이니까."

나는 길가에 차를 세웠다. 두 손이 땀으로 미끄러웠다.

"대체 왜 그랬느냐고 물었더니 이유가 참 가관이었어. 뭐라는 줄 알아?"

"……."

"도리어 화를 내면서 자긴 스토킹이 아니라 예술 활동을 한 거래. 일종의 행위예술이라나. 정신이 이상한 것 같지도 않은데 그런 소릴 하더라."

그럴 리 없었다. 어둠 속에서 택시에 치여 나동그라진 그의 얼굴은 분명히 유성이었다. 범인이 유성이 아니었다면 왜 그는 자기가 한 짓이 아니라고 강력하게 부인하지 않았단 말인가. 나는 손끝이 떨려오는 것을 느끼며 숨을 빠르게 몰아쉬었다.

"해영아, 듣고 있어?"

"그래."

주홍은 응어리진 긴장감이 풀려나가는 듯 긴 한숨을 내쉬다가 문득, 말을 꺼냈다.

"유성이가 아니라 정말 다행이야. 그렇지?"

"응."

"사실 네 얘길 들을수록 나도 걔가 범인인 것 같다는 생각이 자꾸 들었거든. 우리가 너무 조바심을 냈던 것 같아. 다른 사람도 아닌 유성이가 그런 짓을 할 리 없다는 걸 뻔히 알면서.”

“네가……”

주홍은 잘 못 들었다며 ‘응?’ 하고 되물었다.

“네가 그 새끼에 대해서 뭘 알아?”

나는 버럭 소리를 질렀다. 그녀는 당황한 듯 말을 얼버무렸다. 휴대전화를 세차게 집어던졌다. 휴대전화는 차 앞유리에 맞고 튕겨 나가 바닥으로 떨어졌다. 유성은 왜 내게 살려달라고 애원하지 않았나. 그는 내가 자신을 밀지 않을 거라 믿고 있었던 걸까. 아닐 것이다. 그는 자신이 아무리 호소해도 내가 동요하지 않으리라는 사실을 알고 있었기 때문이다. 제대로 안다는 것은 바로 그런 거였다.

액정에 금이 간 휴대전화에 몇 차례 더 전화가 걸려오다 끊겼다. 나는 다시 운전대를 잡았다. 혼란스러운 머릿속을 털어낼 필요가 있었다. 유성은 스스로 사고를 자초한 것이다. 어설픈 논리를 들이대며 나를 도발하지만 않았더라면 충동적으로 바다에 떠밀어버리진 않았을 거다. 유성을 떨어뜨린 직후, 곧장 고향 집에 들렀다. 홀로 집에 틀어박혀 있던 동생은 갑작스러운 내 방문에 얼떨떨한 표정이었다. 날벌레들이 날아다니는 집 안에는 시큼한 냄새가 진동했다. 이런저런 시시한 대화를 주고받는 내내 동생은 두 손을 허벅지 사이에 끼운 채 다리를 달달 떨고 있었다. 기름기 낀 긴 앞머리가 눈을 반쯤 가린 채였다. 동생은 어중간한 내 무릎께에 시선을 두고 이야기하다가 흘낏 눈이라도 마주치면 얼른 다시 시선을 떨어뜨렸다. 그런 동생의 모습에 예전처럼 경멸을 느끼지는 않았다. 다만, 생전 처음 보는 사람을 마주하고 있는 듯한 낯섦과 짧은 연민이 일었다. 나는 탕수육을 시켜주고 그가 먹는 것을 잠시 지켜보다가 돌아왔다.

차에 시동을 걸고 액셀을 밟았다. 앞으로 막 나아가는 순간, 비대한 체구의 남자가 골목길 안쪽에서 튀어나왔다. 날카로운 소리와 함께 브레이크가 작동했다. 흠칫 놀란 남자는 손에 든 종이컵을 떨어뜨렸다.

"야, 이 개새끼야!"

남자가 붉어진 얼굴로 소리를 질렀다. 턱밑 살이 출렁였다. 나는 그가 비켜나길 기다리며 잠자코 있었다.

"운전 똑바로 못 해?"

그가 손바닥으로 후드를 내려쳤다. 차체의 충격이 희미하게 몸을 울렸다. 유성이 바다에 떨어지며 일어났던 흰 물보라, 순식간에 그 흔적까지 삼켜버리며 철썩이던 파도소리가 귓가에 철썩였다. 남자는 분이 풀리지 않는다는 듯 연신 욕설을 내뱉으며 다가와 차창을 요란하게 두드렸다.

"너 이 새끼, 내려봐."

차를 출발시켰다. 남자가 차체의 옆면을 있는 힘껏 발로 걷어찼다. 몇 미터 더 나아갈 때까지 그는 차를 쫓아오며 삿대질을 하고 있었다. 나는 차를 세우고 내려섰다. 남자가 기다렸다는 듯 면전으로 걸어왔다.

"싸가지 없는 새끼야. 사람을 칠 뻔했으면 사과를 해야 할 거 아냐? 말 한마디 없이 그냥 내빼면 다야?"

사십 대 초중반쯤 되었을까. 남자는 가늘게 찢어진 눈을 부릅뜬 채 침을 튀겨댔다.

"어라? 이 호로 새끼 봐라. 뭘 잘했다고 눈 파랗게 뜨고 쳐다봐? 너 같은 새끼 벼르고 있었는데 오늘 아주 자알 걸렸다. 임자 만나셨어. 너 여기서 사과할 때까지 한 발짝도 못 움직일 줄 알아."

남자는 요란한 소리를 내며 가래를 돋우어 뱉었다. 무슨 일인가 싶어 사람들이 기웃거리자 그는 더욱 기세등등해졌다. 그는 들으라는 듯 언성을 높였다.

"봐봐, 이거. 아직도 지 잘난 줄 알고 입 벙긋 안 하잖아. 이런 놈이 사람 치어죽이고도 눈 하나 깜짝 안 할 새끼야. 운전 못 하게 팔다리를 부러뜨려야 정신을 차리……."

채 말을 끝마치기도 전에 그는 길바닥으로 나자빠졌다. 나는 쓰러진 그를 일으켜 다시 얼굴을 후려갈겼다. 눈앞에서 시끄럽게 주절거리는 더러운 입을 틀어막고 싶은 생각뿐이었다. 속에서 무수히 많은 물집이 부풀어 터지며 뜨겁고 끈적한 진물을 토해냈다. 서울의 거리 한복판에서 바다 비린내가 밀려왔다. 나를 향해 거침없이 말을 잇던 유성의 목소리가 떠올랐다. 지금쯤 한결 마음을 놓고 있을 주홍의 눈부신 미소가 그려졌다. 만감이 교차하는 가운데 이해할 수 없는 단 하나의 감정만이 마치 잠금장치가 떨어져 나간 화장실 문처럼 벌어진 채 악취를 뿜어내고 있었다. 그것은 유성을 향한 패배감이었다.

남자는 죽는시늉을 하며 바닥에서 일어나지 않았다. 사람들의 웅성거림이 차차 귀에 들어왔다.

"살다 살다 이런 일도 다 보는구만."

진철이 내 앞에 음료수를 내려놓으며 말했다.

"얼마나 깐죽댔으면 이해영이 사람을 다 팼겠냐."

그는 재미있다는 듯 웃어 보였다. 쾡한 얼굴을 일그러뜨린 웃음이 건조
하게 사라졌다. 전보다 살이 많이 빠진 얼굴이었다. 그는 알로에 음료수
를 단숨에 들이켰다.

"그런 새끼들은 합의금이 밥줄이야. 작정하고 덤벼드는 데 휘말리면
안 돼."

진철은 굵은 손마디를 뚝뚝 꺾으며 말했다. 땅딸막한 남자가 복도를 지
나가며 진철에게 아는 체를 했다. 좀 전까지 내 사건을 담당한 형사였다.

"난 또 네가 서에 와 있다길래, 큰일 터진 줄 알고 놀랐지 뭐냐."

진철은 다 마신 음료수 캔을 쓰레기통에 던져버렸다. 몇 대 얻어맞은
남자는 근처 병원에서 전치 2주의 진단서를 끊어왔다. 듣자하니 전에도
비슷한 일로 여러 차례 병원을 들락날락한 단골인 모양이었다. 남자는 합
의금도 필요 없으니 상해죄로 고소하겠다며 길길이 날뛰었다. 형사에게
'형님, 선생님'을 연발하며 통증을 호소하는 그를 상대로 어떤 말도 꺼내
고 싶지 않았다. 나는 진철이 근무하는 지역이 이 근방이라는 것을 떠올
리고 그에게 연락했다.

"거 병원 가봐라. 무좀 걸린 노인네가 원장인데 진료는 안 하고 하루 종
일 발바닥만 긁고 있어. 다 쓰러져가는 병원 창고에다가 침대만 줄줄이
갖다 놓은 게 가관이야. 입원한 놈들 보면 하나같이 그 새끼처럼 합의금
에다 보험금 타 먹으려는 상습범들이지. 사는 게 뭔지, 참."

진철은 목덜미를 쓸어내리며 중얼거렸다. 나는 금이 간 휴대전화 액정
너머로 주홍이 보내온 문자 메시지를 확인했다. 그녀는 왜 화가 났느냐고
묻고 있었다. 집에서 내가 돌아오기를 기다리는 중이라고 했다.

"난 웬 변태 새끼 쫓아다니느라 저녁도 못 먹었네. 혼자 사는 여자 집에 들어가서 몰카 설치해놓고 다니는 또라이가 있어서 말야. 쥐새끼처럼 통 잡히질 않아. 너도 안 먹었으면 같이 가자."

진철이 자리를 털며 일어섰다. 나는 배터리 램프가 깜빡이는 휴대전화를 주머니에 넣고 그를 따라 일어났다.

좁은 삼겹살 가게 안은 기름진 연기가 자욱했다. 진철은 가게 안에 고개를 들이밀고 주문을 넣고는 문밖에 놓인 플라스틱 테이블 앞에 앉았다. 고기와 소주가 날라져 왔다.

"그래, 어떻게 지냈어?"

진철이 빈 잔에 술을 따르며 물었다.

"여전하지. 별 게 있나."

술병을 건네받아 그의 잔을 채웠다. 진철은 시들한 오이를 집어 우적우적 씹었다.

"다른 애들은…… 잘 지내고 있냐?"

"뭐, 그렇겠지. 근데 넌 얼굴이 왜 그래? 어디 아파?"

나는 불판에 고기를 올리며 화제를 돌렸다. 진철이 턱을 긁적였다.

"그 변태 새끼 쫓아다니느라 힘 빼서 그렇지. 얼마 전에 사고가 하나 터져서 눈치 보이는데, 이 새끼까지 못 잡으면 자리 빼게 생겼어."

"무슨 사고?"

"노점상 여자를 죽인 깡패가 하나 있는데, 다 잡아놓은 걸 내가 놓쳤거든."

진철이 쓴 입맛을 다시며 잔을 비웠다. 그는 고기를 집어 몇 번 씹지도 않고 삼켰다.

"아직 안 익었어."

"이씨, 빨리 구워 인마, 배고파서 살아 있는 돼지도 뜯어먹게 생겼다."

낄낄거리던 진철이 휴대전화를 꺼내 들여다보았다. 그는 잠깐 기다리라며 자리를 떴다. 잠시 후 통화를 마친 그가 돌아왔다. 다 익은 고기를 불판 가장자리에 쌓아두었지만, 그 사이 입맛이 떨어졌는지 고기에는 손도 대지 않고 연거푸 술잔만 비워댔다.

"또 일 생겼어?"

"그건 아니고……."

"늦게 들어온다고 제수씨한테 한소리 들었냐?"

나는 천하의 박진철도 마누라 앞에서는 맥을 못 춘다고 농담을 던졌다.

"마누라가 요새 몸이 좀 안 좋아. 지난달에 애를 낳았거든. 예정보다 한참 일찍 나와서 애도 입원해 있어."

진철은 바짝 익어 불판에 들러붙은 마늘 조각을 젓가락으로 떼어냈다.

"뭐야, 언제 애가 생겼어? 몸이 많이 안 좋아?"

"워낙에 약한 체질이라……. 애는 인큐베이터에 넣어놨는데 한동안은 쭉 그렇게 키워야 살 수 있다더라고."

진철의 휴대전화가 다시 울렸다. 그는 수신보류를 시키고 술을 추가로 주문했다.

"제수씨지? 일찍 들어가 봐야 하는 거 아니야?"

나는 그가 내미는 잔을 불편하게 받아들었다. 그는 대답 대신 담배에 불을 붙였다.

"괜찮아. 대금업자 새끼들이야. 돈을 좀 빌려다 썼거든. 어련히 안 갚을까 봐 죽어라 전화질이네, 염병.”

아기가 인큐베이터에 들어가 있을 정도라면 병원비가 만만치 않을 터였다. 전화는 집요하게 울려댔다. 나는 그만 자리를 접고 집에 돌아가자고 말했다.

“별의별 치료며 입원비에 가뜩이나 있던 빚이 이제 숨도 못 쉬게 늘었어. 고작 한 달 사이에 말야.”

그는 밤에 자다가도 전화가 걸려오면 깜짝깜짝 놀란다고 했다. 병원에서 아이가 잘못되었다고 걸려온 전화일까 봐 아내는 전화가 울리면 근처에도 못 가고 벌벌 떤다고 했다. 진철은 가게 안쪽을 물끄러미 응시했다. 환한 실내는 왁자지껄했다. 고기 기름으로 번들거리는 그의 왼쪽 뺨이 움푹 패여 있었다.

“너니까 하는 말이지만 사람 죽인 깡패 새끼 놓친 것도 실수가 아니었어. 그 새끼 작은아버지한테 내가 저금리로 돈을 끌어 썼거든. 조카 놈 딴데로 빼돌릴 동안만 헛다리를 짚어주면 빚은 없던 일로 해주겠다고 하길래……. 같은 팀에 있던 후배 놈이 징하게 철저한 놈이라 결국 깡패 새끼를 찾긴 찾았지. 근데 내가 그거 도망가는 걸 눈앞에서 보고도 반대쪽으로 지시를 내렸어.”

진철은 천천히 고개를 젓더니 다시 입을 열었다.

“아니. 까놓고 말하면 그 깡패 새끼가 우왕좌왕하고 있길래 도망갈 방향을 가르쳐줬지.”

두 어깨가 당기며 피로가 몰려왔다.

“노점상 여자 사고당할 때 같이 장사하던 남편이 옆에 있었대. 다른 가족 없이 세상 둘이 사는 내외였나봐. 남편이 허구헛날 빵이며 과일 사 들고 찾아와서 범인 좀 잡아달라고 하소연이다. 니미, 그 깡패 새끼 여기 뜬지가 언젠데."

진철은 물수건으로 얼굴을 훔치고 내던지듯 테이블 위에 내려놓았다. 그가 나를 바라보았다. 어릴 적부터 눈꼬리가 처져 늘 나른해 보이면서도 어딘가 위협적인 분위기를 풍기던 두 눈이었다.

"근데 후회하진 않아. 그 순간으로 다시 돌아갔어도 똑같이 그 새끼를 도주시켰을 거다."

밤이 늦어서야 삼겹살 가게를 나왔다. 데려다 주겠다고 했으나 그는 기필코 혼자 갈 수 있다고 손을 내저었다. 그는 바지 주머니에 손을 꽂은 채 쉽게 걸음을 떼지 못했다.

"집에 가기가 싫구만. 아픈 마누라는 그렇다 치고. 인큐베이터 속에서 할딱거리는 애를 보고 있으면 숨 막히게 무섭더라."

"뭐가?"

"이게 다 내가 했던 짓들에 대한 벌을 받는 게 아닌가 싶어서."

아파트 입구에서 올려다본 주홍의 방 창문에 불이 켜져 있었다. 나는 집으로 돌아오자마자 쓰러져 잠이 들었다.

다음 날 퇴근길, 운전하면서 주홍이 출연하는 드라마를 봤다. 여주인공이 세간에 이름을 떨치고 의적과의 로맨스가 절정을 이루게 된 드라마는 어느덧 종영을 향해 달려가고 있었다. 주홍의 연기는 날이 갈수록 농익어 갔다. 외모가 화려하기로 치면 기생으로 나오는 다른 여배우들이 도드라졌지만, 주홍이 등장하는 순간 그들의 아름다움은 고만고만한 눈요기 정도로 전락했다. 주홍은 은근하게 화면을 압도했다. 눈빛과 목소리, 몸짓, 어느 하나 요란스러운 것이 없었음에도 눈을 뗄 수 없게 만드는 호소력이 있었다. 매스컴에서는 역시나 높은 시청률을 이끈 인기 작가의 재량과 주홍의 연기력에 대한 감탄을 아끼지 않았다. 얼마 전까지 온갖 이니셜을 갖다 붙이며 스토커의 존재를 확신하던 기사들은 '얼마 전 스토커에 관한 거짓 루머로 시달렸던'이라고 말을 바꾸었다.

집으로 찾아온 주홍은 주방에서 요리했다. 연예인으로 데뷔하기 전에는 자주 그녀가 만든 음식을 함께 먹곤 했었다. 메뉴는 구운 야채와 육회였다. 그녀는 젖은 손으로 파프리카와 아스파라거스를 다듬었다.

"못 보던 귀걸이네."

귀걸이는 작은 물병 모양으로, 예사롭지 않은 크기의 다이아몬드가 물병에 박혀 있었다.

"아까 진철이 얘기를 듣고 생각해본 건데."

그녀는 버터를 자르며 말을 돌렸다.

"내가 좀 도와주면 어떨까 싶어."

나는 식탁 앞에 앉아 그녀의 등을 바라보았다. 주홍이 앞치마에 손을 닦고 찬장을 열어 양념통을 꺼냈다.

"돈이라면 내가 준비해뒀으니까, 너무 마음 쓰지 마."

주홍은 가스레인지에 불을 켜며 나를 돌아보았다.

"많을수록 좋을 거 아냐. 앞으로 들어갈 돈도 꽤 될 테고."

그녀가 만드는 음식은 늘 조금씩 짠 편이었다. 직접 맛을 본 본인도 음식이 좀 짜다며 양념을 줄여야겠다고 다짐했으나, 그 다음번에 내놓는 음식도 영락없이 짰다. 짠 음식을 먹으며 아쉬워하는 그녀의 얼굴을 보고 있노라면 귀엽기 그지없었다.

"직접 보기는 좀 불편하고, 해영이 네가 전해줄래?"

주홍은 덜 익은 야채를 집게로 집어 간을 보았다. 물기 머금은 야채를 씹는 소리가 아삭아삭 울렸다. 그녀는 두 개의 타원형 접시에 야채를 나누어 담았다. 배를 썰어 넣은 육회는 유리그릇에 수북이 담겼다.

"그래서, 할 얘기가 뭐야?"

수저를 들어 된장국 국물을 떠 마시려던 주홍이 "응?" 하고 물었다.

"너 뭔가 할 얘기 있을 때마다 요리하잖아."

어쩐지 음식이 하나같이 간이 잘 맞고 맛이 좋았다.

"역시 넌 모르는 게 없네."

주홍은 귀걸이를 만지작거렸다.

"지금 하는 얘기는 그냥 있는 그대로 말하는 것뿐이니까. 화내지 말아줘. 아직 정해진 건 아무것도 없어."

그녀가 내 눈치를 보며 머뭇거렸다.

"청혼을 받았어."

빠르게 스쳐 가는 얼굴이 있었다.

"설마 오진섭? 그 새끼 결혼했잖아."

주홍이 고개를 저었다.

"그 사람 사촌 동생. 오정욱이라고, 들어봤지?"

그녀는 냉장고에서 찬물통을 꺼내왔다. 이따금 뉴스에서 얼굴을 본 적이 있다. 삼십 대 중반에 제 이름의 사업체와 별경그룹의 지분을 적지 않게 소유하고 있는 남자였다. 그는 불우한 아이들을 대상으로 한 자선단체를 운영하고 있었다. 언론에서는 그를 대기업가의 전형적인 엘리트 코스를 탈피한 소신 있는 인물로 조명했다.

"진섭 씨랑 같이 일하면서, 알게 된 사람이야."

주홍은 변명하듯 아마 집안에서 허락이 떨어지지 않을 거라고 덧붙였다. 집안에서는 아직 아무것도 모르며 오정욱 혼자 그녀에게 마음을 두고 있는 모양이었다.

"말도 안 되는 얘기지, 뭐. 그쪽 집안에서는 따로 결혼상대를 생각해뒀다는데. 워낙 충동적인 데가 있는 사람이라 나도 진지하게 들은 건 아냐."

그녀는 눈을 내리깔며 미소 지었다.

"괜히 선불리 말을 꺼냈다가 곤란해지기만 할 게 뻔하잖아. 그쪽 집안에서 작정하고 날 떼어내려 들면 무슨 일이 어떻게 드러날지 모르는데. 그쪽에서 점찍어 둔 여자는 병원장 딸이래. 집안끼리 굉장히 친한가 봐."

말을 마친 주홍은 잠시 생각에 잠겼다. 의사였던 자신의 부모님을 떠올리고 있을지도 모를 일이었다. 그녀의 핸드백에서 오진섭과 함께 있는 사진을 발견했을 당시와 같은 분노는 일지 않았다. 나는 얇게 썰린 고기의 살점을 입에 넣고 씹었다.

주홍이 내게 남자 이야기를 꺼낸 건 처음이 아니었다. 과거에도 두 번, 그녀가 좋아했던 남자가 있었다. 한 번은 이십 대 초반 때였고 두 번째는 연예인 준비를 하기 반년쯤 전이었다. 그녀가 누군가를 좋아한다는 사실은 매번 그녀 자신보다 내가 먼저 알아챘다. 주홍이라는 존재조차 모르던 그들을 그녀에게 매달리게끔 하기까지 나는 여러 방법을 동원했다. 그리 어려운 일은 아니었다. 숫자 사이에 계산 부호를 넣듯 적당한 시점에서 그들의 질투심을 자극하고 허황된 상상을 부풀리게끔 상황을 연출했을 뿐이다. 아무것도 모르는 주홍은 설렘을 안고 그들과 연애를 시작했지만 두 번 다 오래가지 못한 채 관계가 끝나고 말았다. 헤어진 후 슬퍼하거나 속상해하는 모습은 보지 못했다. 담담한 얼굴로 내 어깨에 기댈 뿐이었다.

스무 살 무렵 주홍과 나는 서울의 내 자취방에서 일 년 남짓 함께 지냈다. 그녀의 이모는 서울에 가려거든 막진 않겠지만, 땡전 한 푼 줄 수 없으니 알아서 살라는 식이었다. 나는 대학에 들어갈 때 그녀를 데리고 올라왔다. 찌는 듯한 여름날, 학교에서 스터디를 마치고 돌아오니 주홍이 싸구려 선풍기 앞에 앉아 땀을 뻘뻘 흘리며 아르바이트 구인지를 넘겨보고 있었다. 나는 그녀를 데리고 한강 유수지의 야외수영장에 갔다. 늦게 간 탓에 자리가 없어서 우리는 돗자리도 깔지 못한 채 철책 바로 아래 걸터앉아 있어야 했다. 풀장에 색색의 튜브와 비치볼이 떠다니고 있었다. 주홍은 내가 수영장에 딸린 가게에서 사준 수영복을 입었지만 부끄러운지 수건으로 몸을 가린 채 좀처럼 일어나지 않았다. 우리는 풀장에서 수영하는 사람들을 구경하며 해가 지도록 앉아만 있었다. 저녁 무렵이 되고 물놀이에 지친 사람들이 눈에 띄게 풀장을 빠져나갔다. 폐장 시간이 가까워지자 풀장은 두어 명의 사람들이 헤엄치고 있을 뿐 한산해졌다. 주홍은 그제야 자리를 털고 일어나 내 손을 끌고 풀장 가까이 다가갔다. 먼저 조심스럽게 계단을 내려가 물속에 몸을 담근 그녀는 볕에 타서 발갛게 익은 얼굴을 들어 활짝 웃었다. 한창 더울 때 놀 것이지 선선해져서 무슨 물놀이란 말인가. 나는 무리 지어 어울리는 사람들에게 괜히 주눅이 들어 있던 그녀의 소심함이 한심했다. 내가 물속으로 들어가자 주홍은 멀찍이 있다가 물을 밀며 헤엄쳐 왔다. 그녀는 신이 나 하면서도 추위에 이를 딱딱 맞부딪치며 내 팔에 매달렸다.

"해영아, 넌 나랑 있으면 행복하니?"

나는 말없이 물속을 걸었다.

"난 행복해. 너 없인 못살 것 같아."

그녀는 내가 말이 없자 슬그머니 눈치를 보며 입술을 물었다.

"대학교에는 예쁜 여자애들 많지? 혹시 좋아하는 애 없어?"

"쓸데없는 소리 하지 마."

"미안. 가끔 궁금해져서. 우리가 무슨 사인지."

주홍은 내게서 몸을 떼고 조금 앞까지 헤엄쳐 나갔다. 뒤에서 그 모습을 지켜보던 나는 잠시 움칠했다. 주홍이 지나간 물속에 옅은 붉은 기가 번졌다. 손으로 물을 휘젓자 희미한 붉은 기는 금세 사라졌다. 그러고 보니 그녀가 말했던 생리 날짜가 가까워져 있었다. 나는 주변을 둘러보았다. 풀장 안의 사람들은 조금 떨어진 곳에서 공놀이하고, 돗자리 위에서 몸을 말리던 사람들은 사진을 찍는 중이었다. 주홍은 어린아이처럼 한껏 들떠 더 깊은 곳으로 나아가고 있었다. 망설이던 나는 이윽고 그녀의 뒤를 따라 물장구를 치며 붉은 기를 지워나갔다. 주홍이 멈추어 서서 저녁 하늘을 구경하고 있는 동안에도 나는 계속해서 물보라를 일으키며 그녀의 주변을 맴돌았다. 아직 환한 여름의 저녁 하늘에는 태양과 달이 모두 떠 있었다.

주홍이 빈 그릇을 개수대에 놓고 식탁을 훔쳤다.

"너한테 결혼은 안 어울려."

내 말에 그녀는 잘 듣지 못했다는 듯 의아한 표정을 지어 보였다.

"못 버틸 거야."

"내가 결혼하는 게 싫어?"

나는 입을 닦고 자리에서 일어났다.

"아니. 그런 건 어떻든 상관없어."

주홍이 결혼한다고 해서 아무것도 달라질 건 없다. 우리의 관계는 그대로 지속될 것이며 나는 변함없이 그녀를 돌볼 생각이었다. 다만, 아직은 때가 아니라고 여겼다.

"어서 오세요."

진철의 아내는 어색한 웃음으로 나를 맞이했다. 그녀는 체구 좋은 진철에 비해 마냥 작고 마른 여자였다. 그러나 왜소한 체구에도 진철의 말만큼 허약하다는 느낌을 받진 못했는데, 억세 보이는 인상 때문이었다. 가무잡잡한 피부에 한쪽 눈에만 쌍꺼풀이 진 그녀는 광대뼈가 유독 도드라져 고집스러워 보였다. 평소에도 미간을 항상 찡그린 채 인상을 쓰고 있는 상이었다. 내가 반지하 방의 현관에서 신발을 벗는 동안 그녀는 진철을 팔꿈치로 찔러댔다. 밖에서 만나지 왜 집까지 불렀느냐며 소리 죽여

편잔하는 게 마치 나도 들으라는 듯한 태도였다. 몇 해 전 처음으로 두 사람이 함께 있는 걸 보았을 때 나는 둘이 다투는 줄로 오해했었다. 진철의 아내는 말투가 사나운 데다 말이 빠르고 경박스러워서 듣고 있는 사람으로 하여금 신경을 곤두서게 했다. 여러모로 지겨운 여자였지만 진철과 함께 있는 모습을 보면 묘하게 잘 어울렸다.

진철네는 주방이 붙은 거실을 부엌으로 사용하고 큰방을 거실처럼 쓰고 있었다. 방에 들어가 앉자 그의 아내는 잽싸게 따라와 곁에 앉았다. 그녀는 벌레를 잡는 척하며 진철과 나를 힐끔거렸다.

"가서 주스라도 가져와."

보다 못한 그가 한마디 하자 그녀는 코웃음을 쳤다.

"주스가 뭐래? 보리차도 떨어져서 수돗물 끓여 맹물 먹는 판에."

"내올 거 없으면 좀 나가 있기라도 해. 먼저 병원에 가 있던지."

"아유, 무슨 비밀 얘길 하시려고 그런데? 나 없다 생각하고 얘기하지."

진철이 눈을 부릅뜨며 혀를 차자 그녀는 질세라 눈을 흘기며 방을 나섰다.

"뭐 대단한 얘길 하겠다고. 그럴 시간 있으면 밖에 나가서……."

쾅, 닫히는 요란한 방문 소리에 그녀의 뒷말이 잘려나갔다. 지난 장마의 피해인지 천장에서부터 벽면 한 귀퉁이가 곰팡이로 뒤덮여 있었다. 아래쪽은 벽지를 뜯어놓아 시멘트벽이 고스란히 드러났다. 벽 앞의 텔레비전 위에는 초음파 사진이 담긴 액자가 놓여 있었다.

"마누라가 애 낳고 예민해져서."

진철은 혼잣말처럼 중얼거렸다.

"그래, 할 얘기라는 게 뭐냐?"

내가 주머니에 손을 넣는 순간 진철은 막 떠올랐다는 듯 말을 이었다.

"참, 너 재문이 결혼한 거 알고 있었냐?"

"결혼했대?"

진철은 텔레비전 옆의 재떨이를 끌어당겼다. 장판 곳곳에 담뱃불이 떨어진 구멍이 까맣게 뚫려 있었다.

"응. 나도 다른 구역에서 일하는 놈한테 전해 들었어. 그 자식 결혼한 집안이 보통이 아니라더구만. 재문이네도 땅 투기해서 돈 엄청 끌어모았잖아. 근데 그 여자네 비하면 새 발의 피래. 엄청 요란하게 결혼식 치른 모양이더라. 새끼, 우리한테는 말 한마디 없이."

진철은 괘씸하다는 얼굴로 담뱃재를 떨었다.

"참 세상이 엿 같지. 똑같이 사람 죽여 놓고도 어떤 놈은 잘 먹고 잘 살고, 안 되는 놈은 평생 개죽이나 쑤고 있고."

진철은 방바닥에 떨어진 재를 손바닥으로 쓸어냈다. 말을 뱉고 나자 더욱 속이 끓었는지 그는 눈을 가늘게 떴다.

"까놓고 말해서 똑같다고 할 수도 없지. 재문이 그 자식은 우리보다 더 소름 끼치는 놈이잖아."

그가 슬쩍 내 얼굴을 쳐다보았다.

"그 일, 너도 알지?"

나는 주머니에서 손을 떼고 자세를 고쳐 앉았다. 그는 이거 다 알면서 왜 이러냐는 듯 실없이 웃다가 천천히 표정을 거두었다.

"난 너라면 당연히 알고 있을 줄 알았는데."

그는 당황한 기색을 감추지 못하고 수염이 돋은 턱을 매만졌다. 진철이 방문 쪽을 힐끔 돌아보더니 목소리를 낮추었다.

"왜, 청주에 갔던 날 있잖아. 기완이가 죽은 노인네 파묻으라고 시켰던."

나는 그가 더 구체적으로 말하는 것을 막기 위해 고개를 끄덕였다.

"이제 와 하는 말이지만 그때 네가 멍석을 깔아준 거나 마찬가지잖아. 산길이라 사람도 없겠다, 기완이는 술에 취해 뻗었겠다, 더 협박당하기 싫은 놈 있으면 알아서 처리하라고 눈치 준 거 아니었냐?"

심중을 떠보려는 그의 말투에 동요하지 않고 침묵을 지켰다.

"서울 코앞까지 왔다가 차를 돌렸어. 아무래도 안 될 거 같아서 놈을 죽이러 간 거지. 그땐 그럴 수밖에 없었어. 마누라가 그때 이미 임신해 있었거든."

산길로 들어서려던 진철은 다른 라이트 불빛이 앞서 비탈진 길을 오르는 것을 발견했다. 그는 차의 시동을 끄고 내려서 어두운 길을 걸어 올라갔다. 몸을 숨기며 가까스로 승용차를 따라잡았다. 차는 좁은 산길 한가운데 정지해 있었다. 차는 포효하기 직전의 짐승처럼 그르렁거렸다. 바퀴가 요란한 마찰음을 내며 굴렀다. 승용차는 급속으로 산길을 내달렸다. 짧은 충격음과 함께 묵직한 포댓자루가 떨어지는 듯한 소리가 울렸다. 멀리까지 나아가던 차가 끼익 멈추었다. 이어 차는 후진하기 시작했다. 차체가 높아졌다가 덜컹거리며 길 위로 내려앉았다. 과속방지턱을 넘듯 승용차는 몇 차례 더 전진과 후진을 반복하며 길바닥에 떨어진 것을 밟았다. 진철이 마지막으로 본 것은 승용차가 위쪽 공터에서 방향을 돌려 내려오며 다시 한 번 기세 좋게 그것을 들이받은 장면이었다. 그것은 비스듬히 튕겨 올라 길 가장자리로 곤두박질쳤다.

"나 같으면 부리나케 현장에서 사라질 텐데 그 자식은 내려서 차 범퍼를 확인하고 뭐 묻은 것까지 깨끗하게 닦아내고 돌아가더라. 하긴, 재문이 놈은 어렸을 때부터 여간 철두철미한 게 아니었지."

진철은 라이터 모서리로 장판을 두드렸다.

"사람 마음이 참 간사해. 나도 죽일 마음으로 거기까지 간 거였으면서도 막상 재문이가 놈을 죽이는 걸 목격하니까 살인자 소리가 절로 나오는 거야……. 기완이 발인하는 날 아침에 잠깐 들렀어. 니들이 왔을까 궁금해서."

"나는 다녀왔어. 유성이도 봤고."

유성의 이름을 말하며 그 얼굴을 떠올리지 않기 위해 노력했다. 아마도 재문만 가지 못했을 것이다.

"장례식장에서 못 봤냐? 재문이 자식 못 온 대신 화환을 보냈어."

여러 단으로 치장된 고급스러운 것으로 식장에 배달된 유일한 근조 화환이었다고 했다. 진철은 기완의 동생에게 고맙다는 인사를 받았다.

"화환을…… 우리 모두의 이름으로 보냈더라."

나는 곧 진철의 집을 나섰다. 주머니 속에 돈 봉투는 그대로 있었다.

경사진 골목길을 내려오다가 걸음을 멈추었다. 운동화의 끈이 풀어져 있었다. 허리를 수그리다가 문득 옆을 돌아보았다. 사내아이 두 명이 담벼락 아래 앉아 빵을 나눠 먹고 있었다. 노란 카스텔라 덩어리가 손에 엉겨 붙자 말끔히 빨아먹었다. 둘은 사이다 캔을 주거니 받거니 나누어 마시며 내가 운동화 끈 묶는 모습을 구경했다. 로봇이 그려진 슬리퍼 아래

발가락이 새까맸다.

"진철아, 있냐?"

열여섯의 나는 고물상 앞을 기웃거리며 진철이를 불렀다. 바람이 선선한 가을밤이었다. 여덟 시가 조금 넘은 무렵이었을까. 그 시간대에는 진철의 아버지가 술을 마시러 나가서 녀석이 고물상을 지키고 있는 때가 잦았다. 나는 보조가방을 옆에 끼고 고물상 앞을 어슬렁거렸다. 머지않아 뒷문에 나가 있던 진철이 때 묻은 앞치마를 두르고 목장갑을 낀 채 밖으로 나왔다.

"뭘 새삼 부르고 그러냐. 그냥 들어오지."

그는 씨익 웃으며 말했다. 아버지가 어머니를 타박하느라 집안이 시끄러운 날이면 나는 공부할 책을 챙겨 들고 집을 나왔다. 처음에는 딱히 갈 곳이 없어 헤매다가 찾은 곳이 진철이네 고물상이었다. 그는 가게 구석에 내 전용 책상이라며 공간을 내주었다. 드럼통을 뒤집어 책상 삼고 나무상자를 쌓아 의자를 만든 자리였다. 녀석은 고물을 정리하고 나는 드럼통 위에서 문제집을 풀거나 책을 읽었다. 배가 고프면 버너에 물을 끓여 함께 라면을 먹었다.

진철은 고물상 일을 끝마치고도 열한 시 이전에는 집에 들어가지 않았다. 녀석의 형 때문이었다. 성격이 급해서 허구헛날 사고를 일으키는 진철과 달리 그의 형은 침착하고 냉정한 성격이었다. 성적도 우수해 전교 일등을 도맡아 했고 전국 규모의 경시대회에서 상을 받아오기도 했다. 형과 한방을 쓰는 진철은 그가 공부하는 데 방해될까 봐 집보다는 고물상에서 죽치고 있는 편이었다.

"너 거기서 공부하면 허리 안 아프냐?"

하루는 드럼통 위에 문제집을 펼쳐놓은 내게 녀석이 물었다.

"뭐, 괜찮은데."

"내가 책상 구해다 줄까?"

"고물 들어올 데 있어?"

진철은 흥미진진한 얼굴로 싱글거리기만 했다.

며칠 후 저녁 고물상을 찾아갔을 때 드럼통이 있던 자리에는 학교에서 쓰는 나무 책상과 걸상이 놓여 있었다.

"이건 어디서 났어?"

어느 한구석이 부서진 데가 있을지도 모른다는 생각에 조심스레 의자에 걸터앉으며 물었다.

"훔쳤어."

"뭐야?"

진철은 대수롭지 않다는 듯 콧노래를 흥얼거렸다.

"학교엔 쌔고 쌘 게 책상인데 뭘. 하나 슬쩍 했지."

내가 못 미더운 얼굴로 바라보자 녀석은 신경 쓰지 말고 공부나 하라는 듯 손짓을 했다.

"인마 네가 홍길동이냐?"

내 말에 진철이 실실거렸다.

"더 좋은 걸 보여줄까?"

녀석은 고물 틈에서 넙대대한 나무 주걱을 꺼냈다. 사십 센티가량 되는 낡은 주걱은 학생주임이 회초리 대신 들고 다니는 것이었다. 진철은 주걱으로 제 허벅지를 툭툭 때렸다.

"전부터 이게 되게 갖고 싶었거든. 책상 서랍에 넣어서 같이 들고 왔다."

"그건 뭐에다 쓰려고 훔쳤냐?"

나는 엉뚱한 그의 행동에 혀를 내두르며 물었다. 그러자 그는 뻔하지 않으냐는 듯 날아다니는 파리를 잡는 시늉을 해 보였다. 나는 어째서 그런 쓸데없는 걸 들고 오느라 밤중에 학생부실에 잠입하는 모험까지 감행했는지 이해가 되질 않았다.

대수롭지 않은 척하던 진철은 다음 날 학생부실에 불려 가 치도곤으로 얻어맞았다. 학생주임의 주걱을 당당히 학교에 들고 가 휘두르다가 교사의 눈에 발각된 것이었다. 점심시간에 불려 간 녀석은 5교시 수업 중간 무렵이 되었을 때서야 엉덩이를 문지르며 교실로 돌아왔다. 녀석이 학생부실에 끌려가는 건 자주 있는 일이라 다들 그러려니 하고 넘겼다.

그로부터 얼마 지나지 않았을 때의 일이었다. 기말고사를 앞두고 교무실에 보관되어 있던 화학 시험지가 사라지는 사건이 발생했다. 주임이 담당하는 교과목이었다. 학교에서는 보관서랍의 잠금장치를 어설프게 부수어 연 것으로 보아 학생의 소행일 거라고 확신했다. 주임은 두말할 것 없이 진철을 범인으로 의심했다. 정말 그가 훔쳤다고 생각했던 건지, 시험지를 분실한 자신의 과실을 덮기 위해 한시 빨리 책임을 전담할 학생이 필요했던 건지는 알 수 없었다. 녀석은 학생부실로 끌려가 온종일 추궁을 당했다. 우리는 학교 운동장 벤치에 앉아 녀석이 나오기를 기다렸다. 어둑해져서 풀려난 진철이를 데리고 학교 옆 분식 포장마차로 갔다.

"설마 진짜 너는 아니지?"

재문이 떡꼬치를 먹는 진철을 툭 건드리며 장난스럽게 물었다.

"나였더라면 서랍을 부수느니 통째로 들고 나왔을 거다."

진철이 싱겁게 웃으며 말했다.

그날 저녁, 나는 진철이네 고물상을 찾았다. 녀석은 화면이 흔들리는 텔레비전을 두드리며 스포츠뉴스를 보고 있었다.

"범인이 누군지 알고 있어."

진철은 그깟 일이 별거냐는 듯 말했다.

"삼 반의 황정혁 알지?"

모델이 되겠다고 서울의 소속사에 줄기차게 사진을 보내는 녀석이었다. 볼품없는 체구에 얼굴에는 여드름 흉터가 수두룩했다. 그는 얼마 전 머리 길이 때문에 교문 앞에서 승강이를 벌이다가 주임에게 머리를 밀린 일이 있었다. 이마에서부터 정수리까지 고속도로가 생겨 가뜩이나 못생긴 두상이 더욱 적나라하게 드러났었다.

"그럼 사실대로 얘기하지그래?"

텔레비전 화면이 다시 지지직거리자 진철은 기우뚱한 안테나를 바로 잡았다.

"뭐하러 그러냐?"

"오늘도 종일 시달렸잖아."

그러자 진철은 낄낄거리며 웃었다.

"학생부실에 끌려간 거 땜에 그러냐? 한두 시간은 주임이 좀 귀찮게 굴긴 했지. 솔직히 털어놓으라고 어르고 달래고. 근데 너 수업시간 중의 학교가 얼마나 조용한지 아냐? 꼭 텅 빈 거 같아. 주임도 지쳤는지 어느 순간부턴 암말도 없고. 둘이서 조용히 학생부실에 앉아 시간을 때웠어. 창밖 볕이 좋아서 나른하더라. 나도 모르게 좀 졸았는데 주임이 보고도 잠자코 있더라고."

녀석은 이미 수차례 테이프로 둘둘 감아놓은 안테나에 새 테이프를 붙여 방향을 조정했다.

"네가 혼나는 걸 알면서도 입 다물고 있는 황정혁이 괘씸하지 않냐?"

뱁새 같은 눈으로 어울리지도 않는 거만한 눈빛을 띠고 다니는 정혁은 주는 것 없이 미운 놈이었다. 진철이 턱을 긁적였다.

"그 생각은 못했네. 아아, 출출하지 않냐? 라면이나 먹을까?"

진철은 마냥 태평스러웠다. 버너를 꺼내 물을 올리던 녀석이 문득 진지한 얼굴로 입을 열었다.

"황정혁이 진짜 모델이 될 수 있을까?"

"갑자기 뭔 소리야?"

"왜 그런 거 있잖냐. 유명 연예인 되면 과거 친구들 찾아다니면서 학창 시절 일도 물어보고 하는 거. 나중에 그런 데서 날 찾아오면, 그땐 사실대로 다 털어놔야지. 밝히기 싫다면 내 입막음 좀 단단히 해야 할 거다."

나는 대단한 타임머신 나셨다고 핀잔하며 라면 봉지를 뜯었다.

범인이 진철이라는 증거는 없었지만, 교사들은 하나같이 그를 시험지 도둑 취급했다. 그러나 불확실한 단정이 그리 오래가지는 못했다. 진범이 황정혁이라는 게 밝혀졌던 것이다. 누군가 주임에게 사실을 털어놓았다. 바로 나였다. 진철을 위해서 한 짓은 아니었다. 마치 숨겨진 영웅이라도 된 듯 거들먹거리며 다니는 황정혁이 가소로웠기 때문이었다. 머리 나쁜 녀석이 한 짓에 학교 전체가 들썩거리는 게 볼썽사나웠다. 덕분에 진철은 학생들 사이에서 친구를 팔아넘기지 않은 입 무거운 놈으로 인정받았다. 다른 녀석들이 칭찬하는 기준에 맞추어 진철은 점점 우정밖에 모르는 의리파로 자신의 이미지를 굳혀갔다. 학생들 사이에서 정의롭지 못한 일이 생겼다 싶으면 제 발로 나서서 주변이 잠잠해지도록 큰 소리를 냈고, 식당일을 돕느라 무리에서 자주 빠지는 기완에게 친구도 가족과 같다고 누누이 강조하곤 했다. 나는 그의 가장 친한 친구 중 한 명이었으므로 나쁠 것은 없었다. 다만, 좀 시시했을 뿐이었다.

내려온 길을 되돌아 올라가 진철의 지하방 앞에 다다랐다. 현관문이 열려 있었다. 나는 뒷주머니에서 봉투를 꺼내 들었다. 문손잡이를 열려는 찰나 진철의 아내가 다그치는 소리를 들었다.

"진짜야? 누굴 묻고 누굴 죽였다는 거야? 이 진상, 왜 나한텐 한마디도 안 했어?"

"소리 좀 낮춰, 이 여편네야!"

"재문이란 사람이 그 잘산다는 친구 맞지? 아이고, 세상 무섭네, 무서워."

라이터 부싯돌 맞부딪치는 소리가 들려왔다. 잠시 정적이 흘렀다.

"그래서 당신은 뺑소니치는 거 구경만 하고 있었어? 그래, 경찰이라는 사람이? 증거 같은 건 안 챙겼어?"

여자의 목소리가 어두침침한 달빛에 드러난 뱀 허리처럼 비늘을 빛냈다.

"뭐……. 핸드폰으로 사진 좀 찍긴 했는데 컴컴해서 아무것도 안 보여."

진철이 기세 꺾인 목소리로 중얼거렸다.

"당신 경찰 맞아? 요즘 기술이 얼마나 좋은데 그거 하나 확인 못 할 줄 알고?"

"영화를 너무 많이 봤구만."

진철이 기가 차다는 듯 코웃음을 쳤다. 두 내외의 대화는 정작 발을 담가야 할 호수의 주변을 빙빙 맴돌듯 소모적인 감정싸움으로 이어졌다.

"그리 친한 친구면 가서 돈이라도 좀 빌리지 그랬어? 그쪽서는 당신한테 쥐 씨알만큼도 관심이 없는데 혼자 친구 타령하기 바쁘지? 아유, 이 답답한 인간. 실속이라고는 개를 줄래도 없는 인간."

그녀가 빽 소리를 내질렀다. 진철이 질세라 그녀를 윽박질렀다. 그런데 어째서일까. 얼핏 들어서는 살벌하기 그지없는 둘의 대화 속에, 언제부터인가 묘한 유대감이 흐르고 있었다.

"빌려달라면 주고도 남을 놈이야. 내가 자존심 때문에 안 찾아간 거지."

진철의 말에 아내는 한풀 누그러진 목소리로 되물었다.

"정말? 당신 말마따나 있는 놈들이 더 벌벌 떠는 법이잖아."

"말조심해. 우리가 몇 년 친군데. 당신네 여자들 계 모임하고는 수준이 다르다고. 내일이라도 가서 빌려 올 테니까 기다리고 있어."

아내는 반색하며 그럴 수 있겠느냐고 물었다. 진철은 마치 자신이 따로 모아둔 돈을 끌어오기라도 하듯 거드름을 피웠다. 나는 들고 있던 봉투를 도로 주머니 속에 넣었다. 발소리를 죽여 계단을 올라왔다.

드라마 최종회 촬영을 마친 날, 주홍은 과로로 쓰러졌다. 그녀는 반나절 동안 병원에 입원해 있다가 집으로 돌아왔다. 나는 집까지 쫓아와 그녀를 돌보던 사무실 사람들이 돌아가고 난 후 주홍의 집으로 올라갔다.

주홍은 손등으로 얼굴을 가린 채 누워 있다가 부스스 일어났다. 바닥에 떨어진 가방 속에서 반으로 접은 종이를 꺼내 건넸다. 여배우 S양에 대한 기사문이었다. 기사는 그녀의 남자관계에 대해 언급하고 있었다. B그룹의 자제들 사이를 오가며 관계하는 문란함과 더불어 그녀가 한몫 챙기기 위해 계획적으로 B그룹 후계자에게 접근하고 있다는 내용이었다. 그뿐만 아니라 스토커 사건을 다시금 끄집어내 부스럼을 만들고 있었다. 스토커가 생기게 된 건 전적으로 그녀가 처신을 잘못하여 만만하게 보였기 때문이라고 했다. 기사는 주홍이 평소 남자들에게 하도 교태를 부리고 다니는 탓에 친한 여자연예인이 없다는 식으로 억측하고 있었다. 찬찬히 읽어 내려가던 나는 뒷부분에 이르러 숨을 멈추었다.

'그런가 하면 S양은 고향 친구이자 오랜 연인 사이인 이 모 씨와도 관계를 유지하고 있다. 두 사람은 같은 아파트에 살며 동거하다시피 하고 있는 것으로 밝혀졌다. 이 모 씨는 현재……'

나와 관련된 글은 네댓 문장쯤 되었다. 주홍은 싸늘한 얼굴로 거울을 들여다보았다.

"경고야."

그녀는 흐트러진 머리칼을 한데 모아 묶었다.

"정욱 씨네 약혼녀 집안에 내 얘기가 들어갔나 봐. 정작 정욱 씨네 쪽에 선 날 별로 신경 쓰지 않는데……. 여자 집안에서 뒷조사했어."

나는 이미 읽은 문장을 수차례 더 되풀이해서 보았다.

"마음만 먹으면 더한 것도 알아낼 수 있는 사람들이야."

주홍은 가볍게 몸서리를 치며 말을 이었다.

"정말 이렇게까지 나올 줄이야."

그녀의 체념하는 듯한 말투가 아둔하기 그지없어서 나는 웃음을 터뜨리고 말았다. 거울 속에 나를 힐난하듯 바라보는 주홍의 얼굴이 비쳤다.

"더 이상 오정욱과 엮이지 않으면 돼."

나는 침대 위에 종이를 던져놓으며 말했다. 한바탕 소란이 가시기 무섭게 구질구질한 스캔들이라니. 기껏 안전한 요람을 만들어놓았건만 주홍은 더러운 땅 위를 내딛으려 하고 있었다. 지금껏 그녀가 원하는 것이라면 뭐든 이루도록 도와왔지만, 이번만큼은 일이 잠잠해질 때까지 손을 놓고 지켜볼 생각이었다. 주홍을 위해서였다.

방을 나서려 할 때였다.

"싫은데."

나는 귀를 의심했다. 그녀는 가느다랗지만 분명한 목소리로 반복해서 말했다.

"싫어. 그 사람 옆에 있고 싶어."

주홍을 향해 손을 내뻗으려던 나는 실소를 터뜨리고 말았다. 그녀는 단호함을 넘어서 비장하기까지 했다. 장난감을 빼앗기기 싫어 있는 힘껏 주먹을 쥐고 입을 앙다문 어린아이 같았다.

"이번 일은 이미지에 치명적일 수 있어."

나는 그녀를 달래듯 말했다.

"그 정도는 감수할 수 있어."

"너처럼 겁이 많은 애가?"

흘러내린 주홍의 머리칼을 쓸어 귀 뒤로 넘겨주었다. 그녀의 손이 뿌리 치듯 내 손등을 밀쳐냈다. 나는 얼굴이 빠르게 굳어오는 것을 느꼈다.

"좀 쉬고 나중에 얘기하자."

격해지려는 마음을 애써 가다듬으며 말했다. 주홍이 바닥에 떨어져 있던 가방을 주워들었다. 나를 비켜 지나치려는 그녀의 손목을 움켜쥐었다.

"어디 가?"

"정욱 씨랑 얘기해봐야겠어."

나는 주홍을 침대 위로 떠다밀었다. 그녀는 낮은 비명을 삼키며 맥없이 나동그라졌다.

"떼쓰는 것도 정도껏 해. 솔직히 너 지금 오정욱 때문에 이러는 거 아니 잖아."

그녀는 나를 노려보았다.

"나한테 뭔가 마음에 안 드는 게 있으니까, 괜히 오기 부리는 거 아냐?"

침대 모서리에 걸터앉아 그녀의 발을 가만히 잡았다. 보드라운 발이 얼음장처럼 차가웠다.

"왜 내가 하는 모든 게 너랑 관련이 있다고 생각해?"

주홍은 증오에 찬 눈길로 나를 올려다보았다.

"내가 널 잘 아니까."

　나는 몸을 일으키려는 주홍의 어깨를 짓눌러 쓰러뜨렸다. 주홍이 겁에 질린 표정을 숨기려 가쁘게 숨을 몰아쉬었다. 낮은 목소리로 천천히 그녀에게 말했다.

　"그 새끼가 진심으로 접근하는 것 같아? 방송에 나오고 좀 유명해지니까 대단한 인간이라도 된 것 같지? 그런 탐욕스런 새끼가 너 하나로 만족할 수 있을 것 같아? 데리고 놀다 버리면 너만 망가지는 거야."

　"놔 줘."

　"이런 식으로 예전 일이 다 까발려지기라도 하면 어쩔 건데?"

　"그 얘기가 왜 나와? 기완이도 없는데 지금 와서 밝혀질 게 뭐 있어."

　주홍이 몸부림치던 것을 멈추며 자조적인 미소를 지었다.

　"아니면, 네가 말하게? 날 협박이라도 할래? 애초에 그럴 생각이었던 거 아냐?"

　나는 있는 힘껏 그녀의 뺨을 후려쳤다. 열어놓은 창문 틈으로 바람이 불어와 커튼 자락이 나부꼈다. 주홍은 뺨을 움켜쥔 채 침대 시트 위에 얼굴을 묻었다.

　"너 같은 병신이 나 없이 뭘 할 수 있어?"

　그녀를 일으켜 세워 윽박질렀다. 주홍의 몸은 힘없이 흔들렸다.

　내가 그녀에게 줄 수 없는 유일한 건 이 세상에 존재하지 않는 것이다. 나는 주홍이 원하는 거라면 무엇이든 손에 넣을 수 있도록 해주었다. 상황 파악에 서투르고 세상 앞에서 쩔쩔매기만 하던 계집아이를 누구에게도 무시당하지 않게끔 보호해 온 것이다. 그러나 그녀는 여전했다. 알게 된 지 얼마 되지 않은 남자가 자신을 지켜줄 수 있다고 믿는 어리석음이라니. 이런 모자란 부분이야말로 내가 계속 그녀의 곁에 있어야 한다는 증거였다. 주홍의 붉어진 뺨이 적신호처럼 나를 향해 있었다.

"우리 더 이상 만나지 않는 게 좋겠어."

그녀는 사납게 노려보는 내 눈빛을 피하지 않은 채 무덤덤하게 나를 응시하며 말을 계속했다.

"누가 뭐래도 나는 정욱 씨랑 결혼하게 될 거야. 우린 네가 아는 것보다 더 진지한 사이거든. 하지만……."

입술을 물고 있던 그녀가 안타까운 듯 중얼거렸다.

"혹시 해영이 네가 떠날 준비가 안 됐다면 조금은 기다려 줄 수 있어."

나는 주홍의 머리칼을 움켜쥐었다. 주체할 수 없이 흘러넘치는 분노 때문에 손이 부들부들 떨려왔다. 주홍의 얼굴이 천장을 향해 꺾였다. 그녀가 질끈 눈을 감았다, 떴다. 두 눈동자는 여느 때와 달리 두려움에 침몰당하지 않은 채 침착하게 허공을 향해 떠 있었다. 손의 힘을 스르르 풀었다. 고동색의 머리카락 몇 올이 손바닥에 붙어 있었다. 나는 쏟아져 있는 그녀의 가방을 주워 테이블 위에 올려두었다.

"촬영하느라 수고했어. 종영하고 나면 여기저기 출연 의뢰가 들어올 것 같은데, 예능 쪽은 적당히 골라서 나가자. 오늘은 그만 쉬어."

주홍의 집을 나섰다. 그녀가 닫히려는 현관문을 밀며 뒤쫓아 나왔다.

"다음 주에 집 옮기기로 했어. 어딘지는 말하지 않을게."

나는 뒤돌아보지 않은 채 계단을 내려왔다. 등 뒤에서 그녀의 목소리가 울려왔다.

"미안해."

　주홍의 행동이 갑작스럽기는 했으나 그리 놀랄 일은 아니었다. 언젠가 이런 때가 오리라 예상했었다. 다만, 생각보다 조금 이르게 벌어졌을 뿐이다. 서투른 인간들은 난관을 마주하면 상황을 극복하기 위한 준비운동 격으로 자신을 변화시키고자 마음먹는다. 일시적인 변화로 인해 일어나는 당연한 현상들을 보며 일단은 발전적인 진행이 이루어지고 있노라고 자위하는 것이다. 그러나 자신을 바꾸는 순간부터 문제의 풀이는 완벽히 오답을 향해 나아간다. 변화로 이루어진 시작은 결국 매번 문제가 생길 때마다 오직 변화만을 통한 해결을 요하게 된다. 오답으로 이르는 길은 언제나 교묘하고 자아도취적인 법이다. 잦은 변화는 사람을 망가뜨린다.

　주홍은 나를 저버릴 필요가 없었다. 그녀가 오정욱을 간절히 원한다고 재차 말했더라면 나는 못 이기는 척 그녀의 바람을 이루어줄 수도 있었을지 모른다. 만일 그녀가 오정욱과의 결혼에 성공한다면 그때야말로 나의 존재가 절실해질 것이었다. 주홍은 아무것도 버릴 필요가 없었다.

　나는 성급히 나를 떼어내려는 그녀에게 화가 난 건 아니었다. 다만, 그토록 눈부신 삶을 만들어주기 위해 노력해왔건만 이깟 일에 자신을 아무것도 아닌 사람처럼 내던질 준비가 되어 있다는 게 견딜 수 없이 한심했다. 아무래도 그녀는 너무 급히 많은 것을 누리게 된 것 같았다. 결핍이 필요한 시기였다. 나는 주홍을 위태롭게 만들 준비가 되어 있었다. 그녀는 어느 정도 타격을 입겠지만, 그것도 잠시, 곧 모든 것이 제자리로 돌아올 것이다.

뱀 문양
도자기

"전셋값도 비싼데 집을 금방 구했네."

회의 내내 메모지에 낙서를 그려대던 준모가 말했다.

"금방은요. 방 구할 때까지 언니네 얹혀사느라 얼마나 눈치 보였는데.
형부가 하도 잘해 줘서 더 미안했다니까요."

"그만한 일로 이사까지 가고. 아란 씨도 보기보다 겁 많구나?"

아란은 입을 삐죽이며 준모를 흘겼다.

"남의 일이라고 함부로 말하지 마요. 나 없는 새 누가 집에 들어왔다 나
갔는데, 안 무섭겠어요? 요새 빈집에 몰카 설치하는 변태들 많단 뉴스도
못 봤나봐."

노트북을 들여다보던 아란이 갑자기 호들갑을 떨며 준모의 어깨를 두
드렸다.

"어머, 신주홍 스토커 사진 유출됐대요. 봤어요?"

준모가 의자 바퀴를 굴리며 아란의 옆으로 다가갔다. 주홍의 이름이 포

털 사이트 주요 검색어에 올라와 있었다. 소속사 측에서 포털 사이트에
검색 블라인드를 요청하고 게시물들을 삭제시키기 시작했으나 파일 공
유 사이트에서는 이미 압축 파일이 수없이 다운로드 되고 있었다. 이어
주홍의 사진에 관한 연예 기사가 줄줄이 올라오기 시작했다. 기사 내용은
그녀가 남자와 동행하는 사진에 초점을 맞추고 있었다. 모자이크 처리된
남자가 오진섭이라는 언급은 어디에도 없었지만 이미 오진섭의 이름이
그녀 뒤를 바짝 쫓아 검색어 순위를 차지하고 있었다.

흥미진진한 얼굴로 마우스를 클릭하던 아란이 분통을 터뜨렸다.

"오진섭은 유부남 아니에요? 와, 신주홍 그렇게 안 봤는데 대단하다."

오후가 되자 검색 순위에서 오진섭은 사라지고 주홍의 이름만 덩그러
니 남았다. 포털 사이트에서 손을 쓴 게 뻔했다. 그녀의 사무실에서는 황
급히 기자 회견을 준비했다. 저녁 무렵, 나는 호프집의 회식 자리에서 회
사 사람들과 함께 연예 프로그램을 시청했다. 주홍 대신 그녀의 매니저가
나와 기자들을 상대했다. 매니저는 주홍이 스토커로 인한 피해자라는 것
을 재차 강조했다. 오진섭과 관련된 모든 억측은 사실무근이라고도 했다.
주홍과 오진섭은 주홍이 계획하고 있는 브랜드 사업에 관련한 비즈니스
적인 관계이며 그녀는 오진섭의 가족들과도 친분이 있는 사이라고 밝혔
다. 덧붙여 이번 사진을 유포시킨 범인을 추적하고 있다는 것과 차후 그
녀에 대해 허위 사실을 보도, 혹은 게재하는 사람들에 대해 법적 조치를
취할 준비가 되어 있다는 강경한 입장을 내비쳤다. 그는 고된 어린 시절
을 보낸 그녀가 이제야 자신의 꿈을 향해 도약하려 하고 있다는 것을 우

리 모두 잘 알고 있지 않느냐며 사람들에게 동정과 공감을 구했다. 과로로 쓰러질 만큼 혼신을 다해 연기하고 열심히 살아가고 있는 그녀를 거짓된 루머로 매장하려는 것은 잔인하며 무정한 행위라고 양심을 자극하는 것도 잊지 않았다.

"웃긴다. 비즈니스적인 관계면, 술집에서 팔짱 끼고 나오나?"

아란이 닭 뼈를 발라내며 빈정거렸다.

"굳이 따지면 우리도 비즈니스적인 관계니까 술집에서 나갈 때 다 같이 팔짱이나 껴봅시다."

취기 오른 윤수가 능글맞게 농담을 던지자 아란은 혀를 끌끌 찼다.

"어쩐지 쟨 너무 빨리 떴다 했어. 스폰서가 그렇게 빵빵하니까 탄탄대로였겠지."

"에이, 아란 씨는 신주홍 너무 미워한다. 진짜 일 땜에 만난 사이일 수도 있잖아."

준모가 뭘 그리 열 내냐는 듯 말했다.

"전에 내가 뭐랬어요. 스토커 얘기할 때 다들 헛소문이라고 했는데, 것도 진짜였잖아."

화장실에 다녀오던 팀장이 바지를 추켜올리며 끼어들었다.

"거 참. 돈 많은 놈한테 도움 좀 받겠다는데 뭘 참견들이야. 저 잘난 맛에 사는 놈들인데. 우리가 뭐라 한들 예예, 새겨듣겠습니다, 하고 굽실거리기나 하나?"

팀장이 과장된 제스처를 취하자 윤수는 낄낄거리며 맞장구를 쳤다. 아란은 콧잔등을 살짝 찡그리고는 고개를 끄덕였다.

"예예, 새겨듣겠습니다아. 얄미워서 그러죠. 누군 남자들 바글거리는 사무실에서 이리저리 치이는데 누구는 키다리 아저씨가 척척 다 알아서 해주니깐. 그러다 세상을 너무 만만하게 보게 된 거 아닌가?"

아파트 근처에는 취재 차량 몇 대가 대기하고 있었다. 관리인이 나와서 너무 바짝 차를 댄 기자를 내쫓았다. 지금이야 개떼처럼 몰려들어도 곧 잠잠해질 것이다. 상대가 오진섭인 이상 스캔들이 깊이 파헤쳐지기는 어렵다. 이번 일은 오정욱과의 관계를 끝내고 대외적으로 이미지 쇄신을 위한 휴식기를 갖는 정도의 효과를 노렸을 뿐이다. 어제 새벽, 사진을 스캔하여 공유사이트에 유출하면서도 한시라도 빨리 이번 소동이 끝나고 주홍이 다시 내 어깨에 기대어오는 순간만을 상상했다.

머칠 후 텔레비전을 켜놓고 출근 준비를 하던 나는 의외의 장면을 보았다. 아침 방송 프로그램에서 오정욱이 운영하는 자선단체의 활동이 보도되고 있었다. 이틀 전 큰 규모의 행사가 진행되었다고 했다. 겨울이 오기 전 홀로 사는 노인들과 소년 소녀 가장들의 부실한 집을 보수해 주자는 취지로 열린 모금 행사였다. 말끔한 크림색 투피스 차림의 주홍이 포토월에 서서 빙긋이 웃고 있었다. 행사가 진행되는 내내 오정욱의 옆자리에 앉아 있는 주홍의 모습과 두 사람이 나란히 서서 봉투를 모금함에 넣는 장면 등이 카메라에 잡혔다. 리포터가 그녀에게 얼마 전의 스캔들에 대한 질문을 슬쩍 던지자 그녀는 불편한 얼굴을 했다. 그러나 이내 제대로 짚고 넘어가야겠다는 듯 미소를 짓고 대답했다.

"제 개인적인 사정을 떠나서, 할 일은 해야 한다고 생각했습니다."

그녀는 이어 이번 행사에 대한 설명을 늘어놓았다. 행사에는 주홍 외에도 여러 연예인이 참여했지만, 그녀와 오정욱이 함께 다니는 모습은 누가 보아도 눈에 띌 만큼 도드라졌다. 주홍에게 전화를 걸었다. 번호가 바뀌었다는 알림 메시지가 흘러나왔다.

집을 나서려는 찰나 대형 트럭이 아파트 앞에 서 있는 것을 보았다. 나는 출근하는 대신 건물에서 좀 떨어진 곳에 차를 세우고 기다렸다. 오래 지나지 않아 이삿짐을 모두 실은 트럭이 출발했다. 차에 시동을 걸고 트럭을 뒤쫓았다. 주홍이 새로 이사한 곳은 살고 있던 아파트에서 삼십 분쯤 떨어진 거리에 있었다. 한적하고 인적 드문 동네의 빌라로, 가구 수가 적고 경비시스템이 철저한 곳이었다. 유명 영화배우 가족이 산다고 알려져 있었다.

이삿짐 트럭이 들어가기 무섭게 빌라 단지의 대문이 닫혔다. 주홍의 행동 하나하나가 나를 도발하고 있었다. 그녀답지 않은 침착한 대응은 나를 조롱하는 것으로밖에 보이지 않았다. 그날 오후 나는 몇 장의 사진을 더 스캔했다. 언젠가 유성이라고 착각했던 범인을 추격하던 도중에 떨어진 카메라에서 뽑아낸 필름이었다. 사진 속의 주홍은 술잔을 든 채 베란다에 서 있었다. 나는 난간에 몸을 기울이고 서 있는 그녀를 손끝으로 쓸어내렸다. 내 이름을 부르는 그녀의 목소리가 묻어나는 듯했다.

사진은 '신주홍 스토커 사진 2탄'이라는 파일명으로 업로드 되었다.

다음 날 점심시간, 휴게실에 모여 덮밥을 먹고 있었다. 윤수는 입술에

김 쪼가리를 묻힌 채 숨넘어가게 밥을 우적거렸다. 보다 못한 아란이 물을 따라 건네자 그는 히죽 웃으며 단숨에 컵을 비웠다.

"참, 어제 신주홍 사진 또 떴더라. 봤어?"

윤수가 아란에게 물었다. 그는 1탄에 비하면 전혀 볼 게 없다며 투덜거렸다. 우동을 먹던 아란은 옆에 있던 노트북을 두드렸다. 검색한 사진들을 유심히 들여다보던 아란이 고개를 기우뚱했다.

"이거 꼭…… 우리 집 같은데."

윤수가 코웃음을 쳤다.

"어이구, 아란 씨 신주홍이랑 친구였어?"

옆에 있던 준모가 덩달아 웃었다. 아란은 내 옷소매를 끌어당겼다.

"봐요. 해영 씨는 본 적 있잖아요. 우리 집 맞죠?"

"아니, 이해영이가 언제 아란 씨네 집엘 갔어? 왜, 무슨 일로?"

윤수가 틈을 놓치지 않고 캐물어 왔다. 나는 사진을 들여다보며 난감한 얼굴을 했다.

"글쎄. 어두울 때 봐서 잘 모르겠는데."

"대체 신주홍이 아란 씨네 집엘 왜 가?"

준모는 이런 대화가 마냥 우습다는 말투였다. 아란은 고개를 꼿꼿이 들고 우리를 차례로 둘러보았다.

"맞다구요. 이 유리잔은 언니한테 선물 받은 거고, 베란다에 말려놓은 운동화도 내 꺼라구요."

덮밥 한 그릇을 깨끗이 비우고 된장국을 들이켜던 윤수가 가볍게 트림을 했다. 그는 더 대꾸하기 귀찮다는 얼굴로 말했다.

"그럼, 신고해."

점심 식사를 마친 사람들이 하나둘씩 각자의 자리로 돌아갔다. 아란은 복잡한 표정으로 음식 국물이 튄 테이블을 닦았다. 나와 눈이 마주친 그녀는 어깨를 으쓱해 보였다. 아란은 지난번 술자리 이후 나를 대하는 태도가 달라졌다. 여러 사람이 있는 자리에서는 태연스레 행동했지만 어쩌다 둘이 남게 되기라도 하면 어울리지 않게 쑥스러워하며 안절부절못했다. 전처럼 관심을 구하려고 일부러 떽떽거리는 일도 없었다.

"해영 씨도 내 말 안 믿어요?"

"아란 씨가 그렇다면 그런 거겠죠."

나는 상부에서 수정 지시가 내려온 파일을 넘겨보며 차가운 녹차를 마셨다.

"나 믿는 거예요? 그럼 같이 경찰서도 가줄 수 있어요?"

그녀는 내 속을 떠보겠다는 듯 턱을 살짝 추켜올리고 물었다. 나는 파일을 펼친 채 싱겁게 웃었다.

"그게 뭐 어렵나."

아란은 입술을 살짝 물었다 뗐다.

"정말이죠? 같이 가주기로 한 거예요?"

"좋을 대로 해요."

그녀는 싱글거리는 얼굴을 감출 생각도 않은 채 회의실을 나섰다. 쉽게 웃는 여자를 보면 귀엽다기보다 칠칠하지 못해 보인다. 어느 한 솔기가 뜯어져 내용물을 줄줄 흘리는 곡물 자루 같다. 아란은 오후 내내 기분이 좋은 듯 들떠 있었다. 내 책상 옆을 지나치며 초콜릿 바를 슬쩍 놓고 가기도 했다.

　네 시가 조금 넘었을 무렵 낯선 번호로 전화가 걸려왔다.

　"……바빠?"

　주홍이었다. 연락이 올 때가 되었다고 생각하던 중이었다. 그녀는 지금 바로 만났으면 좋겠다고 말했다. 일산 쪽에서 지금 막 일을 마쳤다고 했다. 되도록 사람이 없는 곳에서 보자며 카페의 주소를 알려주었다. 나는 팀장에게 조퇴 보고를 하고 서둘러 사무실을 나섰다. 엘리베이터를 기다리고 있는데 아란이 황급히 뒤따라 나왔다.

　"어디 가요?"

　나는 급히 볼 일이 생겼다고 대답했다. 엘리베이터에 올라타 버튼을 누르자 그녀가 초조한 얼굴로 물었다.

　"다시 들어오는 거죠?"

　아란이 입을 벌렸다.

　"해영 씨……."

　문이 닫혔다. 일산까지는 그리 오래 걸리지 않았다. 나는 신호를 위반하며 액셀을 밟았다. 전화 너머 주홍의 목소리는 낮게 잠겨 있었다. 그녀는 내게 화를 내며 비난을 퍼부을 각오를 하고 나올지도 모른다. 자신이 어리석었다며 자세를 낮춰 회유하려 할 수도 있겠다. 그것도 아니면 오정욱의 집안에서 그녀를 난처한 지경에 빠뜨려 그저 내 도움만을 필요로 하는 것일 수도 있다. 그 어떤 이유든 상관없다. 그녀를 만나야만 했다. 기뻐할 때도, 웃고 있을 때도 마냥 애처로워 보이기만 하는 두 눈동자를 들여다보고 싶었다. 나 없이 이번 사진 유출 사건을 겪으며 불안에 떨었을 그녀의 모습이 안 봐도 선명했다. 그녀를 위한 일이긴 했지만 좀 더 수위를 낮추어도 괜찮지 않았을까. 좀 더 머리를 썼더라면 일을 벌이지 않고도 그녀를 타이를 수 있었을 것이다. 이렇게 연락을 해올 만큼 그녀가 약한 인간이라는 걸 뻔히 알고 있지 않았던가.

카페는 외진 산자락에 자리 잡고 있었다. 건물 뒤편 주차장에 차를 세웠다. 2층짜리 건물은 카페라기보다는 전원주택에 가까워 보였다. 마당에 관상식물과 도자기들이 즐비했다. 생활 한복을 입은 인상 좋은 젊은 부부가 주인이었다. 여주인은 꽃꽂이하고 있었던 모양인지 일 층의 널찍한 탁자 위에 넓은 질그릇과 흰 꽃 몇 송이가 놓여 있었다. 테이블은 두 층을 합쳐 네 개가 전부였다. 나는 이 층 창가에 자리를 잡고 앉았다. 메뉴판에서 적당한 메뉴를 골라 주문했다. 잠시 후 여주인이 도자기 주전자와 찻잔을 들고 올라왔다. 떫고 신맛의 붉은색 차였다.

약속한 시간이 지나도록 주홍은 오지 않았다. 해가 지기 시작하자 열린 창문 밖에서 풀벌레 소리가 들려왔다. 손님은 없었다. 간혹 주인 내외의 가벼운 웃음소리가 들려왔다. 아란에게서 몇 차례 연락이 왔지만, 수신보류를 해두었다. 어둠이 짙어지자 주인이 카페 입구의 가로등을 켰다. 여주인이 올라와 조심스럽게 말을 걸었다.

"저희가 열 시면 문을 닫아서요."

아홉 시 오십 분을 지나고 있었다. 나는 십 분을 더 기다리다가 카페에서 나왔다. 차에 올라타 요란하게 문을 닫았다. 어두운 산자락을 빠져나와 달리는 내내 나를 못 견디게 괴롭힌 것은 주홍에 대한 걱정이었다.

주유소에 들러 기름을 채우는 동안 편의점에 들렀다. 일회용 휴대전화 배터리를 골라 카운터에 내려놓았다. 주인 남자는 텔레비전을 보느라 정신이 팔려 있었다. 담배 선반 옆으로 놓인 텔레비전에서는 24시 연예방송이 흘러나오고 있었다.

"오늘 오후 다섯 시경 일산에서 녹화를 마치고 돌아오던 탤런트 신주홍 씨가 차량 충돌사고로 인해 병원에 입원했습니다. 매니저 이 모 씨의 말에 의하면 검사를 진행 중이긴 하지만 다행히 큰 부상은 없는 것으로 보인다고 합니다. 상대 차량은 도주하였으며 경찰에서는 신속히 운전자를 추적하고 있다고 밝혔습니다."

리포터는 요즘 주홍이 다사다난한 시기를 보내고 있는 것 같다며 짐짓 걱정스러운 표정을 지어 보였다. 계산을 마치고 차에 올라타려던 나는 두 눈을 의심했다. 차 앞면의 오른쪽 범퍼가 형편없이 찌그러져 있었다. 낮에까지만 해도 차는 멀쩡했었다. 카페를 나온 후로는 어둡기도 하였으며 정신이 없어서 눈여겨보지 못한 부분이었다.

아파트 입구에 이르렀을 때 자동문 앞에 서성이고 있는 남자가 보였다. 주차하고 로비로 올라가자 관리인이 다가왔다. 그는 머뭇거리며 데스크 앞에 서 있는 또 한 명의 남자를 눈짓으로 가리켰다. 키가 크고 마른 체구의 남자가 성큼성큼 가까이 왔다.

"이해영 씨 되십니까."

입구 밖에 서 있던 남자도 힐끗 안을 들여다보고는 느긋한 걸음으로 들어왔다. 나는 일이 어긋난 방향으로 흘러가고 있다는 것을 깨달았다. 자신을 형사라고 밝힌 남자가 무표정한 얼굴로 나를 바라보았다.

"서까지 동행해주셔야겠습니다."

주홍의 사고에는 목격자가 있었다. 그는 사고를 목격한 후 도주하는 승용차를 향해 서둘러 휴대전화 카메라의 셔터를 눌렀다고 했다. 목격자는 검은색 렉서스에 젊은 남자 운전자가 타고 있었다고 증언했다. 확대한 사진의 차량 번호는 내 것과 일치했다.

"그 시간에 어디 있었어요?"

형사는 다리를 꼬고 앉아 물었다. 나는 카페의 이름을 댔다. 기자들이 몰려오리라 예상했으나 의외로 잠잠했다. 얼마쯤 시간이 지났을까. 자리를 비웠던 형사가 담배 냄새를 풍기며 돌아왔다.

"이해영 씨. 그 카페에 확인해 봤는데……."

형사가 턱을 긁적거리며 이미 알고 있지 않으냐는 눈으로 나를 쳐다보았다.

"오늘 손님은 오전에 단골 아줌마들 한 팀밖에 없었답디다."

그는 웃음기 없는 얼굴로 천천히 물었다.

"이게 어떻게 된 일이랍니까. 그치요?"

형사의 강파른 얼굴에는 표정의 변화가 없었다. 누군가 그의 앞으로 걸려온 전화를 바꿔주었다. 그는 고개를 끄덕이며 띄엄띄엄 대답했다. 전화를 끊은 뒤 그는 손가락 사이에 끼고 있던 볼펜을 탁 소리 나게 책상 위에 내려놓았다.

"피해자 쪽에서 확인할 게 있다고 합니다. 병원까지 함께 가주시죠."

"뭐요?"

날카로운 목소리가 입술을 뚫듯 불거져 나왔다.

"피해자와 목격자의 증언에 차이가 있는 것 같은데. 일단 그쪽에서 직접 이해영 씨를 만났으면 한답디다. 관계자가 나와 있으니 저랑 잠깐 동행하시죠."

형사의 예의 바른 태도가 신경에 거슬렸다. 경찰서 건물 앞에는 낯익은 얼굴이 서 있었다. 주홍의 매니저였다. 내 얼굴을 모르는 그는 살벌한 기운을 풍기며 나를 위아래로 훑어보았다. 매니저가 운전석에 타고 형사와 나는 뒷좌석에 앉았다. 병원으로 향하는 도로가 꽤 막혔다. 차 안에는 싸늘한 침묵이 흘렀다. 나는 늦은 시간까지 불빛이 새어나오는 고가 옆의 건물들을 바라보다가 문득, 입을 열었다.

"신주홍 씨 몸은 괜찮습니까?"

매니저가 백미러를 통해 나를 힐끗 보았다.

"왜? 멀쩡할까 봐 걱정돼?"

그는 창문을 내리고 침을 내뱉었다. 서늘한 저녁바람이 불어왔다.

"너 뭐하는 놈이냐? 너도 신주홍 스토커야?"

매니저는 지겹다는 듯 한숨을 내쉬었다.

"하여튼 요샌 개나 소나 다 팬이랍시고 들러붙는다니까."

"말 좀 조심하죠."

저런 경솔한 말을 아무 데서나 내뱉고 다니다가는 주홍의 이미지를 실추시키기에 십상이었다.

한밤중의 병원 건물은 적요했다. 주홍의 병실은 8층의 독실이었다. 매니저가 앞서 병실 문을 열고 들어섰다. 침대에 누워 있던 그녀가 몸을 일으켰다. 병실 안에는 그 사이 발 빠르게 도착한 꽃바구니 몇 개가 놓여 있었다.

주홍은 이마에 약간 멍이 들었을 뿐 심한 상처는 입지 않은 듯했다. 반쯤 남은 수액이 천천히 떨어지고 있었다.

"뭔가 오해가 있었던 것 같네요."

그녀는 심란한 얼굴로 말했다.

"말씀드렸다시피 쌍방과실로 일어난 사고였어요. 운전자분은 아주머니였고요. 내려서 제게 괜찮으냐고 묻기까지 했어요. 그때까지만 해도 멀쩡해서 연락처를 드리고 급히 다시 차를 몰았는데……."

주홍은 링거 바늘이 꽂힌 손으로 이마를 만지며 살짝 인상을 찡그렸다.

"제가 먼저 출발했으니 어쩜 제 잘못일 수도 있겠네요. 아무튼, 다친 데가 없는 것 같아 대수롭지 않게 여겼는데 얼마 못 가서 기절하고 말았어요."

형사는 별 반응 없이 그녀의 말을 듣고만 있었다.

"보내주신 사진엔 사고 현장이 찍혀 있는 것도 아니고 그냥 달리는 차의 뒷모습이 찍힌 게 전부잖아요. 사고가 났던 차량은 흰색 소나타였어요."

주홍은 나를 올려다보았다. 지칠 대로 지쳐 보이는 두 눈이 무언가를 호소하듯 나를 바라보고 있었다. 나는 지금 당장 손을 뻗어 그녀의 뺨을 쓰다듬고 싶었다. 여러 줄기에서 뻗어 나온 안도감이 한데 뒤섞여, 가슴이 단단한 덩굴식물에 감긴 듯 뻐근해졌다.

"누차 말씀드렸는데도 과장된 기사가 나가고, 이렇게 괜한 분까지 끌어들인 걸 보니 정말 답답하네요. 이런 일로 동정표를 얻고 싶진 않은데."

주홍은 별관 건물이 내다보이는 창밖으로 시선을 옮겼다. 달이 이상하리만큼 낮게 떠 있었다.

"목격자분이 말씀하신 데에도 이래저래 억지스러운 부분이 많잖아요. 시간대도 맞지 않고. 아무 상관도 없는 분한테 누를 끼치게 되었네요. 정말 죄송해요."

"일단은 사건 정황상……."

주홍은 형사의 말을 자르며 얘기를 계속했다.

"가뜩이나 소문이 많은데, 억울하게 누명을 씌웠다고 또 논란거리가 되면 책임지실 수 있나요?"

그녀의 목소리는 차분했으나 날이 서 있었다. 매니저는 이럴 줄 알았다는 듯 예의 그 긴 한숨을 내쉬었다.

"형사님."

그는 형사에게 밖에 나가 이야기를 하자는 손짓을 해 보였다. 형사가 침대 곁에 서 있는 나를 돌아보았다.

"둘이 있게 해주세요. 따로 사과드리고 싶어요."

형사는 짧게 입맛을 다시고 병실을 나갔다. 매니저의 투덜거림과 함께 두 사람의 발걸음 소리가 복도에서 멀어졌다. 주홍이 입술을 물었다. 그녀는 나와 눈을 마주치지 못한 채 고개를 떨어뜨렸다.

"아픈 덴 없어?"

그녀가 고개를 끄덕였다. 주홍과 둘만 있게 되면 당장에라도 작은 어깨를 끌어안아 진정시켜줘야겠다고 생각했으나 몸이 움직이지 않았다. 오히려 정신을 차려야겠다는 각성으로 속이 싸늘해졌다. 주홍이 처한 상황을 파악하는 게 우선이었다.

“미안해, 해영아.”

“어떻게 된 거야?”

“나도 잘 모르겠어.”

그녀는 혼란스러운 얼굴로 손등에 붙은 링거 바늘을 더듬었다. 지금 당장 그녀를 다그치고 싶지는 않았다.

“넌 다쳐도 꼭 이마를 다치더라.”

나는 맥없이 웃으며 주홍의 멍든 이마를 쓰다듬었다.

“내가 또 다친 적이 있었나?”

“왜, 재작년에. 접시 꺼내다 양념 통이 쏟아졌을 때도 그랬고……. 비밀의 화원에서 다쳤을 때 있잖아. 그때 이마에 멍든 게 한참 안 없어졌는데.”

주홍은 민망한 듯 고개를 약간 기울였다.

“별걸 다 기억하는구나.”

경직되어 있던 그녀의 표정이 한결 부드러워졌다. 그녀가 내 얼굴 가까이 손을 뻗었다. 나는 무심결에 뒤로 물러났다. 주홍이 어색하게 손을 거두며 내 머리카락을 가리켰다.

“뭐가 묻어서.”

창가에 있는 세면대 쪽으로 다가갔다. 거울에 비친 머리카락에 실밥 토막이 묻어 있었다.

“징크스인가 봐. 차 사고가 유난히 자주 나네. 기완이도 뺑소니를 당했고. 꼭 무슨 저주 같아.”

“쓸데없는 소리야.”

나는 물기 없이 메마른 세면대를 내려다보았다. 배수구 근처에 짧은 머리카락이 떨어져 있었다. 단 한 올의 머리카락 때문에 얼룩 한 점 없는 세면대가 몹시 불결해 보였다.

"그런데……."

"응?"

"네가 그걸 어떻게 알지?"

주홍이 무슨 소리냐는 듯 의아한 표정으로 이불을 끌어당겼다.

"기완이가 뺑소니 사고로 죽었다는 걸 어떻게 알아?"

나는 기완의 죽음에 대해 그녀에게 자세히 이야기한 적이 없었다. 더더구나 그녀가 괜한 걱정을 할까 봐 뺑소니를 당했다는 말은 입 밖에도 꺼내지 않았다. 주홍은 당황한 기색이 역력했다.

"그냥 왠지 그런 거 같아서. 내가 맞춘 거야?"

"어떻게 아느냐고 물었잖아!"

"해영아, 그런 게 아니라."

큰 소리가 나자 득달같이 복도에서 쫓아 들어오는 발소리가 들려왔다. 이윽고 매니저가 험상궂은 얼굴로 병실 문을 열어젖혔다. 나는 그에 의해 밀쳐지다시피 병실 밖으로 나와야 했다. 형사가 점퍼 주머니에 손을 꽂은 채로 내 곁에 다가섰다.

"그만 돌아가 보셔도 좋습니다."

나는 그를 지나쳐 복도를 걸어 나왔다.

"이해영 씨."

뒤에서 형사가 내 이름을 불렀지만 멈추어 서지 않았다.

병원 입구에 다다랐을 때 주머니 속에서 짧은 진동과 함께 전화가 걸려왔다. 나이 든 남자의 목소리는 내게 진철과의 친분 사이를 확인했다.
나는 기계적으로 대답했다. 문득 정신을 차렸을 때, 그는 화재 사고에 대
해 전하고 있었다.

　수능을 얼마 앞두지 않은 열아홉의 겨울이었다. 몇 년 동안 내리지 않
던 눈이 그칠 줄 모르고 쏟아지던 해였다. 학교에서는 수험생들을 위해
주말과 밤중에도 교실을 개방해두었지만 남아 있는 학생은 손에 꼽을 정
도였다. 그날은 토요일이었다. 나는 수업을 마치고 집에 가서 점심으로
라면을 먹고 돌아오는 길이었다. 슈퍼마켓에 들러 저녁 대신 먹을 빵과
우유를 샀다. 가게에서 나와 건널목 앞에 서 있는데, 맞은편에 재문의 모
습이 보였다. 녀석은 세탁소 앞을 지나 어디론가 바삐 걸어가고 있었다.
재문을 부르려다가 그만두었다. 앤 사건이 있었던 뒤로 녀석과는 단둘이
이야기한 일이 거의 없다시피 했었다. 어딜 그리 열심히 가고 있나 싶어
녀석의 길 앞쪽을 살피던 나는 낯익은 목도리를 발견했다. 주홍이었다.
그 애는 쥐색 코트에 붉은 계열의 체크무늬 목도리, 매일 들고 다녀 때가
탄 베이지색 보조가방을 들고 있었다. 폭신폭신한 체크무늬 목도리는 얼
마 전 내가 선물한 것이었다.
　주홍이 뒤를 돌아보더니 걸음을 멈추었다. 그 애를 불러 세운 재문이
숨차다는 듯 가슴을 두드리는 시늉을 해 보였다. 두 사람은 열쇠가게 앞
에 서서 대화를 나누었다. 재문이 손목시계를 들여다보고 무어라 얘기하
자 주홍이 구두코를 바닥에 찧으며 망설였다. 이윽고 그 애가 고개를 주
억거렸다. 두 사람이 들어간 곳은 버스 정류장 근처의 분식집이었다. 나

는 가게에서 멀찍이 떨어져 유리문 너머로 둘의 모습을 바라보았다.

　그날 저녁 공부를 마치고 주홍을 만났다. 그 애는 잠옷 위에 코트와 목도리를 걸치고 나왔다. 우리는 종종걸음으로 둘만의 비밀 장소를 찾아 들어갔다. 방파제에서 멀지 않은 곳에 버려진 빈 경비실이었다. 가을 무렵 그곳을 발견해 유리가 깨진 부분을 판자로 막고 바닥에 몇 겹의 상자와 담요를 깔아두었다. 나는 빈 참치 캔 속에 세워둔 양초에 불을 붙였다.

　"낮에 뭐했어?"

　그 애는 코트 자락을 끌어 내리며 고개를 갸우뚱했다.

　"똑같지. 별거 없었어."

　"재문이랑은 어쩐 일로 만났어?"

　"어떻게 알았어?"

　주홍은 촛불 가장자리에 두 손바닥을 갖다 대며 얼버무렸다.

　"길에서 만났어. 걔도 점심 안 먹었다고 해서…… 같이 먹었어."

　그 애는 내 발등 언저리를 흘끔거리며 눈치를 보았다. 그전에도 몇 차례 두 사람이 함께 있는 모습을 목격한 적이 있었다. 매번 재문이 일방적으로 주홍을 찾아온 분위기였다. 녀석은 주홍에게 다가왔다가 나와 마주치기라도 하면 괜스레 과장을 떨며 반색했다.

　"무슨 얘기 했어?"

　"졸업하면 어떻게 할 거냐고 물었어. 그래서 난 수능 안 볼 거라고 했지. 걔는 전문대라도 들어가서 기술을 배워보는 게 어떻겠냐고 하더라고. 등록금을 대 주는 학교도 많다고 알아보는 거 도와준대."

　주홍의 목소리가 점점 기어들었다.

"화났니?"

말없이 일렁이는 촛불을 손끝으로 휙휙 저었다. 뜨겁지 않았다.

수능시험을 마친 다음 날 재문의 집 앞으로 찾아갔다. 녀석은 실컷 자다가 나온 얼굴이었다. 시험에 대해 시시껄렁한 농담을 주고받긴 했지만, 예전처럼 집 안으로 들어오라는 말은 하지 않았다.

"이거."

나는 주머니에 담고 있던 것을 꺼내 내밀었다. 재문의 얼굴은 웅덩이를 잘못 디딘 사람처럼 일그러졌다. 녀석은 재깍 머쓱한 웃음을 지어냈다.

"이걸 왜 네가 가지고 있냐?"

돌고래 모양의 펜던트가 달린 가느다란 금목걸이였다.

"너한테 돌려주라고 하더라. 비싼 거라서 받기가 싫은가 봐."

재문은 목걸이를 받아든 손의 주먹을 쥐었다 펴 보였다. 나는 장난스럽게 웃으며 녀석의 팔꿈치를 툭 쳤다.

"너 개 좋아하냐?"

재문은 나를 가만히 쳐다보더니 입에 머금은 것을 뿜어내듯 웃음을 터뜨렸다.

"장난해?"

녀석은 목걸이를 손끝에 걸고 빙빙 돌렸다.

"불쌍해서 그렇지. 걔가 좀 동정심 유발하게 생겼지 않냐. 앤 사건에 입 다물어 준 것도 기특하고 해서 챙겨줘야 할 거 같더라구."

"난 또 네가 마음 있는 줄 알고. 이거 대신 전해줘도 되는 건가 싶어서."

내 말에 재문은 어림도 없다는 듯 입맛을 다셨다.

"야, 이씨. 지금 서울에 예쁜 여대생들이 이 몸을 기다리고 있는데 미쳤다고 그런 궁상맞은 앨 만나겠냐? 이 목걸이도 누나가 선물 받아온 건데 안 쓴다고 던져 놨길래 갖다 준 거야."

재문은 추리닝 주머니에 손을 찔러 넣은 채 잠시 바닥을 내려다보았다. 별안간 녀석이 담벼락 아래로 침을 내뱉었다.

"근데 걔는 아무것도 없는 게 왜 그렇게 튕기냐? 미친년."

그는 고깝다는 듯, 한쪽 눈을 찡그리며 물었다.

"너 걔랑 잘 지내지? 너한텐 참 고분고분한 것 같은데 나한텐 왜 그렇게 싸가지 없이 구냐? 불쌍해서 잘해주려고 해도 매번 지랄이야."

"매번?"

옆집 아주머니가 대문을 열고 나왔기에 재문은 잠시 말을 멈추고 인사를 건넸다. 아주머니가 전신주를 지나 사라지고 난 뒤에야 녀석은 말을 이었다.

"신경 좀 써줄라치면 지한테 관심 끄라느니, 만만하게 보지 말라느니. 목걸이 줬을 때도 고맙단 말 한마디 안 하더라. 네가 준 목도리는 주구장창 두르고 다니면서. 이게 꼴에 사람 차별하나."

오전 내내 흐렸던 하늘에서 눈발이 떨어지기 시작했다. 재문은 가볍게 진저리를 치며 하늘을 올려다보았다.

"아, 추워. 나 들어간다."

녀석은 말을 마치고도 선뜻 걸음을 돌리지 않았다.

"근데 너 시험은 잘 봤냐?"

나는 무심히 고개를 끄덕였다. 재문은 어렸을 적부터 쪽지시험이라도 보고 나면 제일 먼저 나를 찾아와 어땠는지 물어오곤 했다. 녀석은 우리 무리 중에서 리더 격을 자처하고 있었고 매사에 지고 못사는 성격이었지만, 성적만큼은 욕심에 못 미치는 편이었다.

"생각한 만큼 봤지, 뭐. 넌?"

"으응, 나도. 수리 영역이 좀 어려웠다던데 어땠어?"

"별 차이 없던데."

방송에서 전년보다 난이도가 높아졌다며 유난을 떨어대는 게 민망할 정도였다. 이래저래 엄살들이 심한 건 알아줘야 했다. 재문은 그럴 줄 알았다는 듯 맞장구를 쳤다.

"그렇지? 나도 가뿐히 풀었지 뭐냐……. 그럼 잘 가라."

녀석이 서둘러 집 안으로 들어갔다. 나는 길 아래쪽으로 조금 내려왔다. 샛골목의 담벼락에 주홍이 등을 기대고 서 있었다. 숨어서 재문과 나의 대화를 엿듣고 있던 주홍은 그새 코끝이 얼어서 발그레했다.

"내 말이 맞지?"

나는 눈썹 위에 내려앉은 눈송이를 닦아내며 말했다.

"앞으로도 누가 괜히 잘해주면 조심해."

그 애는 들릴 듯 말 듯 "응" 하고 대답했다.

"별것 아닌 인간한테 동정을 받느니 차라리 쓰레기를 먹는 게 나아."

주홍은 말없이 내 곁에 붙어 골목길을 내려왔다.

그해 나는 별 어려움 없이 목표했던 대학교에 진학했다. 재문은 나와 같은 대학을 지원했지만, 성적 미달로 재수를 했다. 수리 영역의 점수가 모의고사와 비교하면 형편없이 떨어졌다고 했다. 그는 서울의 유명한 입시 학원에 들어갔으나 이듬해에도 점수가 오르지 않아 한 해 더 공부를 계속했다고 들었다.

그로부터 이삼 년쯤 후 나는 주홍의 서랍 속에서 돌고래 목걸이를 발견했다. 그 애를 불러 캐묻는 대신 변기에 목걸이를 넣고 물을 내렸다. 재문이 주홍에게 거절당했던 목걸이를 기어코 다시 돌려준 것은 오직 나를 자극하기 위해서였을 터였다. 나를 향한 녀석의 끈질긴 경쟁 심리가 소용돌이치는 변기 물과 함께 내려갔다.

진철의 형수는 유약하게 생긴 여자였다. 낯선 사람들 속에 섞인 진철의 형이 조문객들을 맞이하고 있었다. 서울에서 한 자리 단단히 차지할 거라고 기대를 모았던 그의 형은 고시에서 연방 낙방한 뒤로 성격이 어두워졌다고 했다. 사회생활을 꺼려서 그의 아내가 돈을 벌어 가족을 먹여 살리다시피 한다고 했다.

형사 동료들이 한편에 자리를 잡고 앉아 술잔을 기울이고 있었다.

"아니, 아무리 자는 중이었다고 해도 그렇게 몰랐을까."

"형이 며칠 내리 밤새고 들어간 날이잖아."

"진철이는 그렇다 쳐도 제수씨는 깼을 만도 한데."

"형수도 애 때문에 지쳐 있던 모양이지. 거 참. 혼자 남은 애는 이제 어쩐대?"

진철의 부부는 자는 도중 화재사고를 당했다. 오래된 주택에 전선이 누전된 것으로 보인다고 했다.

"병원비는 어떻게 마련했다고 들었는데. 친구가 도와주기로 했대서 나도 한시름 놨건만."

동료들이 씁쓸하게 대화를 주고받았다. 조용히 식장을 빠져나가려는 차에 진철의 형수가 다가왔다.

"평소에 고향 친구분들 말씀을 자주 들어서 꼭 연락해야 할 거 같더라구요."

그녀는 목덜미를 쓸어내리며 말을 이었다.

"한 분은 오전에 왔다 가셨어요. 다른 한 분은 좀 늦으신다고 했고……."

한시 빨리 자리를 뜨고 싶은 마음에 걸음을 떼려던 나는 멈칫했다.

"두 명? 나 말고 또 둘한테 연락을 했습니까?"

그녀는 내가 의아하게 묻는 게 오히려 이상하다는 눈치였다. 내가 아는 대로라면 연락을 받을 수 있는 유일한 사람은 재문뿐이었다.

"네. 오전에 왔다가 가신 분은 아직 온 친구들이 없냐고 묻던데. 서로 연락을 안 했나 봐요?"

"먼저 다녀간 사람이 누구였습니까?"

그녀는 머뭇거리며 멀찍이 있는 곳의 남편을 흘끗거렸다.

"애 아빠도 아는 것 같던데. 이름이 잘 생각나질 않네요. 물어봐 드릴까요?"

나는 재문의 생김새를 설명하며 혹시 그가 맞느냐고 물었다. 형수는 당치도 않다는 듯 손을 내저으며 가볍게 웃었다.

"몸이 좀 안 좋아 보였어요. 다리도 불편한 듯하고. 되게 동안이서서 동생뻘 되는 줄 알았다니까요."

입구에서 들어오던 사람들이 내 어깨를 밀치고 지나갔다. 그들은 건성으로 미안하다는 말을 흘렸다. 형수가 그들과 인사를 주고받았다. 손님들을 안으로 안내하던 그녀는 우두커니 서 있는 나를 향해 말했다.

"참, 그 친구분 저녁에 다시 올지도 몰라요. 장지에 같이 가신다고 했거든요. 고향에서 먼 길 올라오신 데다 서울에 묵을 데가 없다고 하더라구요. 여기 와서 주무시라고 했더니 알겠다고 하긴 했는데……."

그녀는 아무래도 좀 석연치 않다는 듯 말끝을 흐렸다.

"정말 서로 연락을 안 하시나보네."

재문에게 전화를 걸었지만 좀처럼 받지 않았다. 자정이 가까워졌을 무렵 다시 장례식장을 찾았다. 가장자리의 테이블에서 얼큰하게 취한 서너 명의 남자들이 술자리를 계속하고 있었다. 형수는 보이지 않고 진철의 형 혼자 영정 사진 앞에 앉아 꾸벅꾸벅 졸고 있었다. 그들의 어린 딸은 구석에서 이불을 돌돌 감은 채 세상 모르고 자는 중이었다. 영정 사진 속의 진철은 어색하게 웃고 있었다. 처진 눈이 평소보다 부어 보이게 나온 걸 보아하니 사진 찍기 전날 술을 신 나게 마시고 잔 것 같기도 했다.

"사진이 좀 못 나왔지."

낯익은 목소리가 등 뒤에서 들려왔다. 나는 흠칫 놀라며 뒤를 돌아보았다. 그곳에는 믿을 수 없게도 유성이 서 있었다. 목덜미가 뜨거워지는 것을 느끼며 뒷걸음질쳤다. 그는 젖은 칫솔의 물기를 털었다.

"왜 그렇게 놀라?"

형수가 비닐봉지를 부스럭거리며 들어왔다. 내려놓은 봉지 안에서 컵

라면이 쏟아졌다. 그녀는 우리를 번갈아 보며 피곤한 기색이 역력한 얼굴로 입을 열었다.

"두 분 만나셨네. 아까 친구분이 찾았어요."

유성은 구겨 신은 운동화를 고쳐 신으며 나를 올려다보았다.

"나가자."

그는 병원 근처 24시간 순댓국집으로 앞장서 들어갔다. 허름한 가게 안에는 앞치마를 두른 중년의 여자가 텔레비전을 보고 있었다. 유성은 순댓국과 소주를 주문하고 담배부터 꺼내 들었다.

"최근에 진철이랑 만난 적 있어?"

나는 대답 대신 그의 왼쪽 목으로 눈을 옮겼다. 쇄골에서부터 곡선 모양의 흉터가 남아 있었다. 내 시선을 알아챈 그가 새끼손가락으로 흉터를 훑었다.

"목이랑 허리를 좀 다쳤는데 그래도 큰 상처는 없었어. 다리야 원래 안 좋았던 거라 심해지긴 했지만."

"다행이네."

나는 당황함을 감추고 침착해지려 애썼다. 유성이 빈 술잔을 만지작거렸다. 내가 소주병을 집어 들었지만, 그는 됐다는 듯 잔을 거두어갔다.

"네가 그런 거야?"

그가 물었다. 내내 긴장하고 있던 신경의 끝이 날카롭게 곤두서는 것을 느꼈다.

"뭐?"

"진철이 일도…… 너랑 관련이 있는 거냐고."

나는 말없이 그를 노려보았다. 유성의 뒤편으로 형광등에서부터 내려와 줄에 매달려 있는 거미 한 마리가 눈에 띄었다. 유성은 무표정한 얼굴로 나를 마주 보았다. 돌연 그가 맥없이 어깨를 흔들며 웃었다.

그는 쥐고 있던 잔을 내밀었다.

"너도 사색이 될 때가 다 있구나. 안 어울리게."

경직된 손을 뻗어 유성의 잔에 술을 따랐다.

"방파제에서 있었던 일은 사고였어."

나는 변명처럼 말했다. 그는 신경 쓰지 않는다는 듯 길게 불어난 담뱃재를 털었다. 가게 뒷문에서 개 한 마리가 들어와 주방 문턱에 드러누웠다. 주인 여자는 발로 개를 밀치며 주방에서 나와 반찬과 순댓국을 날랐다. 반찬은 멸치볶음과 깍두기였다.

"고물상에서 이거 참 질리도록 먹었는데."

유성은 멸치볶음을 집어 먹으며 말했다. 진철네 고물상에서 죽치며 놀던 시절의 얘기였다. 허구헛날 모여 라면을 먹기도 질려서 아예 각자 밥을 싸들고 다녔었다. 우리는 고물상에 딱 한 개 있는 냄비에 달걀을 깨뜨려 밥과 멸치볶음을 넣고 간장에 비벼 먹었다. 진철네 집에 다른 건 없어도 멸치볶음만은 넘치도록 있어서 아무리 퍼다 먹어도 꾸지람을 듣지 않았다. 밥을 먹고 난 뒤 혀에 남았던 까끌까끌한 멸치의 촉감이 떠올라 나는 마른 침을 삼켰다.

"얼마 전에 재문이를 만났어."

유성은 김이 솟는 순댓국에는 손도 대지 않은 채 이야기를 꺼냈다.

"핸드폰 번호도 바뀌었는데 어떻게 알고 연락을 해왔더라고."

퇴원한 후 바닷가 마을 근처 도시의 지물포에서 일하고 있을 때였다고 했다. 재문은 고향에 일이 있어 내려왔다며 얼굴이나 보자고 유성을 불러냈다.

"웬일인가 싶었지. 개랑 나랑은 둘이 만난 적이 거의 없었으니까."

그가 말을 멈추고 술을 들이켰다. 살짝 인상을 찡그리며 순댓국을 떠먹는 그를 보며 나는 짧게 몸이 떨리는 것을 느꼈다. 아무리 타고난 외형이 고운 인간이라도 다사다난한 일을 겪고 나면 만성적 피로와 염증으로 눈빛에는 불순물이 섞이고 낯빛은 찌들기 마련이었다. 그러나 유성은 예전과 달라진 데가 없었다. 이목구비는 여전히 선이 가늘며 곱상했고 쇄골 아래 자리 잡은 흉터는 상처라기보다는 살갗에 응석을 부리며 안겨 있는 것처럼 자연스러웠다. 그의 몸 안에서는 시간이 멈춰 있는 듯했다.

"개가 자꾸 기완이 일에 대해서 묻더라. 기완이 뺑소니 당한 게 꼭 진철이 짓이라는 듯이 얘기하더라고."

"그래서?"

"별말 안 했어. 난 솔직히 그 일은 누가 그랬든 우리 넷 모두가 공범이라 생각하니까."

유성은 무언가 걸리는 것이 있는 얼굴이었다. 그는 정작 중요한 이야기를 풀지 않고 있었다. 내게 전해도 괜찮은 이야기일지 갈등하고 있는 듯했다. 나는 그를 재촉하지 않았다. 그의 빈 잔을 채우고 내 잔과 맞부딪친 뒤 술을 마셨다. 소주병 표면에 살얼음이 낀 술은 맛도 느끼지 못할 만큼 찼다.

"다음 날 어머니한테 전화가 왔어. 친구가 와 있다는 거야. 처음엔 넌

줄 알았는데, 진철이였어. 얼굴을 보는 순간 좀 불안했지. 재문이도 그렇
고 갑자기 하나둘씩 고향을 찾아오는 게 이상하잖아."

유성은 그날 일을 회상하기라도 하는 것처럼 생각에 잠겼다.

"더 이상한 건 뭔 줄 알아?"

그는 다시 생각해도 우습다는 듯 너털웃음을 터뜨렸다.

"진철이랑 둘이 물회를 먹으러 갔거든. 너도 알지? 그 말더듬이 여자가
하는 데 있잖아. 지금은 할머니가 다 되었지만."

진철은 재문이 고향 집에 내려와 있다는 이야기를 듣고 그를 불러냈다
고 했다.

"얼떨결에 셋이 모이게 된 거야. 진철이는 재문이랑 연락을 하며 지냈
는지 서로 근황을 잘 알고 있더라. 둘이 그렇게 가까웠나 싶어서 좀 의외
였어."

진철은 아이가 아프다는 이야기를 구구절절이 늘어놓았고 재문은 잠
자코 듣기만 했다. 세 사람의 술자리가 무르익을 무렵 이야기의 주제는
과거로 옮겨갔다. 청주에서의 일에 대해 먼저 이야기를 꺼낸 건 진철이었
다. 두 사람이 불편하다는 눈치를 주었으나 진철은 개의치 않고 실실 웃
어대며 그날 일을 생생하게 되짚어냈다고 했다.

"진철이는 무슨 수를 써서라도 기완이를 죽인 범인을 밝혀내자고 했어."

진철은 그날 술을 그리 많이 마시지도 않았다고 했다.

"설령 우리가 했던 짓들이 드러나서 각자 응징을 받는다고 해도 정의
를 위해서라면 자기는 감수할 준비가 되어 있다고…… 그래야 애한테도
떳떳할 거 같다나."

정의, 라는 말이 생선의 미끈거리는 내장처럼 불쾌한 감촉으로 와 닿았다.

시간이 흐를수록 재문과 유성은 침묵을 지켰고 진철의 목소리는 높아졌다고 했다. 진철은 기세 좋게 플라스틱 테이블을 두드려가며 진실을 밝히겠다는 각오를 읊어댔다. 유성은 그 태도가 너무 비장해서 거북스럽게 느껴졌다고 했다. 묘하게 살벌한 공기가 흐르기 시작했기에 술자리는 흐지부지 파장으로 향했다.

"가게를 나와서 그 둘이 심하게 다퉜어. 왠지 모르겠지만 두 사람 사이에 돈 얘기가 오고 갔던 것 같아."

진철이 유성까지 끌어들여 재문을 자극하려 했던 것을 보면, 그에게 돈을 빌리는 일이 생각처럼 쉽게 진행되지 않았던 모양이었다. 진철은 뺑소니 사진을 빌미로 재문에게 돈을 요구했을 테지만 평소 그를 우습게 보던 재문은 코웃음을 쳤을 게 뻔했다. 그는 진철이 사실을 밝히고 자폭할 만큼 용기가 충만하지 않다는 사실을 알고 있었다. 일이 뜻대로 되지 않자 당황하면서도 열이 뻗친 진철은 재문의 오금을 저리게 하겠답시고 유성을 불러낸 것이었다. 아마 진철은 유성 앞에서 뺑소니 범인을 밝힘으로써 재문에게 언제든 진실을 폭로할 수 있다는 선전포고를 날리려 했을 터이다. 유성이라면 덩달아 돈을 요구한다거나 신고를 할 만한 위험 인물이 아니므로 협박 수단으로도 적절했다.

"결국, 재문이가 돈을 빌려주기로 했었나 봐. 얼핏 들어서 잘은 모르지만, 액수가 꽤 컸어."

유성은 액수를 기억하고 있는 것 같았으나 입 밖으로 내지 않았다.

“왜 나한테 이런 얘길 하는 거냐?”

나는 의자 등받이에 기대앉으며 벽시계를 확인했다.

“재문이가 기완일 죽였다는 거 알고 있어.”

유성이 말했다. 놀랄 것도 없는 사실이었다.

“그래서? 이번 일도 재문일 의심하는 거냐?”

나는 비아냥 조로 대꾸했다. 유성이 심판자를 자처하고 나서는 모습에는 신물이 났다.

“넌 왜 그렇게 남의 사정에 관심이 많지? 이럴 때 보면 꼭…….”

“신주홍이 재문이랑 가깝게 지내는 건 알고 있어?”

그녀의 이름을 듣자 피로와 긴장으로 지쳐 있던 근육 사이에 얇고 날카로운 가시가 파고든 듯 온 신경이 비명을 지르며 깨어났다.

“재문이가 자릴 비운 사이 하도 전화가 울리길래 휴대전화를 봤어. 통화 목록에 온통 신주홍 이름뿐이더라. 그날 저녁에만 해도 여러 차례 연락을 주고받는 것 같았어. 뭔가 일이 생긴 것처럼 심각하게 통화하던데.”

신경을 건드린 가시는 전류를 띤 뱀장어처럼 몸속을 헤집고 다녔다. 그 뜨거운 것이 몸 구석구석에 닿을 때마다 핏줄이 진저리치듯 불빛을 터뜨렸고 곧 암전되듯 서늘해졌다.

“그래서?”

“난 네가 조심했으면 한다.”

“뭘?”

“신주홍 말이야.”

유성이 그녀의 이름을 언급하는 것이 주제넘게 여겨졌다.

"해영이 넌 어렸을 때부터 머리가 좋았지."

주인 여자가 슬쩍 이편을 돌아보았다. 유성의 목소리는 나직하고 단단했다.

"살면서 머리 좋은 게 제일 잘나고 대단한 것 같지만, 천만에. 그 머리 위에서 나는 놈들은 따로 있다. 똑똑한 놈보다 무서운 건 자기 감정을 제어할 줄 아는 인간이야. 이성적인 수준을 넘어서서 아주 다른 인간처럼 보일 수 있는 놈들 말이야."

"얘기 끝났냐?"

"그날 신주홍이 재문이한테 보낸 메시지를 봤어."

그는 말을 잇기를 주저했다.

"널 정리할 때가 됐다고 하더라."

주홍이 어떤 연유로 재문과 연락하게 되었는지는 모르겠지만, 분명히 홧김에서였을 것이다.

"황지훈이라는 사람 알아?"

그는 주홍을 쫓아다니다가 잡힌 스토커였다.

"재문이랑 그 사람 관련한 돈 얘기도 주고받던데. 셋이 잘 아는 사이인가 봐. 잘못 안 거면 좋겠지만…… 너에 대해서 일을 꾸미는 거 같아."

유성은 못을 박듯 한마디 덧붙였다.

"그만 정신 차리고 현실을 직시해라."

나는 자리를 고쳐 앉았다.

"너, 나 때문에 죽을 뻔했던 놈이야. 이런 얘길 전하는 이유가 뭔데?"

그가 고개를 들고 나를 바라보았다.

"안쓰러워서."

나는 의자를 밀며 일어났다. 유성은 가는 것을 막지 않겠다는 듯 다시 술병을 집었다. 그는 테이블을 지나쳐 걷는 내게 말했다.

"내가 너였다면."

그는 술이 가득 찬 잔을 들었다.

"다행이다, 사고였다, 가 아니라. 미안하단 말부터 했을 텐데."

가게를 나와 밤과 새벽의 경계에 걸친 어두운 거리를 걸었다. 진철의 죽음, 죽은 줄 알았던 유성을 만난 일이 모두 거짓말처럼 느껴졌다. 유성이 전한 말이 더러운 혓바닥처럼 뇌리를 핥아댔다. 어쭙잖게 지어낸 얘기일 것이다. 차를 잡으려 도로변으로 내려섰다. 멀리서 다가오는 택시의 라이트 불빛이 눈을 파고들었다. 주홍은 누군가 만들어 둔 함정에 걸려든 게 분명했다. 그렇지 않고서야 나 없이 살아갈 수 있다는 어리석은 생각을 하게 되었을 리 없다. 그녀는 남의 말에 쉽게 넘어가는 성격이다. 그녀를 구원하는 건 내 몫이다. 모든 것은 다시 제자리로 돌아올 거다. 하지만 만일 내가 주홍을 지켜내는 데에 실패한다면? 주홍이 내 손이 닿지 않는 곳까지 멀어져 더러운 세상 속에 휩쓸려 떠내려간다면 어떻게 할 것인가. 빈 택시를 그냥 지나쳐 보내며 서 있었다. 바람이 몹시 불었다. 웃음이 흘러나왔다. 그럴 일은 없을 터였다. 우리는 둘이서 하나의 삶을 살아왔다. 결코, 헤어질 수 없다. 갑자기 견딜 수 없는 한기가 몰려왔다. 나는 도로에 뛰어들다시피 하며 택시를 세웠다.

다음 날 출근하지 않은 채 늦게까지 잠들어 있었다. 눈을 떴을 때는 집 안이 어둑해서 몇 시인지 가늠하기 어려웠다. 흐린 창밖으로 가느다란 비가 내리고 있었다. 데스크에서 인터폰이 걸려왔다. 관리자는 누군가 나를 만나러 왔다고 전했다. 나이가 많고 키가 작은 남자라고 했으나 도통 짐작이 가질 않았다. 되돌려 보내라 말하고 두 시간 남짓 더 자다가 깼다. 저녁 무렵 주홍으로부터 전화가 걸려왔다. 내가 집에 있다는 것을 알자 그녀는 앞뒤 설명도 없이 다급하게 말했다.

"해영아, 지금 만나자. 할 얘기가 있어."

그녀는 잠깐 병원을 빠져나와 '메종'으로 오겠다고 했다.

"매니저는?"

"정욱 씨 만나러 간다고 할 거야. 그럼 터치 안 하니까 괜찮아."

그 이름이 거슬렸으나 시비를 따질 분위기가 아니었다. 주홍은 거의 울 듯한 목소리였다. 나는 집에서 나와 주차장으로 내려갔다. 그녀가 도움을 구하듯 내 이름을 부른 것만으로도 온몸이 벅차게 뜨거워지고 있었다.

"이해영 씨 맞죠?"

자가용 문을 여는 순간 누군가 뒤에서 말을 걸어왔다. 고개를 돌리려는 찰나, 배에 강한 충격이 꽂히며 숨이 콱 막혔다. 나는 들고 있던 쇼핑백을 떨어뜨렸다. 통증을 느낄 새도 없이 머리가 차 유리창에 짓찧어졌다. 수차례 차창에 부딪힌 나를 다시 끌어당기는 손은 스패너보다 단단하게 뒷목을 옥죄었다. 장갑을 끼고 있는 듯 가죽 냄새와 뻣뻣한 감촉이 느껴졌다.

그는 나를 시멘트 바닥에 내팽개쳤다. 구둣발이 얼굴을 향해 날아왔다. 이번에도 가죽 냄새가 났다. 나는 신음을 삼키며 입에 고인 피를 뱉어냈다. 방범 카메라에 찍히고 있을 텐데 어떻게 된 건지 관리인이 달려오지 않았다. 눈과 코가 작은 남자는 땅딸막했다. 그는 내 허벅지를 지근지근 밟았다. 살을 저미는 듯한 통증에 이를 물었으나 비명은 나오지 않았다. 나는 차 밑에 떨어진 쇼핑백을 보았다. 구둣발이 멈춘 사이 나는 허벅지를 감싸는 척하며 옆쪽으로 몸을 굴렸다.

"젊은 청년이 할 짓이 없어서 연예인이나 쫓아다니고 그럽니까."

땅딸막한 그 남자는 피부가 희고 점잖은 인상이었다. 낮은 톤의 목소리는 공손하기까지 했다.

"이해영 씨가 신주홍 사진 유포한 스토커 맞죠?"

그는 내 왼쪽 발을 들어 신발과 양말을 벗겨 냈다.

"황지훈이가 그 사진들은 자기 소행이 아니라고 했답니다. 오늘 오전 이해영 씨 회사 책상 서랍에서 필름들을 찾았고요."

남자는 주머니 속에서 한 뼘 길이의 검은 칼을 꺼냈다. 칼집을 열자 서슬 파란 칼날이 드러났다. 그는 내 발을 높이 올려 칼날을 아킬레스건에 갖다 댔다.

"사방팔방 쫓아다닌 흔적을 남기고 다녀 준 덕에 생각보다 일이 쉬웠어요. 사무실에선 조용히 처리하길 바라더군요. 이해영 씨도 그렇죠. 괜히 세상에 알려져서 손가락질 받고 경찰서 드나드는 것보다야 몸 좀 상하는 편이 낫지 않나요?"

그는 빙그레 웃었다.

"제가 발목을 그을 것 같습니까, 안 그을 것 같습니까?"

쇼핑백까지는 손을 뻗으면 닿을 거리였다. 그러나 발을 쥐고 있는 남

자의 악력은 절망감이 느껴질 만큼 셌다. 남자가 칼끝으로 발목 언저리를
가만히 훑었다. 다리가 뻣뻣하게 굳었다. 그는 칼을 놀리는 대신 치켜들
려 진 내 허벅지를 다리로 걷어찼다. 나는 요동치는 시늉을 하며 쇼핑백
안으로 손을 집어넣었다. 차고 단단한 것이 손에 잡혔다. 남자가 칼을 도
로 집어넣는 사이 나는 재빨리 몸을 돌려 그의 무릎을 손에 든 것으로 있
는 힘껏 내리찍었다. 남자는 손에 쥐고 있던 칼을 떨어뜨렸다. 나는 칼을
낚아채고 들고 있던 물건으로 그의 뒷목을 한 번 더 내리쳤다. 급소를 맞
은 남자는 주저앉으면서도 내 팔목을 움켜쥐었다. 나는 칼집을 입으로 벗
겨 내고 그의 손등에 칼날을 내리꽂았다. 남자가 신음하는 사이 차에 올
라타 주차장을 빠져나왔다. 심장이 고동치는 간격에 맞추어 온몸이 욱신
거렸다. 도로를 달리며 백미러를 보자 이마에서 피가 흘러내리고 있었다.
조수석에는 칼자루와 피 묻은 유리 상패가 놓여 있었다. 주홍이 처음 받
은 신인상이었다.

　그녀는 먼저 도착해서 나를 기다리고 있었다. 나는 화장실에 들러 얼굴
을 씻고 테이블로 갔다. 프레임이 큰 선글라스가 그녀의 얼굴을 절반 가
까이 가리고 있었다. 내 몰골을 보고도 주홍은 크게 놀라지 않았다. 나는
일부러 다른 이야기를 꺼냈다.
“진철이가 죽었어.”
“알아.”
주홍은 침착하게 대답했다.
“너도 위험해, 해영아. 피해 있는 게 좋아.”

그녀는 선글라스를 벗었다. 나는 되물었다.

"……뭐로부터?"

냉정한 두 눈이 나를 응시하고 있었다. 눈빛은 공허하면서도 예리하게 내 심중을 파고들었다. 이제껏 단 한 번도 그녀에게서 본 적 없던 시선이었기에 당황스러웠다.

"예전엔 참 머리 회전이 좋고 눈치도 빨랐는데. 너도 별수 없구나."

주홍은 자조적인 웃음을 띠며 말했다.

"내가 해 줄 수 있는 얘기는 그게 다야. 살고 싶으면 도망쳐."

문득 뇌리에 재문의 얼굴이 떠올랐다. 오정욱도 스쳐 지나갔다. 오진섭과 함께 찍힌 사진 속에서 환하게 웃고 있던 주홍의 모습이 수백 개의 포자처럼 날아올랐다. 움켜쥔 주먹 속으로 손톱이 살갗을 파고들었다. 주홍이 원망스러웠다. 당장에라도 그녀의 목을 있는 힘껏 졸라버리고 싶다는 충동과 그녀의 몸이 땀에 젖을 때까지 끌어안고 싶은 충동이 뒤엉켰다.

"위험하기는 나도 마찬가지야. 너 때문에 일을 그르쳤어."

그녀는 나를 이해시키려는 투로 말했다.

"내 뺑소니 범인은 너였어야 했어."

"네가 꾸민 짓이구나."

"좋게 얘기했을 때 그만 떨어져 주길 바랐는데."

식은 커피 위에 흰 거품이 떠다녔다.

"나 말고도 널 불편해하는 사람이 있어. 그 사람한테 도움을 참 많이 받았지. 이번 계획도 그 사람 생각이었는데…… 내가 다 망쳐버려서 상당히 화가 나 있어."

“왜?”

입안에서 비릿한 피 냄새가 났다.

“왜 계획대로 하지 않았지?”

그녀는 지친 표정으로 나를 건너다보았다.

“아직 널 사랑하기 때문이 아닐까.”

줄곧 찢어진 이마를 두드려대던 통증이 얼굴로 몸으로 점점 번져나갔다. 혈관이 두근대는 소리가 온몸을 울렸다. 내 몸뚱이 자체가 하나의 찢어진 상처 같았다.

“네가 위험하단 건 무슨 소리야?”

나는 목소리를 가다듬고 물었다. 주홍은 고개를 저으며 내가 상관할 일이 아니라고 말했다.

“말해 봐. 내가 처리할게.”

주홍이 가볍게 소리 내어 웃었다.

“거울을 좀 봐. 자기 몸 하나 건사하기 어려운 사람이 날 어떻게 지켜? 게다가 인제 와서 네가 날 믿을 수 있겠어?”

그녀의 태도는 지나치게 차가워서 오히려 위태로워 보였다.

“또 널 속일 수도 있어.”

“상관없어.”

내가 속지 않으면 된다.

“재문이냐?”

주홍의 입가가 가늘게 떨렸다. 그녀는 손등으로 입술을 훔쳤다.

“이유가 뭐지?”

묻긴 했으나 이유 따위야 어떻든 중요치 않았다. 어떠한 이유를 들이댄다고 해도 그를 이해할 생각은 없었다. 주홍도 그 질문에는 대꾸하지 않았다.

"스토커 사건도 교통사고 일도 모두 조작된 일이었어."

"……."

"재문이는 기완이가 죽은 뒤로 무척 불안해했어. 너희 중 누군가가 또 기완이처럼 돌변할지도 모른다고 생각했었거든. 유성이와 진철이 형편이 좋지 않으니까 언제든 돈을 요구할 날이 올 거라고 했어. 모두 그렇게 변하니까."

"진철이 일도 그 새끼 짓이었나? 돈 때문에 사람을 죽여?"

주홍의 얼굴이 경직되었다.

"진철이가 재문이를 집요하게 협박했으니까. 벼랑 끝에 선 사람이야 무슨 짓인들 못 하겠니? 게다가 너흰…… 아무 이유 없이도 죽였었잖아."

돌계단에 널브러져 있던 앤의 모습이 기억 속에서 꿈틀거렸다. 계단을 적시던 피와 꺾여버린 목보다도 더 적나라하게 떠오르는 것은 앤의 가방에 주렁주렁 매달려 있던 액세서리들이었다. 인형과 호루라기, 명품 로고를 흉내 낸 플라스틱 따위.

"널 구해 주려던 거였어. 심하게 맞고 있었잖아."

"그래도 죽일 필요까진 없었지."

그녀의 말투에 비아냥거림이 섞여 있는 것을 느끼고 입을 다물었다. 주홍은 아무 상관없다는 듯 짧은 한숨을 내쉬었다.

"재문이가 제일 염려했던 건 너였어."

그는 나와 주홍의 관계를 잘 알고 있었다. 그 때문에 자신과 그녀의 관계를 알게 되었을 때 내가 보일 반응에 대해 늘 불안해했다고 했다.

"스토커 문제로 유성이를 의심하게 하기만 하면, 네가 알아서 유성이를 정리할 거라고 했어."

짧은 침묵이 흘렀다.

"다들 너무 멀리 왔어."

주홍은 마른 침을 삼켰다.

"난 자유로워지고 싶어. 더 이상 어떤 문제에도 엮이고 싶지 않아. 그렇지만."

그녀는 테이블 위에 놓인 내 손등을 바라보았다.

"여전히 혼자는 싫어. 너와 함께 있고 싶어."

주홍이 핸드백을 들고 자리에서 일어났다. 이대로 가게 내버려두었다가는 두 번 다시 그녀를 볼 수 없으리라는 예감이 들었다. 그러나 주홍은 등을 돌려 나가는 대신 내 손목을 잡았다.

모텔은 인적이 드문 산 중턱에 있었다. 침대며 테이블이 하나같이 낡았고 실내 공기가 서늘했다. 주홍이 옷을 벗고 다가와 내 등을 끌어안았다. 따뜻한 젖가슴이 등에 와 닿았다. 나는 몸을 돌려 그녀의 목덜미에 얼굴을 묻었다. 둥글고 부드러운 엉덩이가 손안에 들어왔다. 긴 입맞춤 끝에 주홍이 내 아래턱과 어깨를 핥았다. 나는 그녀를 창가로 밀어붙였다. 어깨를 움켜쥐고, 있는 힘껏 뒤에서 몸을 밀어붙였다. 주홍의 입술을 비집고 떨리는 탄성이 흘러나왔다. 유리창 위로 김이 서렸다. 주홍의 뺨이 창

위에 닿아 투명한 얼룩을 만들어냈다. 어둠에 잠겨 아무것도 보이지 않는 창밖은 검은 벽 같았다. 우리는 깊이도 끝도 알 수 없는 어둠을 함께 응시하며 울부짖는 짐승처럼 몸부림쳤다.

　나는 화장실 거울 앞에 서서 얼굴과 몸에 난 상처를 더듬어 보았다. 주홍은 침대 위에 누워 내 모습을 바라보고 있었다. 내가 다가가자 그녀는 테이블 위의 핸드백을 끌어당겨 흰 봉투를 꺼냈다. 그녀가 건넨 봉투 안에는 항공권이 들어 있었다. 내일 오후 스위스로 떠나는 비행기였다.
　"이걸 주려고 만난 거야. 우리 같이 여길 떠나자."
　주홍은 손끝으로 내 무릎을 쓰다듬으며 말했다. 떠난다는 것이 순간의 도피인지 장기간의 체류를 뜻하는지는 알 수 없었다.
　"재문이에 대해선 내가 계획해 둔 일이 있어. 내일 출발하기 전에 손을 쓰려고. 여길 떠나서 얼마쯤 시간을 보내다가 다시 돌아왔을 땐 모든 게 평화로울 거야."
　그녀는 주문을 걸 듯 중얼거렸다.
　"손을 쓰다니?"
　나는 내 다리 위로 엎어지듯 누워 있는 그녀를 일으키며 물었다. 주홍은 앙탈을 부리듯 내 목에 손을 깍지 껴 매달렸다. 그녀는 한동안 냉랭했던 관계를 모두 보상받겠다는 듯 적극적이었다.
　"해영이 넌 걱정할 필요 없어. 이번 일은 내가 알아서 할게."
　그녀는 더 이상 이 일에 대해 얘기하고 싶지 않다는 듯 일어나 냉장고로 향했다. 미니 냉장고에서 오렌지주스를 꺼내 빨대를 꽂았다. 그녀는 굳어가는 내 얼굴을 보고는 단호한 목소리로 입을 뗐다.

"일을 어떻게 해결해야 하는지는 너희 곁에서 충분히 봤어. 누구의 도움도 받지 않고 나 혼자 처리할 거야. 이건 나와 재문이 사이의 문제야."

나는 계속 묻고 싶었던 질문을 목구멍 속에서 잡아당기듯 끌어냈다.

"그 새끼랑 계속해서 만나 왔던 이유가 뭐야?"

주홍이 나를 힐끗 돌아보았다. 그녀는 내가 화난 게 아니라는 것을 확인하고는 침대에 걸터앉았다.

"걘 너랑 달랐어. 내가 쌀쌀맞게 굴수록 더 뭔가를 해주지 못해서 안절부절못했어. 얼마든지 내 뜻대로 움직일 수가 있었지."

그런 재문의 성격은 나도 잘 알고 있었다.

"난 점점 기고만장해졌어. 멍청했지. 재문이가 날 사랑하기 때문에 잘해준다고 믿어버린 거야. 걔한테 난 그저 게임에 불과했는데 말이야. 언제부터인가 점점 입장이 바뀌었어. 난 내 마음대로 대할 수 있는 재문이가 떠날까 봐 오히려 노심초사했고, 걔는 어떻게 하면 날 이용해볼까, 머리를 굴리기 바빴어."

기름진 얼굴로 능글맞게 웃는 재문의 얼굴이 떠올랐다. 늘 한계를 벗어나지 못하는 두뇌와 애처로울 정도로 몸부림치는 욕망.

"그래서 어쩔 셈인데?"

주홍은 핸드백에서 노란 약통을 꺼냈다. 속이 비치는 통의 바닥에는 가루약이 담겨 있었다.

"한 시간 이내에 약효가 나타나. 심장마비 증세로 급사하는데 부검을 해도 검출되지 않는대."

“어디서 구했어?”

주홍은 씁쓸하게 통을 흔들어 보였다.

“재문이가 준거야. 여차하면 너한테 쓰라고.”

주홍과 재문은 항상 논산의 외진 별장에서 사람들의 눈을 피해 만나 왔다고 했다. 그녀는 내 손에 들린 항공권을 만지작거리다가 문득 찌르는 것 같은 눈빛으로 나를 올려다보았다.

“내가 네 생각보다 더 끔찍한 인간이어도 내 곁에 있을 거니?”

대답하는 대신 주홍의 머리칼을 쓰다듬고 긴 입맞춤을 했다. 따뜻하고 달콤한 숨결이었다. 나는 그녀를 끌어안았다.

“넌 아직도 열여덟 살의 나를 보고 있어. 하지만 모든 게 그때와는 달라. 변하지 않은 건 너뿐이야.”

그녀는 조급하게 말했다.

“해영아.”

타인에게 듣는 내 이름은 언제나 그리우면서도 낯설다. 내 이름을 부르는 주홍의 목소리가 호수의 수문처럼 어둠 속으로 잔잔히 퍼져 나갔다.

방 안이 어슴푸레 밝아오고 있었다. 창밖으로 잎이 떨어지기 시작한 가을 산이 서서히 드러났다. 주홍은 곤히 잠들어 있었다. 나는 그녀가 깨지 않도록 조심스럽게 이불을 덮어주고 일어났다.

핸드백 속에서 약통을 꺼내 들었다. 주홍의 휴대전화를 꺼내 재문의 번호를 찾아 삭제하고 통화 목록과 메시지 함을 비웠다. 나는 조용히 모텔 방에서 나왔다. 새벽 공기가 차가웠다. 주차장 옆의 풀숲에 가루약을 털어버렸다.

　도로를 얼마쯤 달리다가 눈에 띄는 편의점 앞에서 멈추었다. 공중전화
에 들러 재문에게 전화를 걸었다. 그는 이제 막 일어나 운동 갈 준비를 하
는 중이라고 했다. 그러고 보니 예전에 회사 헬스장을 애용한다는 말을
들은 적이 있었다. 나는 전해줄 게 있으니 낮에 잠깐 만날 수 있겠느냐고
물었다. 그는 웬일이냐며 이런저런 농담을 던졌지만 탐탁지 않아 하는 기
색이 역력했다. 나는 점심시간에 맞추어 회사로 찾아가겠다고 말했다. 그
의 직장은 예전 그대로였다. 다시 차에 올라탔다.

　나는 지하 1층의 엘리베이터 앞에 서 있었다. 계단이 있는 비상구 앞
이었다. 주차장에서 지하 헬스장으로 통하는 길은 이곳이 유일했다. 이른
시각이어서인지 엘리베이터는 거의 멈추어 있다시피 했다. 비상구 문 너
머 계단 쪽에서 발걸음 소리가 들려왔다. 이윽고 문이 열리고 재문의 모
습이 나타났다. 그는 나를 발견하고 소스라치게 놀라며 물러났다.

"너 여기서 뭐해?"

재문은 경계심을 감추며 능청스럽게 웃었다.

"설마 지금 나 만나려고 기다린 거냐?"

나는 그의 팔을 움켜쥐었다.

"가자."

"어딜?"

"회사에서 험한 꼴 보이기 싫으면 잠자코 움직이는 게 좋을 거다."

재문은 내 손을 뿌리쳤다.

"알았으니까 이거 놔라. 새끼야, 누가 보면 빚쟁이한테 끌려가는 줄 알

겠다."

그가 옷매무새를 정리했다. 주차장으로 내려가는 계단에 발을 내디딜 때였다. 뒤에 서 있던 재문이 재빨리 몸을 돌려 계단을 뛰어올랐다. 나는 황급히 그를 쫓았다. 그가 일층 비상구까지 단숨에 올라가 문손잡이를 잡는 것과 동시에 내 손이 그의 뒷덜미를 움켜쥐었다.

재문이는 모두 장난이었다는 듯 두 손을 들어 보이며 빨라진 호흡을 가다듬었다.

"그래. 중요한 일인 거 알았으니까 가자, 가."

나는 그를 주차장까지 끌고 내려가 차 조수석에 태웠다. 재문은 태평하게 안전벨트까지 매며 새삼 차가 좋다는 칭찬을 했다. 그의 발치에는 주홍의 상패가 담긴 쇼핑백이 놓여 있었다. 차마 피 묻은 채로 돌려줄 수 없어 도로 가지고 온 것이었다. 재문에게 논산의 별장 주소를 물었다. 그는 그곳을 어떻게 알았느냐고 묻지 않았다. 군말 없이 주소를 대고 차창 밖을 내다보았다. 출근 시간의 시내는 번잡했다. 재문은 따로 시키지 않아도 알아서 사무실에 연락했다. 일이 생겨 늦을 것 같다는 내용이었다. 서울을 빠져나오자 도로는 거짓말처럼 비어 있었다.

"저기서 좌측으로 꺾어."

그는 내비게이션을 무시한 채 길을 설명했다. 별장은 호수를 끼고 있었다. 마당 안쪽에 차를 세우고 시동을 껐다.

"내려."

내 말에 재문이 고개를 비스듬히 하며 쳐다보았다.

"너 근데 아까부터 계속 명령조다."

나는 주머니 속에서 칼자루를 꺼냈다. 어제 주차장에서 급습한 사내에게 빼앗은 칼이었다. 칼집을 열고 재문의 턱 아래 서슬 파란 날 끝을 들이대자 그의 낯빛이 단숨에 질렸다.

"내려."

그를 앞세워 집 안으로 들어섰다. 불을 켜려는 그를 저지했다. 재문은 저항할 생각이 없다는 듯 손을 들어 보이며 거실의 가죽 소파에 앉았다.

"뭐 마실래?"

그가 물었다. 내가 대답하지 않자 그는 그럴 줄 알았다는 듯 탁자에 놓인 담배를 꺼내 물었다. 길게 연기를 빨아들인 그가 손가락 사이의 담배를 유심히 들여다보았다.

"이건 맛이 별로네. 걘 뭐가 좋다고 이것만 피워대냐. 독하게 끊었는데 신주홍이 옆에서 피울 때마다 얼마나 속이 근질근질하던지."

주홍이 담배를 피운다는 건 처음 안 사실이었다. 그는 유리 재떨이에 담배를 눌러 껐다.

"네가 지금 무슨 짓을 하고 있는 줄은 알아?"

그는 점잖게 꾸짖듯 말하며 주방으로 가 냉장고 문을 열었다. 탄산수를 꺼내 나에게도 한 병 권했으나 나는 반응하지 않았다. 탄산수를 한 모금 들이킨 그가 인상을 찡그렸다.

"대체 이건 또 무슨 맛으로 마시는지. 걘 꼭 이것만 마시잖아."

재문이 자꾸 그녀 이야기를 들먹거리는 것이, 나를 도발하려는 듯했다.

"너랑 있을 때도 그러냐?"

그는 탄산수 병을 든 채 다시 소파로 갔다.

"갠 항상 입버릇처럼 말했거든. 세상에 자길 제대로 아는 인간은 나뿐이라고. 네 얘기도 참 지겹도록 많이 했지."

"입 다물어."

재문은 눈 하나 깜짝하지 않고 나를 향해 코웃음을 쳤다.

"진심이냐? 듣고 싶은 얘기가 있어서 찾아온 줄 알았는데. 내 목이나 끊고 가려고?"

그는 어림도 없다는 듯 고개를 저었다.

"사람 하나 죽이는 게 그렇게 간단한 게 아니지. 넌 그게 문제야. 세상 일을 너무 만만하게 여기거든."

"넌 신주홍을 건드리지 말았어야 했어."

내 말에 그는 살진 얼굴에 주름을 잡으며 웃었다. 이윽고 그가 분량의 웃음을 다 흘려냈다는 듯 긴 한숨을 내쉬며 창밖을 내다보았다.

"여배우를 만나더니 너도 너무 드라마틱해졌다. 예전엔 좀 더 날카로운 놈이었는데. 이젠 여자한테 목매느라 바쁘잖아."

그는 장식장 위에 놓인 도자기를 가리켰다. 적갈색 도자기의 표면에는 뱀들이 엉긴 문양이 음각으로 새겨져 있었다. 오래되어 보이긴 했으나 그다지 값이 나갈 것 같지는 않았다.

"신주홍이 저 도자기라 치자. 넌 도자기 안에 살지. 저 안이 세상 전부야. 근데 나는 어떠냐? 나한테 도자기는 장식장 위에 놓인 장식일 뿐이야."

재문은 더 이야기하기도 귀찮다는 듯 어깨를 으쓱해 보였다.

"어느 쪽이 도자기를 빛내는 데 도움이 될 것 같아?"

그는 나를 겁내지 않았다. 온몸으로 나를 조롱하고 있었다.

"네가 그 안에서 아무리 날고 기어봤자 결국 그 애한테 줄 수 있는 건 균열밖에 없어. 가뜩이나 불쌍한 애를 그만 좀 옭아매라. 이제 놔 줄 때도 됐잖아."

장식장 옆에는 커다란 수조가 있었다. 관리가 잘 되어 깨끗한 물속에는 큼직한 관상어들이 헤엄쳤다. 나는 한참 만에 입을 뗐다.

"대체 왜 그 애한테 집착한 거지?"

그러자 재문은 어떻게 그런 당연한 것을 묻느냐는 듯 도리어 어처구니없다는 투로 대답했다.

"사랑하니까. 시작이야 어찌 되었든 사랑했으니까."

"그럼 왜 다른 여자랑 결혼까지 했어?"

"더 오래 제대로 사랑하기 위해서지. 걘 내 결혼식 때 화환도 보냈어. 네가 아는 것보다 우린 더 특별한 사이거든."

그는 아침을 먹지 않고 나와서 배가 고프다며 다시 주방으로 들어갔다. 나는 그가 냉장고 여는 소리를 들으며 수조를 응시하고 있었다. 실내에 두기에는 지나치게 커서 어색하면서도 묘한 조화로움을 풍겼다.

"그러는 너는? 설마 아직도 네가 걔를 지켜주고 있다고 생각하는 건가?"

주홍의 존재가 내겐 삶의 이유이자 목적이었다. 그녀에게서 바라는 것은 아무것도 없었다. 이 세상에서 나를 필요로 하는 사람은 그녀뿐이었고, 그 사실 하나면 충분했다.

"그러고 보면 앤이 죽고 나서 다들 힘들어했는데 넌 주홍이를 얻었지."

재문은 부엌에서 달그락거리며 목소리를 높여 말했다.

"그런 일이 있고 나서 여자애 치마폭에 싸여 정신 놓고 있는 건 비정상적인 거였어. 다들 힘들 때 너도 좀 더 힘들어했어야지."

"……."

"내가 볼 때 신주홍이 네 트라우마를 고스란히 덮어쓴 거 같다. 그 가엾은 게."

주홍이 내 곁에 있어서 불행해졌다는 생각은 단 한 번도 해 본 적이 없었다.

"틀렸어? 그럼 넌 왜 아직도 걔 옆에 붙어 있는데?"

수조 속 관상어의 비늘이 슬며시 빛났다.

"이유를 모르겠지?"

재문의 목소리가 등 뒤로 바짝 가까워졌다. 뒤를 돌아보려는 순간 선뜻한 이질감이 등허리를 파고들었다. 온몸이 빠르게 경직되었다가 순식간에 이완되었다.

"너 그거…… 정신병이야. 너무 위험해."

재문이 내 몸에서 과도를 뽑아냈다. 나는 비틀거리며 그에게서 물러났다. 재문은 피 묻은 과도와 나를 번갈아 바라보았다. 조금 전의 여유만만하던 모습은 사라지고 체념 어린 절망으로 얼굴이 일그러져 있었다.

"네가 얼마나 사람들을 두렵게 하는지 알아? 그 미친 집착이며, 어두운 눈빛, 거만한 표정까지 모든 게 소름 끼친단 말이야."

나는 소파 뒤편으로 몸을 피했다. 창밖 테라스에 놓인 삽 한 자루가 눈에 띄었다.

"자고 있다가도 네놈이 갑자기 나타나 내 목을 조를까 봐 식은땀이 흘러."

　재문이 천천히 다가왔다. 나는 손을 뒤로 뻗어 창문을 열고 삽자루를 움켜쥐었다. 다시 과도를 치켜드는 재문의 몸짓에는 빈틈이 많았다. 흘러나온 와이셔츠 밑으로 뱃살이 출렁였다. 그와의 거리가 짧아진 찰나 나는 재문의 머리를 삽으로 후려쳤다. 그는 소파 손잡이에 머리를 찧으며 쓰러졌다. 고통으로 찡그린 얼굴이 한 마리의 투실투실한 돼지 같았다. 함께 속옷 차림으로 바닷가를 뛰어놀고 수저를 빨며 한 냄비에 밥을 비벼 먹었던 소년은 지금 눈앞에 누운 그가 아니었다. 어쩌면 그것은 존재하지 않았던 시간 같기도 했다.

　"잠깐, 잠깐만. 내 얘기 좀 들어봐라."

　재문이 재빨리 손을 내저었다.

　"내가 잘못했다. 주홍이한테 주제넘게 군 것도, 널 이용해 먹으려 한 것도 사과할게. 제정신이 아니었어."

　급히 태도를 바꿔 애걸하는 벌건 얼굴에는 식은땀이 흐르고 있었다.

　"다 털어놓을 테니 그것 좀 내려놓아 봐. 너도 다쳤지 않냐."

　허리가 욱신거렸다. 티셔츠가 붉게 물들어 있었다. 잠시 방심한 찰나 과도가 번뜩였다. 그것은 한 마리의 날쌘 물고기처럼 튀어 올랐다가 내 발등에 꽂혔다. 재문은 주방으로 도망쳤다. 나는 발을 절뚝이며 삽자루를 들고 주방으로 향했다.

　"실수야, 인마. 실수로 그런 거야."

　그는 식탁을 사이에 두고 나를 피하며 둘러댔다. 손에는 그 사이 꺼내 든 또 다른 칼 한 자루가 들려 있었다. 내가 모서리를 도는 사이 재문은 거실로 내달렸다. 나는 삽을 세로로 세워 그의 뒤통수를 내리찍었다. 재문이 칼을 떨어뜨리며 엎어졌다. 그가 쓰러진 뒤에도 서너 차례 더 내리찍었다. 미지근한 피가 튀었다. 얼마간 죽은 듯 뻗어 있던 그가 손가락을 꿈틀거렸다.

"구급차 좀 불러줘."

그는 떨리는 목소리로 말했다.

"죽일 것까지는 없잖아."

나는 삽을 던지고 그의 곁에 앉았다. 숨이 몹시 가빴다. 마룻바닥을 흥건히 적신 피를 보자 돌연 두려워졌다. 사막을 건넌 개가 물을 찾듯 주홍의 얼굴을 떠올렸다. 오늘 오후 그녀와 함께 스위스로 떠날 것이다. 스위스, 라고 발음하던 주홍의 입술과 비밀스러운 목소리가 찢긴 상처 위로 내려앉았다.

"넌 그랬잖아."

나는 가까스로 대꾸했다. 재문이 게슴츠레한 눈으로 나를 올려다보았다.

"무슨 소리야?"

"진철이 장례식에 다녀왔다. 다 알고 있어."

재문은 무거운 눈꺼풀을 감았다가 뜨며 그게 무슨 소리냐고 물었다. 잠시 사이를 두고 그가 떨리는 목소리로 입을 열었다.

"너 뭔가 오해를…… 아니다, 난 아니야."

나는 피가 엉겨 축축해진 그의 머리카락을 움켜쥐었다. 그는 입술을 떨다가 힘겹게 말을 이었다.

"난 그냥…… 널 없애는 조건으로 새 사업에 투자를 받기로 했어. 신주홍이 꽤 큰돈을 제시해서…… 게다가 너도 날 노리고 있다고 들어서."

그는 그간 힘든 시간을 보냈다고 호소했다. 자기 몫의 은행 예금과 처가에서 마련해 준 새로운 사업 자금까지 주식으로 날리고 죽고 싶은 심정이었다고 했다.

"너에게서 연락이 올 거라고는 했지만, 아까 널 보기 전까지만 해도 확신이 서질 않았어. 설마 네가 진짜로 올 줄은 몰랐고……."

"끝까지 속이려 들 생각인가? 주홍이를 이용해서 사고를 조작했다는 거 알고 있어."

"내가 신주홍을?"

그는 그 와중에도 맥없이 웃었다. 입술 사이로 자잘한 핏방울이 튀었다.

"너 진짜 걔를 잘 모르는구나."

손끝에 찢어진 재문의 상처가 닿았다.

"난 마음대로 연락 한 번 해 본 적이 없어. 항상 걔가 원할 때만 날 찾았지. 걘 누구한테 이용당할 여자가 아니야. 무슨 소릴 들었는지 모르겠지만, 그 앨 믿지 마라."

재문의 호흡이 둔해졌다.

"인제 보니 너보단 내가 낫다. 적어도 난 내가 뭘 하고 있는지는 알고 있었으니……."

재문이 말을 끝내기 전에 나는 그의 머리통을 있는 힘껏 쳐들어 바닥에 내리쳤다. 그는 바닥에 관자놀이를 박은 채 미동하지 않았다. 눈의 초점이 흐릿하게 지워지다가 이내 사라졌다. 나는 몸을 휘어 감는 한기를 느꼈다. 욕실에서 수건을 꺼내 허리의 상처를 눌렀다. 소리 없이 흘러나온 피는 순식간에 수건을 적셨다. 벽에 등을 기댄 채 미끄러지듯 주저앉았다. 시야가 부옇게 흐려지며 어지럼증이 졸음처럼 몰려왔다. 서둘러 실내를 정리하고 주홍에게로 가야 했으나 시큰거리는 두 다리에 힘이 들어가지 않았다. 현관문 열리는 소리가 들려왔다. 누군가 느린 걸음으로 다가왔다. 자꾸 기울어지는 고개를 가누며 그를 올려다보았다. 찬찬히 거실을 둘러보고 있던 남자가 나를 내려다보았다. 유성이었다. 그가 무슨 말인가 하는 듯했다. 나는 의식이 멀어지는 것을 느끼며 눈을 감았다.

눈을 떴을 때 유성은 침대 옆 탁자 앞에 앉아 있었다. 온몸의 근육이 납덩이로 변한 것처럼 무거웠다. 오후의 볕이 탁자에 놓인 유리잔 안에 고여 있었다. 몸을 일으켜 앉는 소리에 유성이 나를 돌아보았다. 볕에 얼굴이 반쯤 지워진 무표정한 그의 얼굴은 소년 같았다. 침대에서 내려와 바닥을 딛자 발등의 상처가 아가미처럼 벌어졌다. 나는 어금니를 물며 중얼거렸다.

"재문이 새끼 통화 기록을 없애야 해. 주홍이랑 주고받은 메시지가 찍혀 있을 거야."

절뚝이며 방을 가로지르는 나를 비웃듯 유성이 입을 열었다.

"알고 있잖아. 메시지 같은 건 없어."

주홍이 선택한 것은 나도 재문도 아니었다.

"도대체 왜?"

내가 주홍을 지켜주기로 결심했던 것은 앤의 죽음에 대한 도피도, 그녀를 향한 죄책감 때문도 아니었다.

"왜 내가 아니라 너지?"

유성을 노려보았다. 그는 미동도 하지 않은 채 나를 마주 보았다. 이윽고 그가 테이블 위에 놓인 봉투를 집어 들었다. 나는 황급히 바지를 더듬었다. 뒷주머니가 비어 있었다. 그의 손에 들린 것은 내 항공권이 든 봉투였다. 유성이 나른한 목소리로 말을 꺼냈다.

"앤이 죽은 날 주홍이를 찾아갔어."

앤. 더 이상 그 이름은 듣고 싶지 않았다.

"그날 일을 신고하고 싶다면 같이 경찰서에 가주겠다고 말했어. 그 앤 공범자가 아니라 또 다른 피해자였으니까. 애초에 화원에 오게 된 것도 우리 장난 때문이었잖아."

"오래전에 끝난 일이야."

"앤은 우리한테나 앤이었지, 신주홍한테는 친구 장희진이었어."

나는 봉투를 돌려받기 위해 탁자 가까이 갔다. 유성은 순순히 봉투를 건넸다.

"가지 않는 게 좋을 거야."

시간에 맞추어 공항에 도착하려면 서둘러야 했다.

"어차피 표는 한 장뿐이었어."

주홍에게 먼저 탑승 수속을 마치고 조용한 곳에서 기다리라고 전해야겠다.

"오늘 저녁에 오정욱과 결혼 발표가 잡혀 있어."

아직 짐을 챙기지 못했지만, 신용카드가 있으니 괜찮을 것이다.

유성은 더 이상 나를 만류하지 않았다. 그는 물끄러미 나를 노려보다가 말을 꺼냈다.

"신주홍은 내가 자길 경멸하는 걸 받아들였어. 그런 인간은 쉽게 만나기 어렵지."

그는 스스로의 말에 재차 수긍하듯 고개를 끄덕였다.

"너희들은 결국 서로를 믿지 못해서 여기까지 온 거야. 서로가 있어서 알리바이를 만들고 무사히 버틸 수 있었지만, 각자 혼자만 살아남길 바랐던 거지."

사람들은 그녀에 대해 마치 아주 잘 알고 있는 것처럼 이야기했다. 그러나 그녀와 가장 가까운 곳에 오랜 시간 머물렀던 건 나였다. 내가 알고 있는 주홍은 겁이 많고 그다지 똑똑하지 못한 여자애에 불과했다. 죽어가던 재문이 내 얘기를 부정했을 때도, 유성이 눈앞에 나타난 지금도 이 모든 게 주홍이 꾸민 일이라고는 믿어지지 않았다. 뭔가 오해가 있을 거라는 생각뿐이었다. 혹은 그녀로 하여 이러한 선택을 하게끔 만든 견딜 수 없는 무언가가 있었을 터였다. 이렇게 일을 벌이기까지 그녀는 혼자 몹시도 괴로워했을 게 분명했다.

"아직도 모르겠냐. 우리를 비밀의 화원에 붙잡아 두고 있는 건 죽은 앤의 귀신이 아니라 신주홍이야. 신주홍의 욕망에는 바닥도 한계도 없어. 끊임없이 원하기만 하지. 아무리 먹어도 위가 채워지지 않는 동물처럼 항상 배가 고파서 허덕이는 거야."

신빙성 없는 이야기였다. 그녀는 때때로 자신을 지나치게 과소평가했으며 너무 많이 갖게 되는 것을 두려워했다. 한때 나는 주홍을 위해 욕망을 이식시키듯 세상에 대한 욕심을 주입해 주려 하기도 했었다.

"갖고 싶은 걸 위해서라면 무슨 일이든 서슴지 않아. 꼭 스스로를 시험하기라도 하는 듯 이 말이야. 그런 점은 너랑 많이 닮았어. 매일을 땅 끝에서 사는 사람처럼 사는 거."

그녀가 원하는 게 많았다면 왜 내게서 멀어지려 했던 것인가. 내가 자신을 위해서라면 뭐든 할 수 있다는 사실을 알고 있었을 거였다.

"네가 아는 신주홍의 모습은 걔가 연출한 수많은 모습 중의 하나였어. 걘 한순간도 널 사랑한 적이 없어. 너란 놈은 애초에 이런 목적을 위해 준비해둔 거지."

유성은 재문의 죽음을 이야기하듯 바깥을 손짓했다.

"그런데 예상 외로 네가 제 몫을 하지 못해서 이용가치가 없어졌다더라. 넌 감정적인 데다 혼자가 되는 걸 너무 두려워했으니까."

유성은 쇄골 밑의 흉터를 손끝으로 더듬었다. 그는 "내가 볼 땐" 하며 말을 이었다.

"네가 제 발로 떠나질 못하고 징징거리는 게 역겨웠던 거 같다."

"난 걔를 알아. 분명 내가 필요해질 때가 있을 거다."

그는 답답하다는 표정으로 테이블 위에 팔꿈치를 올렸다.

"사실 넌 그다지 효용가치가 없었어."

그는 목을 가다듬고 말을 이었다.

"내가 있었으니까."

유성의 목소리는 가볍지만 단호했다. 나는 방문 손잡이를 돌렸다. 그가 다시 나의 이름을 불렀다. 그 낮은 음색이 오늘 새벽 나를 부르던 주홍의 목소리를 연상시켰다. 발등에 묶어놓은 헝겊 위로 피가 배어 나왔다.

"그래도 개가 이만큼이나 널 옆에 두고 있었던 건……."

그는 잠시 침묵했다. 나는 그가 말을 잇기를 기다렸다.

"네가 안쓰러웠기 때문일 거라고 생각해."

방에서 나왔다. 침실은 2층이었다. 계단을 내려가자 비릿한 냄새와 시취가 훅 풍겼다. 재문은 아까 모습 그대로 놓여 있었다. 나는 고개를 돌리는 대신 천천히 실내를 살폈다. 내 손이 닿았던 삽자루를 집어 들었다. 피가 흙빛으로 말라붙어 있었다. 재떨이에는 눌러 끈 담배꽁초가 비스듬히 놓여 있었다. 마시다 만 탄산수 병이 바닥에 굴러다녔다. 나는 질끈 눈을 감았다가 떴다. 수조 안의 관상어들은 여전히 느릿느릿 헤엄치고 있었다.

밖으로 나와 차에 올라탔다. 시동을 걸고, 있는 힘껏 액셀을 밟았다. 공항까지 제시간에 도착하려면 서둘러야 했다. 십 분 남짓 달렸을까. 길을 잘못 들어선 것 같아 내비게이션으로 손을 내뻗었을 때였다. 온몸이 견딜 수 없이 무거워지며 눈앞이 흐릿해졌다. 손가락 끝이 제대로 버튼을 누르지 못하고 미끄러졌다. 나는 날벌레의 날갯짓처럼 여러 겹으로 겹쳐 보이는 시야를 바로 잡기 위해 몇 번이고 눈을 부릅떴다. 출혈로 인한 증상이라기에는 너무 급작스러웠다. 한 손으로 핸들을 가누며 팔을 더듬어 보았다. 왼쪽 팔 안쪽으로 주사 자국이 눈에 띄었다. 그제야 유성이 왜 나를 붙들고 시간을 끌었는지 알 것 같았다. 트럭 한 대가 요란하게 클랙슨을 울리며 차체를 스쳐 지나갔다. 차는 길을 벗어나 멋대로 도로를 달리고 있었다. 핸들을 잡은 팔에 점점 힘이 빠져나갔다. 정신을 차리기 위해 입술을 깨물었지만, 감각이 둔해져 통증도 느껴지지 않았다. 안간힘을 다해 정신을 집중하려 했으나 의식은 서서히 침수되고 있었다. 잠시 눈을 감았다가 뜬 사이 차는 가드레일을 향해 돌진하고 있었다. 나는 있는 힘껏 브레이크를 밟았다. 브레이크가 작동하지 않았다. 전속력으로 질주하던 차는 가드레일을 뚫고 날아올랐다. 핸들을 잡고 있던 손에 힘이 풀어졌다. 날카로운 클랙슨 소리가 뒤편에서 들려왔다. 나른한 평화로움이 온몸을 감쌌다. 나는 아주 오래 허공에 떠 있었다.

하늘이 높던 가을이었다. 우리는 진철이네 고물상에 모여 앉아 있었다.

"기대하시라!"

진철이가 고물 더미 밑에서 비디오테이프를 꺼냈다. 우리는 환호성을 질렀다. 그는 역시 고물로 주워온 비디오플레이어에 테이프를 끼워 넣었다. 재생버튼을 누르기 전에 진철은 한껏 뻐겼다.

"이걸 얻으려고 아버지 몰래 얼마나 애를 먹었는지 아냐. 모자이크도 없는 거야. 앞으로 나한테 형님이라고들 부르라고."

우리는 일제히 그를 향해 형님이라 부르며 아우성쳤다.

"거기다 주인공이 얼마나 예쁜가 하면……."

기다리다 못한 기완이 잽싸게 재생버튼을 눌렀다. 우리는 기대감에 발을 구르며 텔레비전 앞으로 다가붙었다. 화면이 한동안 지직거렸다. 그에 섞여 불분명하던 소리가 차차 선명히 잡히기 시작했다.

"박수 부탁드립니다. 이번 참가자는 서울 경성고등학교 2학년의 장명혁 학생!"

박수 소리와 함께 화면이 잡혔다. 이대 팔 가르마를 탄 장학퀴즈의 사회자가 마이크를 잡고 있었다. 소개를 받은 남학생은 콧잔등 위로 흘러내리는 안경을 추켜올렸다.

"이게 포르노냐?"

"너 열 번 가까이 봤다며!"

우리는 진철에게 달려들어 뒤치락거리며 몸싸움을 했다. 진철은 연신 "그럴 리가 없을 텐데!" 하고 낄낄거리며 고물상 바닥을 뒹굴었다. 출출해진 우리는 장학퀴즈를 틀어놓은 채 멸치볶음밥을 비벼 먹었다.

"나는 남미계 여자들이 예쁘더라. 몸매도 좋고 건강해 보이잖아."

재문이가 히죽거리며 말했다.

"난 내용이 좀 있는 게 좋아. 무작정 뒤엉켜서 하다가 끝나는 건 별 감흥이 없더라."

내 말에 녀석들은 그럴 바에야 〈사랑과 영혼〉이나 빌려보라며 야유를 던졌다.

"나도 그래. 적어도 여주인공 이름은 알아야 몰입이 잘된다니까."

기완이가 이해한다는 듯 고개를 끄덕였다.

"난 고양이 상이 좋더라."

진철이 한 술 더 뜨며 말했다. 그러자 재문이 수저로 냄비를 탕탕 두드렸다.

"자자, 그럼 상상을 해보자. 주인공은 남미계 갈색 피부에 글래머. 얼굴은 약간 못되게 생긴 샐쭉한 고양이상. 그리고 이름은?”

“여친 어떠냐? 진짜 여자친구 같잖아.”

유성이 말했으나 다들 그런 촌스러운 이름이 어디 있냐고 혀를 찼다.

“차라리 앤은 어때? 애인의 줄임말로. 예쁘잖아, 앤.”

“그래, 그거 좋다.”

“그럼 학교에 다른 애들한테는 오늘 죽여주는 비디오를 봤다고 하자. 앤이 나오는 걸로.”

우리는 발을 구르며 찬성했다. 장학퀴즈의 남학생이 마지막 정답을 맞혀 방청객에서는 우레와 같은 박수소리가 쏟아지고 있었다.

열린 차창 너머로 바람 소리가 귓가를 스쳤다. 주홍에게 전화를 걸어야겠다고 생각했다. 공항에서 나를 기다리고 있을 그녀의 모습이 눈앞에 선했다. 선글라스를 끼고 커피숍에 앉아 수차례 휴대전화를 들여다보고 있을 것이었다. 지금쯤이면 연락이 없어 초조해할 게 분명했다. 나는 서둘러 공항 로비를 가로질러 걸었다. 커다란 트렁크를 끌며 커피숍 안으로 들어갔다. 주홍은 왜 이렇게 늦었냐며 투정을 부리듯 투덜거렸다. 그녀는 기대에 부푼 얼굴로 스위스 여행 책자를 꺼내 펼쳐 보였다. 눈 쌓인 산등성이를 바라보며 산악기차를 타고 달리자. 오두막집에서 냄새가 이상한 치즈도 만들고………. 참, 초콜릿 공장도 구경하자. 골동품들이 잔뜩 쌓여 있는 야시장은 꼭 들러야 한다. 그녀는 재잘재잘 떠들어댔다. 나는 테이블 위에 놓인 주홍의 손을 잡았다. 책자를 들여다보던 그녀가 눈을 크게 뜨고 나를 바라보았다. 그녀는 어린아이처럼 들떠 있던 것이 쑥스러운 듯 살짝 볼을 붉히며 웃었다. 나도 주홍을 따라 환하게 웃었다.

"해영아."

나는 이름을 부르는 주홍의 목소리가 듣기 좋아 일부러 대답하지 않
았다.

"해영아."

차는 무서운 속도로 낙하했다. 충격으로 몸이 강하게 튕겨 오르는 게
느껴졌으나 고통은 없었다. 핸들 위로 몸이 뒤집힌 채 느리게 눈을 떴다.
차창 밖으로 절벽 틈의 풀포기가 보였다. 주홍의 신인상 상패가 손이 닿
지 않을 먼 곳에서 나뒹굴고 있었다. 나는 지금 막 이곳에 떨어진 것 같기
도 하고 오래전부터 이렇게 누워 있던 것 같기도 했다. 까무룩 몰려오는
졸음의 귀퉁이에서 나는 잠깐 뒤를 돌아보았다.

　외롭지 않기 위해 안간힘을 쓰는 사람이 좋다. 혼자일 때에도 늘 누군가를 그리워하는 사람, 그러다 보니 어느 한 부분 서투른 면이 있기 마련인 사람. 계산이 빠르고 너무 세련된 사람보다는 가끔 표정 놓친 얼굴을 하는 사람이 좋다. 복잡한 거리에서 우뚝 멈춰서 본 적이 있는 사람, 돌연 눈물 흘릴 수 있는 단어 하나쯤 숨겨두고 있는 사람. 아름답기 위해서 꼭 예쁠 필요는 없다.

　글을 읽고 쓰면서 작가라는 직업은 단순히 글을 창작하는 일 외에도 자신의 감정과 욕망을 솔직하게 마주 볼 줄 알아야 한다는 걸 매번 깨닫곤 한다. 그럴 때마다 세상에 존재하는 색깔만큼이나 사람 감정의 종류도 다양하다는 걸 새삼 느낀다. 그런 감정들을 발견하지 못한 채 지나치는 편이 편할 수도 있겠지만, 나는 되도록 많은 순간 나 자신을 정면으로 응시하고 싶다. 누군가 내게 삶의 중심에 관한 이야기를 한 적이 있다. 요즘도

늘 그 문제에 대한 답을 찾으려 하고 있다. 아직 정확히 알 수는 없지만
궁극적으로 추구하게 되는 건 행복이나 편안함 이상의 것이었으면 싶다.

　이번 소설은 비밀과 관계에 대한 이야기다. 이야기에 등장하는 해영을
보며 우리는 과연 그를 두고 나쁘다고 말할 수 있을까 하는 생각을 했다.
간절한 사람에 대한 글을 쓰고 싶었고, 앞으로도 한동안 그런 이야기들을
다루어 볼 예정이다.

　누군가를 만나기 위해 초조하게 달려 본 적이 있는 사람이 이 책을 읽
어주었으면 좋겠다.

2012년 2월

전아리

앤

1판 1쇄 인쇄 2012년 2월 16일
1판 1쇄 발행 2012년 2월 23일

지은이 · 전아리
펴낸이 · 주연선

책임편집 · 오가진
편집 · 이진희 정종화 김준하 박은경 박나리
디자인 · 정혜욱 홍세연
마케팅 · 장병수 김한밀 오서영
관리 · 김두만 구진아 성혜진

도서출판 은행나무
121-839 서울특별시 마포구 서교동 384-12
전화 · 02)3143-0651~3 ｜ 팩스 · 02)3143-0654
등록번호 · 제 10-1522호(1997. 12. 12)
www.ehbook.co.kr
ehbook@ehbook.co.kr

잘못된 책은 바꿔드립니다.

ISBN 978-89-5660-564-7 03810